U1007825

青少年必知的诗歌经典

本书编写组◎编

QINGSHAONIAN
BIZHI DE
SHIGE
JINGDIAN

世界图书出版公司
广州·北京·上海·西安

图书在版编目（CIP）数据

青少年必知的诗歌经典/《青少年必知的诗歌经典》编委会编．—广州：广东世界图书出版公司，2009.11（2024.2 重印）

ISBN 978-7-5100-1242-6

Ⅰ．青…　Ⅱ．青…　Ⅲ．诗歌－文学欣赏－世界－青少年读物　Ⅳ．I106.2-49

中国版本图书馆 CIP 数据核字（2009）第 205425 号

书　　名	青少年必知的诗歌经典 QINGSHAONIAN BIZHI DE SHIGE JINGDIAN
编　　者	《青少年必知的诗歌经典》编委会
责任编辑	韩海霞
装帧设计	三棵树设计工作组
出版发行	世界图书出版有限公司　世界图书出版广东有限公司
地　　址	广州市海珠区新港西路大江冲 25 号
邮　　编	510300
电　　话	020-84452179
网　　址	http://www.gdst.com.cn
邮　　箱	wpc_gdst@163.com
经　　销	新华书店
印　　刷	唐山富达印务有限公司
开　　本	787mm×1092mm　1/16
印　　张	10
字　　数	120 千字
版　　次	2009 年 11 月第 1 版　2024 年 2 月第 11 次印刷
国际书号	ISBN　978-7-5100-1242-6
定　　价	48.00 元

版权所有　翻印必究

（如有印装错误，请与出版社联系）

出版缘起

CHUBAN YUANQI

在人类文明发展史上，每个时代都有一批在各个领域创作出惊世之作的伟人，他们所留下的一份份宝贵的文化遗产和精神财富，既没有时空界限，也没有地域之分，像星斗辉煌于当时，也像阳光灿烂于今天。在人类历史上，他们是为数不多的一群人，但也是值得关注、值得崇拜、值得追随的一批人。他们用真理的力量统治我们的头脑，他们所留下的杰作已成为全人类共同的宝贵财富。这些人，我们称之为“大师”，这些伟大的作品，我们称之为“经典”。

人类文明史的一页页是由许多大师承接起来的。莎士比亚、贝多芬、达尔文、弗洛伊德、甘地、毕加索、海明威、钱钟书……每个名字都如雷贯耳，都代表着一个知识领域的高峰，正是他们不同凡响的创造，成就了人类文化的鸿篇巨制。有人说，“阅读大师经典之作，读懂读不懂都有收获”。尽管很多大师与我们生活在不同的时代、不同的国度，说着不同的语言，却时刻伴随在我们的精神世界中，遥远而又亲近。每一位大师都是一座丰碑，他们是精神的引领者和行为的楷模。阅读他们的经典之作，可以使我们变得深沉而非浮躁、清醒而非昏聩、深刻而非肤浅，可以使我们的人格得到提升，生命得到重塑。

读书可以经世致用，也可以修身怡心，而阅读经典、了解大师，是人生修养所应追求的一种境界。千百年来，大师们的经典著作影响了无数人。然而行色匆匆，为事业、生活忙碌奔波的现代人，几乎没有闲暇静下心来解读这些大师们给予我们的忠告和教诲，我们难以感受到伟大作品的力量。更为遗憾的是，伟大的作品又常常晦涩难懂，一些只有专业人士才肯翻阅的书籍令很多人望而却步，甚至敬而远之。在一切讲求快节奏的今天，每个人都希望能在最短的时间内获得最多的知识，为了帮助广大朋友寻找到一种最省时、最有效的方式，去阅读那些经典著作，我们跨越时空地域的界限，从人类文明发展史中采撷菁华，在参考诸多名家推荐的必读书目的基础上，组织数十位中青年专家学者编写了这套丛书。本丛书从国学、西学、中国文学、外国文学、诗歌、名人传记、谋略、修身处世、心理励志、科普、管理、经济、投资、电影、美术、音乐16个领域中各选取了几十位最具影响力的大师，着重介绍他们最有代表性的作品，这些流芳百世的经典之作曾经是一代又一代人的路标，了解并阅读这些经典著作，必将给每一位读者以智慧的启迪。

生命的质量需要锻铸，阅读是锻铸的重要一环。真正的经典都有一种强大的精神力量，指引我们如何为人处世。站在大师的肩上，我们能够看得更远；沿着他们开拓的道路，我们能够前进得更快。本丛书用最浅显的文字诠释大师们的深邃思想，用最易懂的字句传递原著中绞尽脑汁才能读懂的理论，以最简洁的话语阐述伟大作品的精华，让读者在最短的时间内汲取大师身上沉淀出的宝贵经验与智慧，走进一个神圣的精神殿堂。

阅读的广度改变生命历程的长短，阅读的深度决定思想境界的高低。大师经典带来的影响，不只是停留在某个时代，而是穿越时空渗透到我们的灵魂中。英国著名诗人拜伦曾经说过："一滴墨水可以引发千万人的思考，一本好书可以改变无数人的命运。"的确，读书对于一个人的文化水平高低、知识多少、志向大小、修养好坏、品行优劣、情趣雅俗，往往起着至关重要的作用。我们精心编写的这套丛书品位高雅，内容丰富，设计、装帧精美、时尚，不仅具有较高的阅读欣赏价值，还可以收藏，或作为礼物馈赠亲朋好友，是一套能让读者从中获益良多的读物。

一本好书是一个由优美语言与闪光思想所构成的独特世界，选择一本好书，不仅可以品味一时，更可以受益一生。

编　者

目　录

CONTENTS

莎士比亚十四行诗

威廉·莎士比亚 William Shakespeare(英国 1564—1616)

《莎士比亚十四行诗》包含着很多他(莎士比亚)生活的真实内蕴。的确,没有一个人能够写出这些诗,如果没有对美的感受的气质和自觉地掌握了艺术的话……这个莎士比亚,不像我们一向所知的那样,他不像剧中显露出来的莎士比亚。

——美国学者　文代尔

在整整52年的生涯中,他为世人留下了37个剧本,一卷十四行诗和两部叙事长诗。他的剧本至今还在世界各地演出。在每年他生日的那天,都有许多国家在上演他的剧本纪念他。马克思称他是"最伟大的戏剧天才"。他就是英国文艺复兴时期最杰出的艺术大师——莎士比亚。他像养料一样融入了英国文化的血脉,成为英国人的骄傲,也成为英国文化的象征。如今莎士比亚已经是公认的欧洲三大诗人(莎士比亚、歌德和但丁)之一、文艺复兴时期英国文坛的巨星。

从文艺复兴末期开始,学术界对莎士比亚就好评如潮。18世纪启蒙思想家伏尔泰称其具有"一种无愧为最伟大的天才的崇高思想"。雨果称莎士比亚是诗人、历史学家和哲学家三位一体的人,是"人类热情的巨流"。19世纪的伟大诗人、小说家如雪莱、普希金、巴尔扎克、狄更斯、屠格涅夫,几乎全都对莎士比亚推崇备至,竞相仿效。1984年选举世界十名伟大作家,莎士比亚被选为第一名。莎士比亚的作品是全人类的一笔宝贵文化遗产,几百年来,一直愉悦、温暖、激荡着亿万人民的心灵,给人以极大的艺术享受。他的戏剧和诗歌被译成各种语言之多,仅次于《圣经》。同时,莎士比亚也成为各国专家学者广泛研究的对象,"莎学"成为一门世界性的学问,被誉为世界学术的奥林匹克。莎士比亚在世界上受到的重视是普遍的,更是独一无二的,没有任何一个作家在世界文化生活中有这样广泛的影响和享有这样崇高的荣誉。在西方世界,一般人家都少不了两本书,一本是《圣经》,一本是《莎士比亚全集》。

《莎士比亚十四行诗》抒发感情与分析说理并重，同时人物形象生动丰富，语言运用巧妙，诗句节奏感强，在莎士比亚的作品中占有重要地位。正如法国文学评论家圣·勃夫说的那样："最伟大的诗人并不是创作得最好的诗人，而是启发得最多的诗人……他留下许多东西让你自己去追索，去解释，去研究。"莎士比亚的"十四行诗"不只是歌颂美貌、友情和爱情的单纯的叙述，而且触及人类本性中最深层的部分，富有哲理、引人深思，是英国文学史上公认的佳作。

KUANGSHI JIEZUO 旷世杰作

十四行诗是源于意大利民间的一种抒情短诗，文艺复兴初期盛行于整个欧洲。诗的结构十分严谨，分为上下两部分，上段八行，下段六行，每行十一个音节，韵脚固定。莎士比亚的十四行诗在结构严谨程度上更进了一步，他将十四个诗行分为两部分，第一部分为三个四行，第二部分为两行，每行十个音节，韵脚固定。这种格式后来被称为"莎士比亚式"或"伊丽莎白式"。对诗人而言，诗的结构越严谨抒情难度就越大，而莎士比亚的十四行诗却丝毫不受格式拘谨，如天马行空一般自由奔放，诗歌语言富于想象，充满感情。

莎士比亚的十四行诗共 154 首，大约在 6 年间陆续写成，主题是友谊与爱情。第 1 到 126 首主要描写诗人同一位贵族青年之间友谊的升沉变化；第 127 至 152 首写诗人对一个"黑肤女子"的爱恋之情；最后两首作结。在前 17 首诗中，诗人敦促自己的贵族朋友结婚，他认为美好的事物应当通过传代而得到永生，反映出文艺复兴时期人文主义者对"人"的信念和对新贵族的希望。那位青年却对诗人若即若离，有时态度冷淡，有时垂青于另一个诗人，他甚至去勾引诗人的女友。但以友情为重的诗人却表现出和解精神。后半部分，诗人对"黑肤女子"倾吐爱慕之意，但她却被诗人的挚友拐走，这令诗人非常失望。这些故事背后隐藏着丰富的思想内容——人文主义者对真、善、美的看法和理想，也反映出社会现实。

诗人通过对一系列事物的歌颂、咏叹和抨击，表达了他进步的宇宙观、世界观、人生观和审美观。对友谊和爱情的歌颂，表达出莎士比亚主张的生活最高准则：真、善、美和这三者的结合。"真、善、美，就是我的全部主题，真、善、美，变化成不同的辞章，我的创造力就用在这种变化里，三体合一，产生瑰丽的景象。"

莎士比亚的诗中认为现实世界就是一个善美和丑恶对敌的战场，他对人的个性的看法也更强调精神和爱的力量。而诗人的主观世界中对理想的追求、对现实的不满，则使诗歌爆发出强大的表现力。诗歌表现了对光明和未来的希望，也表现出人与人之间不和谐所引起的失望和焦虑。它们不仅仅是个人的抒情，而是体现并超越了自己存在的那个时代。

莎士比亚就像一个仙境的建筑师，运用高超的艺术表现手法，在认识和表现客观世界的基础上重新组合出一个虚无缥缈的诗国。他用朴素的词汇和简单的语法结构、句型来表达自己的自豪和信心，塑造丰富生动的人物形象，阐述自己深刻独到的思想见解，再次证明了一个颠扑不破的真理——诗歌是永恒的："只要人类在呼吸，眼睛看得见，我这诗就活着，使你的生命绵延。"

莎士比亚诗作的启蒙价值是无与伦比的。如同人类不断走向文明的路途上燃起的永恒的明灯，莎翁给暗夜中摸索的行人指出了方向。他，一个平民的儿子，登上艺术宝座；他创造了整个世界，加以统治。弥尔顿曾经说过，作为文艺复兴时代最伟大的人文主义作家，莎士比亚既满腔热情地肯定人的正当欲望，歌颂人性、青春和爱情，又真诚地赞美高尚的道德和仁慈博爱的理念。莎士比亚的十四行诗既洋溢着现世的欢乐，又引导人们超越凡俗而趋于神圣，超越卑微而达于崇高。

JINGDIAN DAODU 经典导读

诗里莎翁

十四行诗既然是抒情诗，抒个人之情，莎士比亚本人就很难像在戏剧中那样，可以隐藏很深不让人家窥见他的真面目，而是自然而无法掩饰地把心灵深处向世界披露。虽然不能说十四行诗就是作者的自传，却可以说是他的思想感情活动的记录。

莎士比亚对爱情的理解和体会，不全是罗曼蒂克的想象，而是实际的、脚踏实地的。首先他对爱人的了解，就不像其他诗人把自己的所爱描绘成天仙一般，所谓"情人眼中出西施"，而是理智地当做一般人一样去发现她的美处。作者也深知爱情必须不断更新，不断加固，不能停留在原来的水平上，否则生活的惰性，环境的冲击，时光的磨损，以及人性中的喜新厌旧的恶习，会使爱情受到危害。在第 25 首诗中，诗人表示了自己对爱情价值的认识，什么高官厚禄，荣华富贵，他都视如粪土。唯有真正的爱情才能给人以永久的幸福。把爱的价值看得这样高，也可以说是"爱情至上"的观点吧，但在文艺复兴时期，这种爱情至上，对人的精神解放和人性的发展，以及对生活的发现都是有着历史进步意义的。

然而爱情毕竟不能超脱社会而独立存在，诗人的爱情受到来自社会的诽谤和中伤，也受到自己心上人的无情背叛，这些必然要影响到诗人的政治、社会观点，从而产生愤世嫉俗、悲观厌世的感情。在那邪恶的社会里，"美永远是诽谤的对象"，堵不住"那不断扩大的嫉妒的口"（第 70 首），人们会"加给你的鲜花以野草的恶臭"（第 69 首）。对这种颠倒黑白的无端诽谤，诗人在第 121 首中表达了自己的申辩和抗议。

从许多揭露和批判的十四行诗中，我们看到诗人的一个战斗者的伟大形象，一个威武不屈、贫贱不移的崇高形象。有时自我刻画，有时自我剖析，有时冷眼看世界。如果说十四行诗是莎士比亚自传性作品的话，那么，这一部分则真正可以看出作者的身世和为人了。

在伊丽莎白时代，戏剧被视为是不高尚的职业，演员毫无社会地位，只供人娱乐，而受不到尊重。莎士比亚也因从事这一职业尝尽了辛酸，他说："唉，我的确曾经常东奔西跑，扮作斑衣的小丑供众人赏玩，违背我的意志，把至宝贱卖掉。"（第110首）接着，在第111首中，抱怨自己命运不好，过着这种低下的生活，备尝世人的羞辱。除此之外，还有许多写因去远方卖艺不得不和亲人离别的诗，里面都浸透着诗人的眼泪和生离死别的痛苦。

诗人由于自己的身世和职业，可能有时出现自卑思想，但他的性格中的主要东西是自信和自负的，有着自知之明的；他在给"朋友"的许多诗中，都表示要用自己的诗使他的"美"长存，要使他在自己的笔下永葆青春，获得永恒的生命。第81首在他写的当时可能是预言，但这预言却成了不折不扣的真实。

名字将从这诗里得永生，
虽然我一去……
大地只能给我一座乱葬坟，
而你却将长埋在人们眼睛里。
我这些小诗便是你的纪念碑，
未来的眼睛固然要百读不厌，
未来的舌头也将要传诵不衰，
当现在呼吸的人已瞑目长眠。
这强劲的笔将使你活在生气
最蓬勃的地方，在人们的嘴里。

这首诗是莎士比亚整个作品的最好总结，它的艺术力量永不衰竭，被世世代代传诵不息。莎氏的一生是自我奋争的一生，也是创造的一生，他默默地给人类社会作贡献，自己却无所求。

莎士比亚在审美观点方面是把外在和内蕴、形式和内容、肉体和灵魂、外貌美和精神美统一起来的……但在十四行诗中，作者经常强调并赞美的主要不是外表，而是人的内心，"它唯一价值就在它的内蕴"（第74首），而眼睛"只能画外表，却不认识内心"（第24首）。对人对己都应着重心灵美，"让内心得滋养，别管外表堂皇"（第146首），而外在的美有时是徒有其表，内心却很空虚，这样的美也就毫无价值，"你的妩媚会变成夏娃的苹果，如果你的美德跟外表不配合"（第93首）。正是因为这样，在更多的情况下，作者都是主张内外美的一致，真善美的统一。莎士比亚的观点是辩证的、全面的、合乎人的认识规律的。

诗人在讴歌美的同时，也看到它的短暂、脆弱的性质，"她的活力比一朵花还柔脆"（第65首），也和花一样，转眼枯萎凋落。所以十四行诗中一个中心思想，就是如何同时光斗争，使人间的美得以长存。诗人认为只有艺术的力量才可以达到这一目的。而要达到这一目的，就得创造出真正的艺术，而真正的艺术是"真善美"的统一。

（《莎士比亚引论》）

寻求寂静的火焰

诗——一门古老的手艺、一种神秘而神圣的言说方式，是语言的炼金术，很少有人能企及。的确，真正的诗总是选择少数人去完成，在浩渺无际的诗歌星空中，莎士比亚无疑是最为耀眼、光彩夺目的一颗，几百年过去了，几乎是物皆尘，而莎士比亚的十四行诗凭其特异的光辉穿越历史的烟云以不可想象的强大膂力抵达我们尘封的世界。莎士比亚的伟大诗歌文本令人长久地仰望、倾慕与倾听。阅读莎士比亚的十四行诗，犹如完成在游动的悬崖上踩钢丝的无畏历险，是与火焰交锋追寻寂静火焰的过程。莎士比亚的诗歌文本犹如一粒橡树的种子，它潜藏着所有的橡树，你可能揭开它一层层的面纱但你永远不能揭示最里层的赤裸裸的意义之美。

当人们从中世纪的无边暗夜的梦魇中醒来的时候，作为诗人的伟大巨匠——莎士比亚已敲开了晦暗之门，以瞽者的姿态将头颅探入烈焰完成伟大而艰砺的升阶之书。首先站在黎明路口的诗人用可贵的理性圣火照亮和凸现了人类个体生命自身，将人从作为异己存在的“他者”——神和宗教的虚幻乌托邦远景中挣脱出来。“对生命的探讨和感悟是莎士比亚十四行诗中的一个重要主题。”在诗中莎士比亚热情地讴歌和赞美了生命和婚姻的伟大，他以特异的眼光头一次将审美的触须探伸到女性那里，因为女性在与她的另一半结合的时候得以使人类孕育与永存，维持了永恒得以不朽的生命源泉。莎士比亚在高度赞美婚姻、生命和爱情的时候，他也感到死亡作为人唯一的最终的归宿，感到了人作为个体存在的短暂，但莎士比亚并非像一些浪漫主义诗人那样消极而悲悯地面对死亡、逃避死亡。莎士比亚对生命的探讨是十分深入的，“离开爱欲、死亡、焦虑和孤独这些生命的内涵，诗表现的东西要少得多。如果离开对生命的探讨，诗将索然无味”。确然，当人类从原始森林中跋涉而出，在苍茫粗粝的漫漫征途上彳亍前行的时候，是爱、追求、孤独、焦虑和恐惧等诸多因素在复杂交织中填补了人类生存的虚无与空白，在人类的长河中，人类规避人自身和自然、工业的暴力，维持了人之为人的独特存在，很大原因在于人们秉持了生命的可贵与不懈地追寻。在此意义上，莎士比亚在诗的神秘言说中，改变了生存的枯涩，可以毫不夸大地说——历史以暴力和专制的非理性强暴地改变了世界的一部分，而文学尤其是诗歌则以特异而神圣的言说方式改变了世界的全部。

当我们在市场经济的“好天气”里，在人性日益沦丧，理想情怀几乎消失殆尽的年代……我们有理由相信，是文学以其独特的魅力消化着一切不洁和肮脏的东西。当我们面对无家可归的潮水，是永恒的声音在永远以神的姿态召唤我们，给我们以勇气——“假如我们不想在这个时代蒙混过关……我们就必须学会倾听诗人的言说”。是的，有良知的人已经在黑夜无语地倾听、无言地渴望、无限地追寻，追寻那永恒的寂静的火焰……

（杨克飞）

DASHI CHUANQI 大师传奇

1564年4月23日，威廉·莎士比亚出生在英国中部埃文河畔的特拉福德镇。父亲约翰·莎士比亚是沃里克郡的自耕农，1551年移居特拉福德镇，经营羊毛、皮革制造、谷物买卖。1565年约翰任特拉福德镇的民政官。莎士比亚4岁时，父亲被选为“市政厅首脑”，成了这个拥有2000多居民、20家旅馆和酒店的小镇镇长。作为家里的长子，他曾被送到当地的文法学校学习拉丁文和古代历史、哲学、诗歌、逻辑、修辞等。

莎士比亚小的时候经常有剧团来小镇巡回演出。他在观看演出时惊奇地发现，小小的舞台，少数几个演员，就能把历史和现实生活中的故事表现出来，由此他深深地喜欢上了戏剧。他经常和孩子们一起学着剧中的人物和情节演戏，并想长大后从事与剧本相关的工作。不幸的是，父亲被控卷入黑市羊毛交易而家道中落，并失去市议员的位置。14岁的莎士比亚只好离开学校，给父亲当助手。

1582年11月，18岁的莎士比亚同邻乡富裕自耕农的女儿安·哈瑟维结婚，妻子比他大8岁。不到21岁，他已有了3个孩子。莎士比亚对自己的婚姻常常感到遗憾，他在作品中曾说：“女人应该与比自己年纪大的男子结婚”。不过，他对辛勤持家、抚养孩子成人的妻子依然关怀备至。

1586年，富于进取精神的莎士比亚随一个戏班子步行到了伦敦，并找到一份为剧院骑马的观众照看马的差使。虽然是打杂，但毕竟跟戏剧挂了钩，莎士比亚尽力尽心地干这个工作。骑马来的观众都愿意把马交给他。莎士比亚常常忙不过来，只得找了一批少年来帮忙，他们被叫做“莎士比亚的孩子们”。

莎士比亚

莎士比亚头脑灵活，口齿伶俐，工作之余，还悄悄看舞台上的演出，并坚持自学文学、历史、哲学等课程，还自修了希腊文和拉丁文。当剧团需要临时演员时，“近水楼台先得月”的莎士比亚凭借自己的才华，终于争取到演一些配角的机会。他出色的理解力和精湛的演技，使他不久就被剧团吸收为正式演员。

当时伦敦剧团对剧本的需要非常迫切。如果一个戏不受观众喜欢，马上就要停演，再上演新戏。莎士比亚在坚持学习演技的同时，还大量阅读各种书籍，了解英国的历史和人民的不幸命运，他开始尝试写历史题材的剧本。

27岁那年，莎士比亚创作了历史剧《亨利六世》三部曲。剧本上演，大受观众欢迎，为他赢得很高声誉的同时，也使他逐渐在伦敦戏剧界站稳了脚跟。1595年，莎士比亚创作了悲剧《罗密欧与朱丽叶》，谴责了封建制度对爱情的迫害，歌颂了自由爱情和理想的可贵。该剧上演后，使他名震伦敦，观众像潮水般涌向剧场观看这出戏，并被感动得流下泪水。

1599年，莎士比亚所在的剧团建成了一个名叫环球剧院的剧场，他当了股东。在伦敦的岁月，莎士比亚渐渐变得富有。他在伦敦富人区买了一栋房子，还在家乡特拉福德镇拥有一座最大的住宅。不久，他的两个好友为改革政治，发动叛乱，结果，一个被处以绞刑，一个被投入监狱。悲愤之下，莎士比亚倾注全力写成剧本《哈姆雷特》，并亲自扮演其中的幽灵。以后的几年里，莎士比亚又陆续写出《奥赛罗》、《李尔王》和《麦克白》。

莎士比亚在家乡度过了一生中的最后几年，1616年4月23日因病去世，葬于镇上的“三一教堂”。在他的墓碑上刻着这样的碑文：“看在上帝的面上，请不要动我的坟墓，妄动者将遭到诅咒，保护者将受到祝福。”现在，每年都有数以千万计的人像朝圣一般去瞻仰莎士比亚坟墓所在的那座小教堂。

莎士比亚以自己杰出的创造天才和辉煌的创作成果向世人告知：他是文坛上前无古人的伟大拓荒者，他像空气一样流布全世界。在他逝世400多年后，英国BBC电视台以其在传媒界的至高无上的地位，给他封了一顶“20世纪风云人物”的桂冠。

YANSHEN YUEDU 延伸阅读

莎士比亚最早的诗作是《维纳斯与阿多尼斯》，取材于罗马诗人奥维德的《变形记》，描写爱情女神维纳斯追求青年阿多尼斯，但阿多尼斯却只爱打猎，在一次行猎中被野猪所伤致死。维纳斯万分悲痛。阿多尼斯死去的地方，在血泊中生出一种花，名为白头翁，维纳斯把它带回塞浦路斯岛。长诗旨在说明爱情不可抗拒，而且文字极为绮丽。作品出版后风行一时，到1602年共出了7版，到1640年累计16版。

※ ※ ※ ※

莎士比亚的长诗《鲁克丽丝受辱记》取材于奥维德的《岁时记》等作品。罗马王政时期最后一个国王塔昆的儿子塞克斯特斯私离战场，奸污了同族柯拉廷纳斯的妻子鲁克丽丝，鲁克丽丝召回出征的丈夫，嘱咐他报仇雪耻，之后举刀自杀。最后王朝被推翻，建立了贵族共和国。莎士比亚以违背“荣誉”观念的塞克斯特斯作为反面形象，劝告新贵族应以此为鉴。同时通过对鲁克丽丝悲剧形象的塑造，来呼吁同情、怜悯与人道。

失　乐　园

约翰·弥尔顿 John Milton(英国 1608－1674)

17 世纪初的英国革命是一件惊天动地的大事,而文学中最能表现这一伟大时代精神的作家是弥尔顿……他的《失乐园》充分表现了不屈不挠的革命精神,唱出了无与伦比的时代最强音。他不仅是 17 世纪英国最伟大的作家,也是当时欧洲最杰出的诗人。

——《英国文学通史》

约翰·弥尔顿是 17 世纪英国最主要的诗人、思想家和政论家,是英国唯一著名的史诗诗人。在 17 世纪英国文学的天空里,了解他和他的作品的人无不被他伟大的战斗精神所感染。虽然在他身后留下了桂冠诗人、政论家、思想家等头衔,但他活着的时候首先是一位英勇的精神斗士。作为一个博学的人文主义者,他将满腔激情投入到文学创作中,写出了文学史上三部不朽的长篇诗作:《失乐园》、《复乐园》、《力士参孙》。

300 年前,失明的弥尔顿说:"思想运用以及思想本身,能将地狱变为天堂,抑或将天堂变为地狱。"这个屡遭迫害、生活贫困,却始终对革命前途充满希望的人,他的平静和快乐并不在于他处境如何,遭遇过什么,只因他的心已经到达了那方世人失落已久的乐园。

《失乐园》是弥尔顿的代表作,也是他最为成功的一部作品,标志着诗人创作的高峰,被文学界认为是英国文学的经典之作,英语语言中最伟大的史诗之一。作品讲述了人类始祖亚当和夏娃在伊甸园中原本纯真无邪,因魔鬼撒旦的诱惑而反抗上帝的旨意,以至于堕落致罪的过程。史诗虽然取材于《圣经》故事,实际上是植根于现实生活,作者运用宗教题材,曲折地表达了英国资产阶级革命的时代精神和动人情景。别林斯基高度评价《失乐园》,认为它是"时代的产物",颂扬了"对权威的起义反抗"。

KUANGSHI JIEZUO 旷世杰作

《失乐园》约一万行,分 12 卷,是

描写人类堕落的长篇史诗。

统领天使鲁西法嫉妒上帝把独生子基督提拔到比自己还崇高的地位，于是率领众天使反叛，结果被上帝打入地狱，过了九天，他从永火中冒出来，发誓要报仇，并改名为撒旦。这本书就从撒旦建造万魔殿，集合众多堕落天使，大家商议如何报仇写起。最后决定的复仇方式是以在乐园中享受幸福的人类祖先开始，教他们背叛上帝。为了唆使亚当、夏娃反抗上帝，不辱使命的撒旦经历了各种危险和考验，躲过了守护天使的眼线，潜入伊甸园。望着正在幸福世界中的亚当、夏娃，却说不出话来。婚姻不幸的弥尔顿描写出的夫妻之情是那么美丽动人，连撒旦也为之动容。预先看出撒旦阴谋的上帝，派他的独生子去拯救世人。而基督自愿把自己当做牺牲品，献给那被上帝赶走、前途艰险的人类，也正因为如此，亚当和夏娃才免除了自杀的下场，支撑了繁衍子孙的决心。在这部复杂的作品中，人类失去乐园的故事表达了作者的清教主义，对撒旦的描写则倾注着他的革命思想，正是那些歌颂叛逆者的响亮诗行构成了诗中最动人的篇章。

在《圣经》中，撒旦是魔鬼，是与代表正统观念的上帝对立的，是恶的象征。在弥尔顿笔下，撒旦不再是模样丑陋、狰狞可怕的恶魔，而是一个气度卓群、傲然挺立、叱咤风云的英雄，具有非凡的气势和威力，充满了反叛上帝的战斗精神。斗争失败后，他没有怀疑自己的正义行动，从不后悔自己从天堂坠入地狱火海所经受的苦难，他毫不气馁，坚信自己的反抗精神永不消失，革命意志永不磨灭，他振臂一呼，率众继续未竟的事业，并在危急时刻挺身而出，勇挑重担，不辱使命。这里的撒旦俨然是一个高大、倔强，有抱负、有毅力的革命者。他或多或少带着些克伦威尔的影子，但他身上体现最多的是17世纪英国资产阶级革命的主流精神和弥尔顿自身的革命热情、人格力量。借助这个维护自由，敢于反抗上帝的时代战士，弥尔顿倾诉了自己对自由和民主的追求，寄托了自己忠于革命事业的情怀和不屈的反抗意志。

在《失乐园》里，弥尔顿显示了高超的艺术。诗人以激昂的革命热情和高远的想象雕塑出撒旦、罪恶、死亡等雄伟的人物形象，描绘了地狱、混沌、人间等壮阔的背景，诗歌风格高亢热烈。诗中运用了璀璨瑰丽、富有抒情气氛的比喻，独特的拉丁语的句法，和雄浑洪亮的音调等。在结构上，《失乐园》承继了古希腊、罗马史诗的传统，成为英国文学中一部杰出的史诗。

JINGDIAN DAODU J经典导读

史诗巨著《失乐园》

弥尔顿早就认为英国文学缺少一部能与荷马史诗相媲美的伟大史诗，因此他一直想弥补这个缺憾。创作《失乐园》一方面是实现自己多年梦寐以求的心愿；另一方面，他试图通过雄伟庄严的主题来超越以前的一切史诗，这也是他舍弃原先亚瑟王和圆桌骑士的素材而选用《圣经》故事的缘故。从《圣经》中摘取素材创作史诗古已有之，但弥尔顿的题材囊括创世伊始，人类的堕落和基督的救赎，从创世纪之前绵延至末日审判之际，其内容之丰富可谓包罗万象，如同大百科全书；其想象力之强可上穷碧落，下及黄泉，挥洒自如，如天马行空。一般来说，史诗叙述以某个真实或神话人物为原型的英雄人物的传奇经历，并把他描绘成具有某种英雄价值的典型代表人物。但弥尔顿似乎不太喜欢英雄主义，他并没有让基督或其他任何个人成为一个英雄人物的角色。上帝的行为属于一种神的创造行为，撒旦的行为属于反叛的行为，并掺进一些傲慢与狡猾，而人类始祖亚当与夏娃的行为只不过是违命的行为。当他们面临是维护自由还是抛弃自由的选择时，他们选择了抛弃，因而他们也就丧失了原始的自由。史诗与一般叙事诗的根本区别在于，史诗具有大百科全书般包罗一切的特性，并一度被认为是较悲剧更伟大的一种文学形式。弥尔顿对古典主义的涉猎研究，对文艺复兴文学的关注和兴趣，使他的这部史诗成了一部包容宗教、哲学、政治、科学及人文主义思想的巨著。《失乐园》不仅融会了诗人自己纵横驰骋的自由思想，而且也融会了弥尔顿时代的整个文化。弥尔顿汲取了古典史诗中的所有传统特征，如明喻，战斗场景的描绘，固定的语言模式，祈求缪斯女神，众神与领袖们召集会议等，并在此基础上把一个十分简单的圣经故事演绎成一个融合文艺复兴与宗教改革、古典文学与基督精神、高雅庄重与朴素无华于一体的集大成之作。

油画《原罪与逐出伊甸园》

《失乐园》是弥尔顿失明后口授而成，其声响极为悦耳，韵律特别优美，全诗抑扬顿挫，常能动人心弦，丁尼生称之为教堂里奏出的“风琴乐音”。诗中不同背景中某些词语的象征性，复杂的明喻夹杂着暗喻，具有拉丁意义的双关语，无意识地运用一些反讽意义的短语，加上大量的《圣经》典故和暗引，这一切使《失乐园》全诗有海纳百川而成汪洋的气魄。这一部史诗是弥尔顿铸毕生功力而成之精华，梁实秋先生称“其气势之雄与文辞之优美较诸欧洲古典的民族史诗均无逊色”。

（佚　名）

《失乐园》诗艺的一鳞半爪

托尔斯泰说过，一个人只有在他每次蘸墨水时都在墨水瓶里面留下自己的肉血，才应该进行写作。

马克思在《剩余价值理论》中评论说:“弥尔顿出于春蚕吐丝一样的必要而创作《失乐园》,那是他的天性的能动表现。”确实,弥尔顿过的是史诗般的一生,他是个具有现代意识的人,他的思想直接来自他的亲身经历。他为革命付出的代价是巨大的。他老而弥坚,盲而弥坚。《失乐园》可以说是他一生最好的总结。他用英勇顽强的一生,写出了雄浑壮丽的诗篇。

他的诗常出现长句子,结构复杂,引经据典。

也许有人说这不过是雕虫小技,我却认为它们是镶嵌在诗艺大厦上的晶莹闪光的珍珠玛瑙,都是诗人的心血凝练而成的。

《失乐园》英文版封面

诗人描写时,用典设喻,内外古今,无所不包,一地一名都有所选择,像是在夸耀学识渊博一样。其实这也是史诗雄伟的需要。上帝是无始无终、无所不在的存在,开天辟地,演出宇宙万物、世态炎凉,原罪祸及子孙,代代相传,永无穷尽。所以弥尔顿的史诗涉及无始无终的时间。具体描写时,视野之广又非前人所能及。抽象点讲,是难以想象的无限的宇宙。弥尔顿是杂家,世界的文史哲、天文、地理、冶金等几乎无所不知,天动说、地动说他都加以利用。他不但了解上帝创造的天外有天,也臆测星系外另有星系。他描写的天国的战争是够雄伟奇特的,撒旦居然发明火药,放排炮,使天兵天将狼狈不堪,逼得他们把山头一个个拔起来扔向敌阵。洪水泛滥与世界毁灭的景象自然壮观。《失乐园》描写的空间真是无所不包。虽说现代读者读来费劲,必须查明地图,弄清历史才了然,可能认为是败笔。但是这些都给史诗带来雄伟的气势,也是《失乐园》词义浓缩的表现之一,是出于史诗的需要。他当时的读者是在资本主义兴起,向外扩张,东西文化交流,引出好奇心的情况下,起码是不难理解的。……弥尔顿敢于革命,敢于创新,他为写全人类的悲剧,竭尽全力,创造了一种极为复杂的气势磅礴的诗体。应该说《失乐园》是空前的,迄今还没有人能超过弥尔顿。

(金发燊)

DASHI CHUANQI 大师传奇

1608年12月9日,约翰·弥尔顿生于伦敦一个富裕而有文化教养的新教家庭。信仰新教的父亲是个公证人和私人贷款者,治业有道,生意兴隆,积攒了充裕的钱财。他喜好音乐,在英国音乐的黄金时代甚至是个颇有声望的作曲家。母亲是个商人的女儿,乐善好施,只是视力不好。弥尔顿从小感染了父亲的反抗精神,同时也受到父亲的音乐熏陶。

弥尔顿从小喜爱读书,尤其喜爱

文学。在上圣保罗学校时，15 岁的他就意译了《旧约 · 诗篇》第 114 和 136 篇。这是他留传下来的最早的诗行。1625 年，他进入剑桥大学基督学院，开始了正式的诗歌创作。他长得英俊潇洒，思想纯正，举止优雅，有“基督学院淑女”的绰号。21 岁时，他写出了《圣诞晨歌》这样的名篇。23 岁时又写出《欢乐的人》和《沉思的人》这样的成功之作。1629 年他获得学士学位，1632 年取得硕士学位，接着随父亲潜居于哈墨斯密和霍顿，埋头读书长达 6 年之久。这段时间他广泛阅读各种书籍，弥补了在剑桥大学所没有学到的东西，并且深受人文主义思想的影响。

弥尔顿

1638 年他赴欧洲旅行。在巴黎他会见了不少上层人士。在意大利，他会见了因持地动说被宗教裁判所囚禁的伽利略，以及许多文艺作家，还应邀在他们的许多文艺俱乐部朗诵了他的拉丁文诗作，受到极高的赞扬。就在他打算去西西里岛和希腊时，传来了英国即将发生内战的风声。爱国的诗人于 1639 年春匆匆回国，定居伦敦。他站在革命的立场上写出了许多政论文章，参加反对国王和国教的斗争。当时清教分为长老派和独立派，在革命的发展过程中，他接近了克伦威尔的独立派，1649 年担任相当于宣传部长的政府拉丁文秘书，每月收入高达 288 英镑。

弥尔顿的婚姻生活颇为坎坷。1642 年，他莫名其妙地娶了父亲的旧交查理 · 鲍威尔 17 岁的女儿——玛丽 · 鲍威尔。婚后 6 个月，妻子回娘家竟一去 3 年不归。自尊心严重受挫的弥尔顿要求离婚，却惹来了流言蜚语：说他出了风流韵事，说他同时有两三个老婆，有人甚至公开在议会里诽谤他。一时间满城风雨，弄得他难以对付。最终，他出于道义和骑士精神与妻子和解，结果岳父一大家子搬了过来，把重担都压到了他身上。玛丽生过一子，不幸夭折，1652 年在生第三个女儿时死于分娩。1656 年弥尔顿又娶了一个比他年轻 20 岁的女郎，但她 15 个月后随着女儿的出生就谢世了，一个月后孩子也死了。1663 年经朋友介绍他又与比他小 30 岁的伊丽莎白 · 明萨尔结婚。对于一再丧偶、完全失明的诗人来说，第三次婚姻还算持久幸福。

1660 年 5 月查理二世复辟，反革命进行反扑，大肆杀戮。避到乡下的弥尔顿也锒铛入狱。图书被禁毁，家被抄，只等着死亡判决书有人签署执行，他就人头落地了。但是，关押了一阵子，弥尔顿于同年 12 月被释放了，原因不得而知。终究是天从人愿，没让英国文学损失《失乐园》这一世界史诗中的瑰宝。

大凡侥幸保命的人只愿一走了之，弥尔顿临出狱时却在下院控告狱卒多收了他的费用，其争自由、争权利、无所畏惧的精神可见一斑。

晚年，内外交困的弥尔顿并没有因此倒下，相反，他不怕冒风险，退而把革命的失利总结在诗篇里。他曾经说过，写散文只用了他的“左手”。如今，他瞎了眼睛，用“右手”以惊人的毅力，集中全力，跟时间赛跑，实现了年轻时的远大志向，作了一个了不起的诗人，完成了世界文学史上三部不朽的诗篇。

1674 年 11 月 8 日弥尔顿卒于伦敦，死后与乔叟、莎士比亚齐名。

YANSHEN YUEDU 延伸阅读

史诗《复乐园》共四卷，取材于《新约·路加福音》中耶稣被诱惑的故事。耶稣在约旦河畔由圣徒约翰施洗后，准备公开布道，这时圣灵引他到荒郊，先要给他一次考验。这考验就是撒旦对他的引诱。撒旦第一天以筵席，第二天以城市的繁华和古希腊、罗马的文学艺术引诱耶稣，都遭到拒绝。第三天撒旦使用暴力，把耶稣放在耶路撒冷的庙宇的顶上，他也毫不畏惧。后来天使们把他接下来，认为他胜利地经受了考验，于是他开始布道，替人类恢复乐园。《复乐园》体现了宗教思想的胜利，反映了革命挫败后，弥尔顿对英国革命事业始终不渝的态度。

※ ※ ※ ※

《力士参孙》取材于《旧约·士师记》。参孙是以色列民族英雄，被妻子大利拉出卖给菲利士敌人，眼珠被挖掉，每日给敌人推磨。一个节日，菲利士人庆祝对参孙的胜利，让他痛苦万分，这时父亲的劝说、大利拉的忏悔都给他以刺激，加上敌人赫拉法对他的威胁和侮辱，这些都激发了他的战斗精神。在敌人威逼他表演武艺之后，他撼倒了演武大厦的支柱，整个大厦坍塌，他和敌人同归于尽。这出悲剧表现了坚强的革命精神。它反映了王朝复辟后资产阶级革命者内心的痛苦和遭受的迫害。诗人指出，深省忏悔、克制骄矜、控制情欲、恢复信心，是资产阶级革命的道路。史诗采用了崇高严肃的题材，具有汹涌澎湃的感情，质朴有力的语言，活泼有节的音律。这一悲剧是弥尔顿艺术的新发展。它运用希腊悲剧形式，是一部宏伟的诗作。

华兹华斯抒情诗选

威廉·华兹华斯 William Wordsworth(英国 1770—1850)

从文学史上讲,华兹华斯一反18世纪的诗风,摒除了那种不触及个人内心,喜好机智,讲究文字整齐干净,过于追求形式完美,往往用政治上的讽刺、社交界的是非、朋友间的投赠等作主题的办法,开创了浪漫主义的新诗风,影响及于百年之上。因此,从全面来看,华兹华斯为英诗增添了新内容,引进了新语言,开创了新风格,不愧为一代大家。

——英国文学专家 周珏良

威廉·华兹华斯是“湖畔派”诗人中的杰出代表,同时也是继莎士比亚和弥尔顿之后在英国文坛出现的又一位卓越诗人。他的文笔朴素清新,自然流畅,一反新古典主义平板、典雅的风格,开创了新鲜活泼的浪漫主义诗风,甚至被誉为第一位现代诗人。英国19世纪著名散文家和评论家德·昆西认为,他“是那些使自己成为人类心目中不可少的伟大诗人之一”。

华兹华斯以高度纯化的诗艺和极其精练的语言写下了一首首富于灵感和充满激情的伟大诗篇,在广大读者中引起了强烈的反响。他不仅是一位才华横溢、出类拔萃的诗人,而且是英国浪漫主义文学运动的先驱。他与挚友柯勒律治共同开辟了一条英语诗歌的革新之路,使诗歌创作最终脱离了古典主义的理性的轨迹,进入了一个灿烂辉煌的时代。毫无疑问,华兹华斯对英国诗歌的繁荣与发展作出了重要的贡献。不了解华兹华斯,就无法真正了解英国整个浪漫主义文学运动。

华兹华斯的诗,以多姿多彩的形式,深情地表达了他对人生、自然、宇宙的深切感悟和思考。诗人常有神来之笔,看似普通的道理,却同高度的激情结合在一起。他能将复杂深奥的思想表达得准确而清晰,无论民歌体小诗还是白体无韵诗,在他手中都达到了新的高峰。华兹华斯的文字,出之于清新,却又精辟、深刻,具有令人沉思向上的力量,这正是诗人在英文诗歌创作史上的伟大之处。《华兹华斯抒情诗选》收录了诗人各个时期的抒情佳作，其中有对湖光山色、田间庭院等美妙韵致的体验，也有对儿时梦幻的追忆。一首首华美诗篇使全书异彩纷呈，美不胜收。

KUANGSHI JIEZUO K旷世杰作

与同时代的任何英国诗人相比，华兹华斯是最乐于也是最善于描写大自然的。《华兹华斯抒情诗选》收录的诗作，是他这方面作品中最有艺术造诣的部分，也是英国同类诗歌中成就最高的经典。他对大自然怀有深厚的感情，对实现了工业化之后具有种种痼疾的城市颇为厌恶。他认为大自然能够启迪人性中博爱和善良的情感，而且，融合在大自然之中能够使人得到真正的幸福。他一生中的绝大多数时间都是在他出生地所在的湖区一带度过的，他的诗歌中很大一部分就是直观地描绘那里的自然风貌。因此，艺术评论家罗斯金曾十分恰当地称他为那个时代英国诗坛上的风景画家。

除了自然界，华兹华斯诗歌中另一个重要描绘对象是人，是一些同大自然息息相关的平凡人和他们的生活。他写平凡人的悲苦，也写他们的欢乐，在他的不少诗中隐隐地传出这样的信息：人生的基调是幸福的，但这幸福还是要靠人的努力去争取才能赢得。事实上，华兹华斯不仅尊崇幼稚的婴儿，尊崇处于无意识状态因而更接近自然的人，而且，由于他认为世上的一切生灵都曾受到大自然的孕育，是自然整体中不可分割的部分，因此他也爱怜一切动物和花草。

至于华兹华斯诗歌的具体特点，柯勒律治总结出著名的“六大优点”：语言极度纯粹；思想感情明智而强烈；每个诗行、诗节都既有独到之处又有力量；完全忠实于自然界中的形象；沉思里包含同情，深刻而精致的思想里带有感伤；想象力丰富。柯勒律治的评价基本上是中肯的。

总的来说，华兹华斯的诗风是：不尚奇幻，以其宁静的沉思和富于想象力的风格写得真挚自然、亲切质朴，既注重自然的可感性而着意捕捉细节，又从人们的日常生活中开掘感情宝藏，以取得新鲜感和奇特的效果。

华兹华斯诗才最旺盛的时期是1797年至1807年的10年。然而纵观他的一生，其诗歌成就是突出的，不愧为继莎士比亚、弥尔顿之后的一代大家。

JINGDIAN DAODU J经典导读

豪华落尽见真淳

华兹华斯曾明确表示，诗歌应面向人民群众，而不应是封建贵族消闲解闷的工具或一部分文人雅士的专利。诗人应致力于表现生活中最普通的人物与事件，而“平凡的事物应通过不寻常的方式加以表现，尤其是在创作过程中要使这些事件和情景变得生动有趣”。在《华兹华斯抒情诗选》中，威风凛凛的国王或叱咤风云的英雄从来不是诗人歌颂的主题，他着力描绘的是湖区质朴忠厚的农民和为读者熟悉的男男女女：有饱经风霜的老人、善良可爱的农家少女、天真无邪的儿童和信誓旦旦的情人。

此外，华兹华斯认为诗人应竭力描绘山川田野的秀丽景色，热情歌颂大自然的纯洁与质朴，并充分揭示其永恒的魅力。在他看来，大自然本身就是一首最美好的诗歌，它不仅能够唤起人的激情，而且还能赐予人们智慧和力量。人只有在自然环境中才能保持自己的尊严和纯洁的心灵，与束缚自由、压迫个性的工业社会分庭抗礼。因此，田园风光和湖光山色便成为他刻意表现的重要题材之一。这样的作品在《华兹华斯抒情诗选》中占了很大的比例。

不仅如此，华兹华斯还对诗歌的语言和艺术形式进行了大胆的实验和改革。他坚持采用生动、朴实和简洁的语言来直接表达人的感情，并主张诗歌的节奏与韵律应尽可能同口语的语音和语调保持一致。他的作品大都用词精当，句子舒展，不但体现了诗歌的意蕴，而且还具有散文的风格和口语的特征。

文学史的长河里波涛浩荡，大浪淘沙，诗人的一生像白驹过隙，稍纵即逝，而他的作品却像恒星长存，光耀千秋。也许华兹华斯中年成名与当时起伏不定的社会时尚不无因缘，也许他能独撑诗坛是因为才俊们纷纷先逝，但他的领袖地位却经历了岁月的检验和浇铸，必定要光照环宇。华兹华斯一生的诗作和理论，如同一道闪电撕裂了英国古典文学的陈规禁锢，宣告了诗坛一场伟大革命的降临和浪漫主义新诗的到来。

（佚　名）

湖区诗人：华兹华斯

如果说《华兹华斯抒情诗选》采撷了华兹华斯诗艺宝库中的珍珠，那么华兹华斯的创作之光也就是在珍珠形成的一瞬之间，但在 18 世纪和 19 世纪的英国文学史上，他的地位是很特殊的。或许他不及雪莱和拜伦的诗那样烈火喷涌、激情澎湃，不像他们用诗歌的形式关注着历史的重大事件，并一贯到底地讴之歌之。但必须承认，华氏的创作的确缺少描写人民群众英勇斗争的精神，甚至连谴责封建暴政的勇气和对民族命运的关怀也丢失了，但作为诗歌的一支和一个流派所产生的影响，华兹华斯毕竟有他存在的价值。

看一种文学现象和一种文学主张，甚或纵观大的历史脉络，他的这一环是不可少的，就像汹涌的大海，倘若没有无数河流的汇聚就不可能有它的浩浩荡荡和汪洋恣肆。我想，文学史家之所以要每每提起华兹华斯，也正说明了他们是不会轻易把一顶桂冠封给一个平庸之人的。而一个人能被史家注意，进入他们的视野，并得到他们的承认，仅凭空洞的言辞和玩些形式与技巧是禁不住他们挑剔的眼光的，最终，还是要靠作品说话，作品有多少分量，作家就有多高的地位。就华兹华斯来说，他对自己的创作有着透彻的表述，主张十分鲜明，尤其是对浪漫主义的理解，有着深切明确的信念和最典型的固执态度。他遵循着自己的信条，将湖区乡野风景融入诗篇，把内心的复杂感受通过离奇的情节托付给神秘的描写……应该说，这些都是湖畔诗派和桂冠诗人得以被认定的基础。尽管在当时，雪莱和拜伦曾攻击华兹华斯一伙逃避现实，无视人们追求个性解放，而退缩一隅，但华兹华斯的作品对后世的影响终究是无法小视的。如果说雪莱和拜伦属于"阳刚"一派的话，那么华兹华斯确乎就属"阴柔"，而两两相较虽有高下，公允地说，怕是也在伯仲之间。

湖区是华兹华斯的故土，在他的家乡，诗人受到人们的喜爱，问当地的人，他们认为华兹华斯是自己家乡的歌手。在《华兹华斯抒情诗选》中，华兹华斯惟妙惟肖地描绘出了湖区的神秘之美。温德米尔湖清晨飘起的雾霭，斯科费尔峰顶上终年的积雪，谷地中的飞禽走兽，山林里的异树奇花……这些都是他们熟悉的内容，这就足够了。湖区是原始的，是自然的，在诗人看来，这正是他沉迷其间的原因所在。但史家们说，晚年的华兹华斯想象力衰退了，思想的枯竭使他的佳作日渐其少，早年诗中的那股清新之风已不再见到了。一个诗人或一个作家，他的创作激情能够一以贯之是很难的，在这点上，华兹华斯也不能幸免。但人们能记住他，记住他的诗，并至今传诵，却也证明了他的魅力。

（吴志实）

大师传奇 DASHI CHUANQI

1770年4月7日威廉·华兹华斯出生于英国坎伯兰郡考克茅斯一个律师家庭。当地以星罗棋布的湖泊和秀丽的山色而闻名，离他家不远，是一条后来被他称为"河流中最美的"德文特河，河对面则是他心爱的去处——考克茅斯城堡的废墟。

华兹华斯童年时就能成段背诵斯宾塞、莎士比亚和弥尔顿的作品。8岁时母亲去世，他被送到故乡东南二三十英里的霍克斯黑德寄宿学校，直至1787年进剑桥大学圣约翰学院为止。此间，他常在当地的湖山之间随意徜徉。他与同学们三三两两地寄宿在当地居民家中，结识了农夫和羊倌。学校校长是位诗歌爱好者，对华兹华斯在诗歌方面的兴趣爱好起了很好的引导和点拨作用。在霍克斯黑德的10年，对华兹华斯后来思想和艺术风格的形成有很大影响。

威廉·华兹华斯

1783年他的父亲去世，他和弟兄们由舅父照管。妹妹多萝西则由外祖父母抚养。1787年他进入剑桥大学圣约翰学院。他对那里的课程不太感兴趣，却熟读了大量古典文学作品，又学习了意大利文、法文和西班牙文。1790年假期，由于受到卢梭思想的影响，他曾与同学们徒步去法国、瑞士和意大利旅行。在法国，他还亲眼看到了法国人民欢庆攻陷巴士底狱一周年的情景。1791年，他大学毕业，获得文学学士学位。在伦敦小住数月后，他又在威尔士作了几周的徒步旅行。同年11月去法国，住在布卢瓦。他对法国革命深怀同情，认为这场革命表现了人性的完美，将拯救帝制之下处于水深火热中的人民。这时期的心情在他的长诗《序曲》中有详细的描写。在法期间，他与法国姑娘安内特·瓦隆相恋同居，并生下一个女儿，但这门亲事却遭到舅父们的反对。

1792年华兹华斯回到伦敦，仍对革命充满热情。这时他出版了一本诗集，收有《黄昏信步》和《写景诗》。他常和政治思想家威廉·戈德温周围的激进派青年在一起，时刻关注着法国革命的发展。后来革命形势有变，华兹华斯在法国结交的朋友遭受镇压，随后，各种骇人听闻的传说充斥英国。这让华兹华斯感到十分痛苦。雪上加霜的是，他在经济上遇到了困难。因法律纠纷，他暂时不能继承父亲的遗产，而舅父又对他的政治活动表示不满，不愿再接济他。走投无路时，他的一位同学去世，临死前给他留下了900英镑。于是，1795年10月，他在妹妹多萝西的陪同下迁居塞特郡乡间，以实现自己接近自然和探讨人生意义的夙愿。几年来被政治斗争风云所激荡的心灵逐渐平静，为他的诗歌创作提供了良好前提。从这时起，多萝西一直同他生活在一起，终身未嫁。多萝西聪慧而体贴，是华兹华斯热情的鼓励者和不倦的助手，对于他成为杰出诗人起了不可忽视的作用。

《华兹华斯抒情诗选》英文版封面

1795年，华兹华斯兄妹与诗人柯勒律治首次相见，很快结成了亲密的友谊。兄妹两人决定迁到柯勒律治的住所附近，以便常常见面。华兹华斯从柯勒律治的批评和鼓励中受益匪浅，而他勤恳踏实的工作作风也给柯勒律治不小的帮助，促使其完成了若干首长诗。两位诗人交往的最重要的成果是1798年共同出版的诗集《抒情歌谣集》和1800年这部诗集再版时华兹华斯写的序言。前者宣告了浪漫主义的诞生，而后者则详细阐述了浪漫主义新诗的理论，主张以平民的语言抒写平民的事物、思想与感情，被誉为浪漫主义诗歌的宣言。这一集一序在诗歌的内容和形式上都引起了一场革命，在英国文学史上开创了一个崭新的浪漫主义时代。这部诗集是自文艺复兴以来英国文学史上最重要的作品，从此开创了以发掘人的内心世界为主的现代诗风。

1798年9月至1799年春，华兹华斯兄妹和柯勒律治一起去德国小住。在那个又冷又长的冬天，他创作了《采干果》、《露斯》和《露西》组诗，同时开始写作长诗《序曲》。5月，兄妹俩回到英国，又和柯勒律治一起在他们心爱的湖区做了一次徒步旅行。1802年年英法暂时停战，7月间华兹华斯同多萝西去了法国，同安内特·瓦隆和他们的女儿卡萝琳会面，了却了这段姻缘。回英国后，华兹华斯于10月和相识多年的玛丽·赫钦逊结婚。1802至1804年他写了《不朽的征兆》一诗，这首诗和《丁登寺》都是华兹华斯以自然与人生的关系为主题的代表作。

1802年至1807年是华兹华斯创作颇丰的时期。除了《孤独的收割者》等名篇，他还写了负有盛名的《颂诗：忆幼年而悟不朽》（也称为《不朽颂》），并与作家司各特会面。1805年为了纪念他在军中服役而死的弟弟约翰，他写了《哀歌，为比尔城堡而作》。同年又写了《天职颂》，并完成了长诗《序曲》，后者直到他死后才正式出版。1806年他写了《快乐的战士》一诗，1807年出版两卷本诗集，其中收入《决心与自主》和他大部分最好的十四行诗。这部诗集的出版结束了从1797年至1807年他创作生命最旺盛的10年。

1807年之后是华兹华斯的后期创作阶段。在这30多年间，他写了不少作品，但发表的不多，佳作更少。1810年，他和柯勒律治在一些基本观点上的分歧终于演变成一场公开的争论。1812年他的次子和次女去世。可悲的是，华兹华斯诗才的迅速退化，1815年之后他基本上没有重要的作品问世，1835年之后几乎不再发表作品。

与华兹华斯创作灵感日益枯竭形成鲜明对照的是，他晚年却声誉日隆，上门拜访求教者络绎不绝。正如著名评论家德·昆西所说：“1820年之前，华兹华斯的名字给人踩在脚下；1820年到1830年，这名字是个战斗的名字；1830年到1835年，这已是个胜利的名字了。”此后，华兹华斯在英国文学史上的地位得到确认，100多年来的时代变迁对他的名声几乎没有多大的影响，只是人们在欣赏、评论他作品时的观点有所不同而已。

1843年，73岁的华兹华斯被授予英国“桂冠诗人”称号，1850年4月23日，华兹华斯去世。

YANSHEN YUEDU 延伸阅读

塞缪尔·泰勒·柯勒律治是“湖畔派”诗人中最有浪漫气质的一位。《古舟子咏》是他的代表作，同时也是他的“超凡诗”中篇幅最长且唯一完整的一首诗。这首歌谣体长诗包括7个部分，共677行。诗人以朴素的语言生动描述了一位老水手在海上的冒险经历，探索了他从罪恶到忏悔的全部过程，揭示了善与恶之间的冲突。诗中充满了对现实与幻境的描绘，特别是对大海的描绘生动逼真，取得了极强的艺术效果。《古舟子咏》不仅代表了柯勒律治创作的最高成就，而且也是浪漫主义诗歌的典范。

※　※　※　※

罗伯特·骚塞是“湖畔派”中最年轻的一位诗人，也是英国19世纪初最著名的诗人之一。《撒拉巴》是骚塞最重要的长篇史诗之一，作品生动地叙述了阿拉伯青年撒拉巴历尽艰险替父报仇，并最终战胜恶巫师的冒险故事。撒拉巴的父亲霍德拉突然被人杀害，撒拉巴痛不欲生，发誓为父报仇雪恨。他得知一伙住在海底宫殿的巫师无恶不作，便前去探究底细。当撒拉巴将一个企图害他的巫师杀死之后，他从巫师的一枚戒指得知，杀父仇人是巫师奥克巴。于是他驾船出海，降落到海底岩洞，与众巫师展开一场恶斗。当他将巫师首领埃利巴斯杀死后，海底宫殿突然倒塌。这位穆斯林英雄与敌人同归于尽，并与妻子在天堂重新团聚。长诗情节生动曲折，险象环生，高潮迭起，具有很强的吸引力。

※　※　※　※

《克哈马的诅咒》是骚塞的另一首重要长诗。该诗取材于印度神话传说，叙述笔法与《撒拉巴》十分相似。诗人在诗中展示了主宰地狱和地球的恶魔克哈马的形象。克哈马的儿子企图强奸农家少女凯雅尔，结果被姑娘的父亲拉都拉德所杀。克哈马闻讯暴跳如雷，派手下将拉都拉德父女抓来受罚。克哈马对拉都拉德施以凶暴残忍的妖术，想使其生不如死而又求死不得。但他的诅咒却给拉都拉德带来了好运。最后，拉都拉德父女重新团聚，而克哈马则被打入地狱。

恰尔德·哈洛尔德游记

乔治·戈登·拜伦 George Gordon Byron(英国 1788—1824)

《恰尔德·哈洛尔德游记》在拜伦生前就已经震撼了千万读者的心灵。今天,这首长诗依然在世界各国广为流传,久盛不衰。

——《英国文学通史》

拜伦是英国浪漫主义文学运动的卓越代表,也是19世纪欧洲最伟大的诗人之一。他是一个伟大的诗人,而且是世界上总会需要的一种诗人。在欧洲乃至全世界,拜伦的影响都是无比深远的。他被誉为"诗国中的拿破仑",俄国诗人普希金、莱蒙托夫都是他的崇拜者。别林斯基认为拜伦是"高不可及的雄伟诗人","力量巨大的普罗米修斯"。法国的雨果、拉马丁、梅里美、缪塞以及德国的海涅都受到拜伦的深刻影响。

拜伦的一生是伟大的一生。他不但是才气横溢的诗人,而且是跃马持枪驰骋疆场的革命战士。他高擎在法国点燃的革命火炬,并把这熊熊的火焰携往思想和艺术的领域。最可贵的是,他从不空谈革命,而是以切切实实的工作为美好的理想奋斗,甚至献出了宝贵的生命。他那为弱小民族自由解放献身的革命精神,激励了当时南欧各国人民反对外族压迫的斗争。今天,他的雕像还站在希腊米苏龙吉的"英雄公园"中央,受到广大群众的崇敬。他那热情战斗的诗歌像锋利的匕首,刺向人间一切黑暗腐朽势力,像激昂的号角,鼓舞人民在斗争中前进。

《恰尔德·哈洛尔德游记》是拜伦最重要的作品之一。长诗充满了爱国主义与反压迫的感情,语句流畅,语言绮丽华美。把政治和社会问题作为诗歌题材,这在浪漫主义文学中是首次。诗中对异域的旖旎风光和各地的风土人情有十分精彩的描写和叙述,例如第一、二章中写到的葡萄牙、西班牙、希腊、阿尔巴尼亚等国的风光,第三、四章中的比利时的滑铁卢、莱茵河两岸、瑞士的莱蒙湖,还有意大利的几乎所有重要的名胜古迹。当时有很多人在游历的时候把这部长诗当做最好的"旅行便览"。

《恰尔德·哈洛尔德游记》第一、二章发表于1812年。此前，拜伦刚完成对葡萄牙、西班牙等国的旅行。在诗作中，他不但描写了大自然的秀丽景色，各地的风土人情，还颂赞了为自由解放而斗争的欧洲各国人民。他歌颂反抗拿破仑侵略的西班牙英雄们。对处在土耳其奴役之下的希腊，诗人则着力歌颂希腊古代人民热爱自由、富于抗争精神的光辉形象，以此鼓舞当时希腊人民的斗志，号召他们起来斗争，粉碎身上的奴隶枷锁，赶走侵略者。此外，诗人还表示了对英国对外政策的轻蔑与不满。长诗内容新颖，辞藻华丽，格律严谨，音韵和谐，发表后头4个星期里，就印了7版，震动了英国诗坛甚至整个欧洲，连当时的反动批评家也不敢否认拜伦的才华了。

长诗主人公恰尔德·哈洛尔德是个贵族青年，他对自己的时代感到失望。他一度过着纸醉金迷的堕落生活，但很快就对这种放荡感到厌倦，甚至对当时英国上流社会的生活感到厌恶。狂欢极乐之后，他感到无尽空虚和忧郁。这种情绪是19世纪初欧洲一代资产阶级民主主义知识分子们共同的心理状态，反映了一种政治形势造成的情绪。受到启蒙思想洗礼的知识分子，对自己丧失了信心，看不到国家的前途，大多陷入悲观失望的境地。拜伦也不例外，不过他的绝望情绪更甚于其他人，而哈洛尔德至少是拜伦情绪的一个影子。

1816年拜伦被迫离开英国。他游览了滑铁卢，又在瑞士停留了几个月，同年秋天，移居意大利。《恰尔德·哈洛尔德游记》第三、四两章创作于这个时期。第三章记述了他从滑铁卢到瑞士的一段经历。当时欧洲革命运动转入低潮，而反动势力却猖獗一时，这使拜伦心情沉重，因此在第三章中创造出的是一个忧郁的漂泊者形象。这个人放浪形骸，纵情山水之间，企图寻找一个世外桃源，以逃脱浑浊的人世，求得灵魂的安宁。但在第四章中，意大利人民火热的革命斗争，大大振奋了他的革命精神，驱除了他的一切悲观厌世情绪。诗人欣赏着意大利醉人的海景山色，缅怀古代罗马创造的辉煌业绩，又眼看人民在奥国占领下的痛苦生活，他不禁热血沸腾，写下了热情洋溢的诗篇，大声疾呼，号召人民以伟大的过去为榜样，起来进行斗争，驱逐外国侵略者。尽管当时革命遭受挫折，欧洲上空黑云滚滚，但他坚信革命一定会胜利，自由终将到来。

第四章的主题集中在意大利。意大利的锦绣河山使人回忆起意大利过去的强大和光荣。拜伦称意大利为“艺术之母”和“军事之母”。在这章里他特别提到中世纪领导人民运动的爱国者里恩济。意大利的每一座古城、桥梁、纪念塔以及它辉煌的民族文化在诗人的笔下闪烁着无限的光芒。但丁、薄伽丘、彼得拉克、米开朗琪罗及伽利略的名字受到了诗人的崇拜和尊敬。诗人回溯这些过去的光荣成就，为的是可以给意大利人民更大的鼓舞来反抗奥地利的奴役。拜伦从他在意大利的革命实践中获得了新的启示，深切地感受到人民力量的逐渐壮大。革命虽然暂时受到挫折，但他坚信自由之树终究是要开花结果的。

JINGDIAN DAODU 经典导读

浪漫主义典范

在《恰尔德·哈洛尔德游记》中，拜伦诙谐地模仿斯宾塞在《仙后》中所采用的诗体，试图凭借这种庄严的史诗形式来嘲弄衰朽腐败的欧洲文明，讥讽独裁者的愚蠢和无能。《游记》详细地记载了一个青年贵族周游各国的经历。诗人诙谐地将主人公哈洛尔德的出游比作中世纪游侠骑士的冒险经历。然而，这首长篇叙事诗的根本目的在于反映拜伦本人在比利时、法国、瑞士和意大利等国游览时的所见所闻，并揭示他对欧洲大陆现实生活的真实感受。

恰尔德·哈洛尔德是个崭新的人物形象，在他身上体现了许多鲜明的时代特征。像诗人一样，他出身于贵族世家，却对封建制度感到悲观失望，对现实社会表现出强烈的不满情绪。哈洛尔德是个自命不凡、愤世嫉俗的青年；他生性孤傲，超然离群，却不乏正义感和同情心。他曾狂热地追求享乐，却又憎恨文明的堕落。他决定出游为的是从受腐朽文明影响比较小的邻国和异族文化中寻找一份纯洁与真诚的情感。从某种意义上说，哈洛尔德的思想和性格具有广泛的代表性，因而，他的形象受到同时代人的欢迎。长诗虽然描述了哈洛尔德周游列国的经历，但事实上作者借主人公之口不仅表达了自己对英国大资产阶级和封建贵族的敌视态度，而且也大胆地表明了自己的政治主张。

长篇叙事诗《恰尔德·哈洛尔德游记》在一定程度上反映了拜伦个人的生活经历和处世态度。长期以来，大多数评论家将这首诗看作诗人生活经历的真实写照，理由之一便是诗歌主人公的经历与拜伦本人的生活历程极为相似。此外，诗人在第四章中干脆放弃原来的第三人称而改用第一人称叙述，从而增强了作品的自传色彩。《游记》之所以在欧洲读者中引起强烈的反响，不仅因为它涉及当时人们普遍关注的重要事件和社会局势，使读者将欧洲各国的社会生活尽收眼底，而且还因为诗人向读者展示了主人公丰富复杂的内心世界。哈洛尔德的喜怒哀乐在优美的诗句中得到真实的表露。拜伦在《游记》中充分显示了自己的创作才华，挽歌与颂词，讽刺与谴责，以及描绘与戏谑彼此交融，相映成趣。此外，语言的生动性和表现手法的多样性也使《游记》无可争议地成为英国浪漫主义诗歌的杰出范例。

（《英国文学通史》）

拜伦式的英雄

《恰尔德·哈洛尔德游记》的主人公恰尔德·哈洛尔德不是拜伦的理想人物。在第一、二两章序言里他就曾阐明塑造这个形象的用意:“为了让这部作品多少有些连贯性,于是就放进了一个虚构的人物,而这个人物的描写又并不求其完整。”……他反映了当时社会上一部分贵族青年的精神面貌。他们受到了法国革命进步思潮的冲击,同情广大受压迫的人民和风起云涌的解放运动,反对暴政。但是由于世界观的局限,看不出社会罪恶的根源,找不到具体的斗争道路,他们不满、抑郁、苦闷、悲观。在这种情况下,他们的反抗只能是消极的,于事无补的个人主义的反抗,不是逃避现实,就是以堕落的方式来反抗腐朽的统治。哈洛尔德的形象在当时具有一定的典型意义。

恰尔德·哈洛尔德出生于英国破落的贵族家庭,过着纸醉金迷、花天酒地的寄生享乐生活。终日与酒肉朋友、轻浮的情妇在一起厮混。二十三四岁时,他感到这种生活的空虚,厌烦了人世间的一切荒唐无耻,内心苦闷非凡,企图浪游海外,寻求另一个世界来治愈他的创伤。但当一踏上漫长的旅途,驶向异乡时,哈洛尔德又情不自禁地望洋兴叹,对着海风唱出了感伤的“晚安曲”。……哈洛尔德在生活中是个旁观者,只有沉思默想,从未付诸行动,他不愿与任何人交往,却爱与大自然谈心。炎凉的世态,虚伪的人生深深地刺伤了哈洛尔德的心灵。

哈洛尔德的性格也随着时光的流逝而有所发展。“心里满是创伤,纵不致命,也难复原”的哈洛尔德变得不像过去那么多愁善感了。他的志趣比早年也高洁得多。在刚离开祖国时,他还企图在海外异乡找到解脱的出路。可是,事与愿违,他对整个欧洲现实和反动统治的实质认识得更深刻,他的忧郁更阴沉,性格更孤独。他悲观绝望到不屑与任何人为伍,孤独高傲得甚至要离弃人世。

拜伦理解到哈洛尔德远避人类不是憎恨人类,而主要是他不愿和那些纨绔子弟在一起厮混,陷在罪恶深渊中不能自拔。同时诗人也意识到了哈洛尔德的个人主义的反抗是徒劳无益的。他认为这是“可怜地用错误手段来对付错误”。他认为在人生的航程中必须有航行的目的,不能做一个无目的的海上漂泊者。诗人深切地感到哈洛尔德不能表达他自己的全部思想感情。也正是由于这种不满,诗人经常以抒情主人公的姿态出现在长诗里,经常插入一些具有政治色彩的抒情独白以弥补哈洛尔德性格之不足。在第四章里几乎已经全部是诗人直接和读者的谈话了。抒情主人公体现了拜伦思想矛盾上的积极面,当然也是主要的、基本的一面。抒情主人公是一个积极干预生活的战士。他热爱生活,追求自由,敢于揭露,敢于斗争。他对在祖国和在旅途上的所见所闻做出果断的评价。他为西班牙人民英勇抗敌而感到欢欣鼓舞,又为希腊人民默默无闻而感到悲哀,更为意大利人民所受的凌辱而感到不平。他谴责英国的强盗行为,他把拿破仑比作狮子,又把神圣同盟比作豺狼。他感受被压迫的痛苦,他坚信自由必然会降临。

长诗中的恰尔德·哈洛尔德与抒情主人公是相反相成,互相衬托,体现了诗人思想感情的整体。……正因为如此，我们不难理解为什么长诗第一、二两章刚一出版，就获得畅销。一卷书震撼了整个欧洲社会。拜伦也因此而一举成名。当时在广大读者中，不同的社会阶层对长诗有不同的理解，各自在长诗中取其所需。长诗的民主倾向，对暴政的揭露以及对种族人民运动的同情固然激励了不少先进的人物，但忧郁阴沉的哈洛尔德却也吸引了一些拜伦同时代的贵族青年，因为这个形象照出了他们自己的影子，反映了他们莫名的哀愁，以及在异国风光和大自然中寻求慰藉，表示对现实的无济于事的消极反抗。

（潘耀瑔）

DASHI CHUANQI 大师传奇

1788年1月22日，乔治·戈登·拜伦出生于英国伦敦一个破落的贵族家庭。祖父是海军大将，曾参加过西班牙和法国的海战，周游过世界。父亲是个放荡的军官，先后娶过两个贵族女子。第一个妻子生了一个女儿以后就被折磨死了；第二个妻子生下一个男孩，就是诗人拜伦，而他生来就是跛足。拜伦3岁时，父亲去世。家产已被挥霍干净，他和母亲在苏格兰过了许多年拮据的日子。10岁那年，大伯过世，他继承了叔祖的男爵爵位和领地，生活才逐渐好转。

父亲生前的荒唐行为是拜伦家族的污点，给家族带来了无形的压力。因此，诗人从小就成了心态不平的暴躁母亲的暴虐对象，处于阴郁的家庭

拜 伦

氛围之中。拜伦继承了母亲冲动、乖戾与狂暴的性情，甚至还受父系祖先半疯家族病的阴云笼罩。因而，冲动、狂暴与感伤、抑郁在拜伦的身上找到了一种奇异的混合，铸就成了一种独特的“拜伦式的性格”。

13岁那年，拜伦进入著名的哈罗中学读书，学校制度的苛刻让他感到窒息。17岁时，他进入了著名的剑桥大学，这里同样沉闷。拜伦喜欢骑马、击剑、游泳，是个板球健将。诗集《悠闲的时光》（1807年）就发表于这一时期。诗集出版后，《爱丁堡评论》上刊登了一篇对这本诗集极端尖刻的评论。对此，诗人以《英国诗人和苏格兰评论家》（1809年）一诗予以反击，初步展现了他的讽刺才能。

1809年3月，21岁的拜伦作为世袭贵族进入了贵族院。他出席议院和发言的次数不多，但有三次被认为是比较重要的，一次是反对惩罚工人破坏机器的法案（1812年2月）；一次是

赞成有利于爱尔兰民族运动的天主教徒解放法案(1812 年 4 月);一次是同情一种改革法案(1813 年 6 月),这三次完全符合“激进的、‘左’倾的”标准,鲜明地表示了拜伦的自由主义的进步立场。当他明白了议会不过是掩饰大资产者和封建地主暴力统治的遮羞布,就决意与它分道扬镳了。

同年,拜伦出发到东方旅行,先后访问了葡萄牙、西班牙、阿尔巴尼亚、希腊和土耳其。1811 年,诗人回国。次年,长诗《恰尔德·哈洛尔德游记》第一、二两章的发表,震惊了欧洲,拜伦“一夜醒来,发现自己已经成了名人”。此后他又写了一系列长篇叙事诗,如《异教徒》(1813 年)、《海盗》(1814 年)、《莱拉》(1814 年)。

拜伦情窦早开,15 岁时就钟情于邻居玛丽·查沃斯小姐,但她却嫁做他人妇。久久不能忘情的拜伦为她写了一些诗,甚至在 13 年后写到与这段恋情有关的“梦”时,他还“泪如泉涌”。25 岁那年,他向安娜·密尔班克小姐求婚,初遭拒绝,第二次被接受,两年后他们结了婚。婚后他发现妻子是一个虚伪、偏见很深的女子,两人很快分居,一年后离婚。这被认为是他一生中最大的错误。婚姻失意的拜伦作为一位贵族青年才俊,在社交场却广受欢迎。他风流放诞,四处留情。而他对英国的政府、教会和御用文人所持的谴责态度,使上层社会利用他的离婚和绯闻对他大肆攻击。1816 年 4 月拜伦被迫离开英国,从此再没有回去。

在日内瓦,拜伦遇见了雪莱,两个诗人结下了深厚的友情。同年秋天,拜伦来到意大利,先后侨居于米兰、威尼斯、罗马、比萨、热那亚等地。当时在奥国占领之下的意大利,爱国志士组织的烧炭党正为民族解放而斗争。诗人参加了烧炭党,并且成为一个分区的领袖,向革命者提供金钱和武器。奥国当局检查他的书信,禁止他的著作在意大利和奥地利统治区发行,还煽动坏人暗杀他,而拜伦却毫不畏惧。革命的同时他狂热地爱上了 19 岁的伯爵夫人特莉莎·吉西奥,把她当做“理想伴侣”。意大利的美丽风光和异国情调,人民如火如荼的革命斗争,激发了拜伦的诗兴,使他写下了许多不朽的名篇。这是他一生中最光辉的创作时期。

他完成了《恰尔德·哈洛尔德游记》第三、四章的创作,并先后发表了长诗《锡龙的囚徒》、诗剧《曼夫雷德》、历史悲剧《马利诺·法里埃罗》、哲学诗剧《该隐》以及许多抒情诗和讽刺诗,如《审判的幻景》。而在这段时间,拜伦一直在创作巨著《唐璜》,这是拜伦最重要、最杰出的作品,也是世界文学的杰作之一。

1821 年烧炭党革命以失败告终,拜伦便全力投入到支援希腊爱国者反抗土耳其压迫的运动中。1823 年他来到希腊。拜伦用自己的财产装备了一艘军舰,并招募了 500 名士兵。他亲自指挥军队,勤勉地为筹措战费、军火和其他军需品操劳,为不和的领袖做团结工作,整顿部队纪律,表现出卓越的组织才能和大无畏的英雄精神。1824 年 4 月 9 日,英国来信说他将获得 250 万镑的捐助。这些钱足够建立一支2 000人的步兵团和炮兵旅。狂喜之下，拜伦打马出城，却因暴雨染上严重的风寒。复活节之后的4月19日夜里，他在雷雨声里辞世，年仅36岁。希腊临时政府宣布他的逝世为国丧，全国哀悼三天。他的心葬在了希腊。同年7月，拜伦的遗体被运回英国，但教会拒绝将其存放在西敏寺，最后只得安葬在诗人的故乡。

YANSHEN YUEDU 延伸阅读

《海盗》是一首用英雄诗体写成的浪漫主义长诗。拜伦在诗中生动地描述了一个名叫康拉德的海盗为保卫他在爱琴海某个岛屿上的家园而进行的英勇斗争。诗歌的主人公康拉德是一位意志坚强、不畏强暴的豪侠之士，但他又是一个妄自尊大、手段残忍的海盗头子，他与伙伴们长年在岛上过着粗陋而自由的生活。得知土耳其军官塞耶德准备侵犯他们的岛屿，康拉德毅然离开情人，混入塞耶德军中，准备发动兵变。事发被俘后，他经过机智勇敢的斗争，终于逃离敌营返回海岛。但他的爱人却因听信他已被害的传言而伤心离世。自此，康拉德也在海岛上消失。

※ ※ ※ ※

长篇诗体小说《唐璜》，是拜伦一生中最杰出的成就之一，这部气势宏伟，见解高超，艺术卓越的叙事长诗，在世界文学史上都是罕见的。这部长诗把浪漫主义和现实主义完美地结合起来。故事在广阔的社会历史背景中展开，并在一连串的阴谋事件中结束。诗人广泛评论了欧洲的时弊，揭穿了文明社会的脓疮。诗中有对自然的描绘，有对人世间各种现象的精辟评议，还插以对现实的讪笑和嘲讽。全诗气势磅礴，跌宕流畅，把丰富的思想寓于精美的艺术形式之中。雪莱曾赞扬道："英国语言中从来没有过这样的作品。"歌德更认为《唐璜》是"绝顶天才之作"。

解放了的普罗米修斯

泼西·毕希·雪莱 Percy Bysshe Shelley(英国 1792—1822)

雪莱的诗歌不仅代表了英国浪漫主义时期欧洲的先进思想,而且在艺术上也获得了巨大的成功。他是英国文学史上最优秀的抒情诗人之一。……在《解放了的普罗米修斯》中,读者不难发现,在他具有无限魅力的诗句中往往闪烁着一种崇高的思想光辉。

——《英国文学通史》

泼西·毕希·雪莱是英国浪漫主义时期伟大的诗人和颇有影响的思想家和改革家。他在世不足 30 年,创作不过十来年,但他不仅是英国积极浪漫主义文学道路的重要开拓者,而且也是世界文学史上最出色的抒情诗人之一。

"雪莱"这个名字是永远与自由、平等、仁爱以及抗争、反叛连在一起的。他的诗是英国诗歌史上的高峰之作,其想象之丰富、音韵之和谐、比喻之美妙、哲理之深刻都是罕见的。作为英国 19 世纪最伟大的抒情诗人、与拜伦齐名的英国浪漫主义运动领袖,雪莱被马克思和恩格斯赞誉为"真正的革命家"。他的诗表达了当时欧洲最先进的思想,这一点在诗剧《解放了的普罗米修斯》中体现最为明显。

1818 年雪莱定居意大利,完成了抒情诗剧《解放了的普罗米修斯》。该剧以希腊罗马神话为题材,描绘了为人类"盗火"的英雄普罗米修斯坚强不屈、最后依靠自然的力量获得解放的故事,寄托了诗人对一个充满爱的光辉的理想社会的向往,表现了诗人的空想社会主义思想。它既是诗人创作的高峰,也是浪漫主义诗歌创作的典范,是近代诗人融合希腊形式和现代革命思潮的杰作。

KUANGSHI JIEZUO 旷世杰作

《解放了的普罗米修斯》是雪莱重要的代表著作,也是世界文学中的名著。众神之主朱比特(宙斯)在巨人普罗米修斯的帮助下登上王位,但却违背了"给人类自由"的诺言,实行专制统治,给人类带来痛苦和灾难。为拯救人类，普罗米修斯从天上窃来智慧之火，并把科学文化知识和生产技艺传给人类。残暴的朱比特怀恨在心，把普罗米修斯锁绑在天涯海角的高加索悬崖上，施以酷刑，但普罗米修斯坚贞不屈，斗争到底。正当朱比特得意之时，他的儿子冥王以迅猛不可阻挡之势，一举把朱比特从王座打入地狱深渊。普罗米修斯被大力士赫拉克勒斯从悬崖上释放下来，他派出精灵向人间宣布解放的消息之后，整个宇宙沐浴着一片“爱”的光辉。

虽然作品表现的是浪漫主义的神话，但却植根于现实，是现实生活中阶级斗争和诗人政治思想的曲折反映。正如作者在《序言》中所说的那样：“我所创造的形象，有许多都是从人类心灵的活动，或是他们表现在外面的行为中间吸取来的。”作者怀着“改良世界的欲望”来写作该剧，目的是要“使一般爱诗的读者们细致的头脑里，记住一些高尚美丽的理想”。在浪漫主义神话的外衣下，作品真实揭露了专制统治给劳动人民带来的痛苦和灾难，歌颂了人民群众反抗专制统治的不屈不挠的革命精神和英雄气概，表达了诗人雪莱建立自由平等的美好社会的崇高政治理想。

英国早在 17 世纪就完成了资产阶级革命，到了 18 世纪 60 年代，工业革命蓬勃开展，依靠人民大众的力量推翻封建统治、夺得政权的资产阶级，利用资本主义工业化的大机器生产，残酷剥削奴役工人，以赚取更多利润。资产阶级革命没有打碎劳动人民身上的锁链，工业革命也没有提高工人阶级的物质文化生活水平，而是带来了失业、贫困、破产、饥饿、疾病、死亡。19 世纪初叶，工人阶级和资产阶级的矛盾冲突日益明显，捣毁机器事件和罢工斗争不断发生。雪莱的《解放了的普罗米修斯》就是在这样的历史背景下创作出来的。

在诗剧里，雪莱突破了资产阶级改良主义的束缚，明确肯定了用暴力手段推翻专制统治的问题。诗剧中的冥王，是朱比特和海神忒堤斯结合的产物，他比朱比特更强，更有力量，代表着“永恒的必然性”。“经过了一场恶斗”，他最终把朱比特埋葬到地狱深渊。在雪莱早年的诗歌创作中，曾经流露过否定革命暴力的改良主义思想，他鼓吹以理智做武器，用道德教育去说服和打动压迫者改恶从善，实现社会正义。然而，严酷的阶级斗争事实教育了他：此路不通！因为专制统治绝不会自动退出历史舞台，只有通过暴力革命，才能推翻专制统治，被压迫的劳动人民才能得到解放。雪莱思想的这个根本性转变，使《解放了的普罗米修斯》这部作品的思想内容，具有更深刻的革命性。

在诗剧里，雪莱还以浓烈的色彩着重描绘了朱比特被推翻、普罗米修斯被解放以后，地上人间的新气象——一个没有阶级、国家、压迫剥削的大同世界，人与人一律平等，自由自在，相爱相亲。它同朱比特统治下的黑暗王国——当时的资本主义世界形成鲜明对照，反映了诗人对现实社会的不满、对美好未来的幻想、对光明前途的乐观信念。当然，雪莱所描绘的社会蓝图并没有超出以“自由、平等、博爱”为口号的资产阶级“理性王国”的模式，还只是属于空想社会主义的范畴。但在当时的历史条件下，却是难能可贵的。恩格斯称赞雪莱为“天才的预言家”，原因就在于此。

JINGDIAN DAODU 经典导读

伟岸的普罗米修斯

在诗剧《解放了的普罗米修斯》里，雪莱还以炽热的感情塑造了普罗米修斯高大完美的艺术形象。普罗米修斯同朱比特针锋相对，势不两立。他热爱人类，同情人类疾苦，为人类幸福英勇献身。他为了拯救人类免于苦难，挺身出来反对朱比特，因而被绑在悬崖上3 000年，风吹日晒，雨淋雷劈，秃鹰啄咬，恶鬼折磨，受尽了难以忍受的种种痛苦。普罗米修斯掌握着朱比特将来必然要被推翻的秘密，这使朱比特很害怕，他派来使者劝说普罗米修斯供出秘密，求得宽恕。在希腊戏剧家埃斯库罗斯失传的剧本《解放了的普罗米修斯》里，普罗米修斯是答应了朱比特的条件，两人最后言归于好的。但雪莱“根本反对那种软弱无力的结局，叫一位人类的捍卫者同那个人类的压迫者去和解”。他大胆摒弃陈腐的传统观点，反其道而行之，在自己的诗剧里写普罗米修斯坚决不向暴君“屈膝下跪”，“低头祈祷”，妥协投降，既不为神仙们“声色的欢乐”的生活诱惑，也不被恶鬼们残酷的刑罚吓倒，大义凛然，坚贞不屈，坚信朱比特的王座一定要垮台。

普罗米修斯是“人类的救星和卫士”，他同朱比特的斗争，是善与恶的斗争，进步力量与反动势力的斗争，被压迫者与压迫者的斗争，劳动人民与专制统治的斗争。雪莱在他心爱的普罗米修斯身上，倾注了满腔的热血：“他非但勇敢、庄严、对于万能的威力做着坚忍的抵抗，而且毫无虚荣、妒忌、怨恨，也不想争权夺利……普罗米修斯始终是道德和智慧十全十美的典型，动机既纯正，目的又伟大。”雪莱笔下的普罗米修斯的形象，既概括了工人阶级和劳动人民反抗专制统治、争取自由解放的革命精神和不畏强暴的英雄气概，也体现了诗人自己坚定的立场、伟大的品格、崇高的精神境界。直到今天，他仍然对我们有着巨大的教育鼓舞作用。

（许国璋）

《解放了的普罗米修斯》的艺术之美

《解放了的普罗米修斯》在艺术上也是很有特色的。它气魄宏大，想象丰富。诗人把普罗米修斯和朱比特的矛盾冲突，把人类的苦难和解放，放在全宇宙的范围内去展开，诗人的想象翱翔于整个宇宙之中，他的笔触时而天上，时而地下，时而人间，时而洞府，纵横来去，挥洒自如。他不仅为我们描绘了凶恶残暴的朱比特，坚定勇敢的普罗米修斯，还创造了各种类型的神仙、精灵、鬼怪，有的善良，有的凶恶，有的热情，有的软弱。雪莱不仅刻画了普罗米修斯高大的形象和精细的内心活动，而且还描绘了自然界变幻无穷、多彩多姿的壮丽景色。整部作品立足于现实，而又不拘泥于反映现实，它取材于前人的创作，而又不落窠臼，它通过诗人丰富的想象，把我们领进了一个宏大、神奇的诗的世界，从而使我们获得优美的艺术享受。

《解放了的普罗米修斯》英文版封面

《解放了的普罗米修斯》是一部抒情诗剧。诗人的笔墨主要不是用在展开戏剧冲突，推进情节发展上面，而是用在抒情描写上面。其中的一些诗段，在故事情节中虽不占有重要地位，但却写得非常出色，可以独立成篇，当做一首抒情短诗来读。

在当年火化雪莱遗体的时候，诗人拜伦举着火把悼念说：“他像普罗米修斯一样反抗天帝朱比特。”这句话是深刻的。雪莱的时代，工人运动正在兴起，民族解放斗争正在高涨，而科学社会主义理论还没有诞生。作为社会主义思想的先驱，他的诗歌创作正像普罗米修斯用火点燃人们的心一样，鼓舞着被压迫、被奴役人民的革命斗争。

（崔宝衡）

DASHI CHUANQI D 大师传奇

1792 年 8 月 4 日，雪莱出生在英格兰苏塞克斯郡沃恩汉一个古老的贵族家庭，祖父是受封的男爵，父亲是议员。雪莱 6 岁开始学习拉丁文，以后学数学、法文、天文、地理、物理、化学，12 岁时进入伊顿公学。在那里，他受到学长和教师的虐待，当时这种现象十分普遍，但雪莱并不像一般新生那样忍气吞声，而是公然反抗。在同学中，他对一切卑劣、腐朽的人和事从不妥协；对弱小者、被欺侮者却甘愿给予帮助。这种反抗的个性一直燃烧到他生命的尽头。

雪莱 8 岁就开始尝试写诗，在伊顿的几年里，他与其表兄托马斯合写了《流浪的犹太人》一诗，并出版了讽刺小说《扎斯特罗奇》。1810 年，18 岁的雪莱进入牛津大学，深受英国自由思想家休谟以及葛德文等人著作的影响，雪莱习惯将他关于上帝、政治和社会等问题的想法写成小册子散发给素不相识的人，并询问他们的意见。1811 年 3 月 25 日，由于散发《无神论的必然》，入学不足一年的雪莱被牛津大学开除。墨守成规的父亲要求他公开声明自己与《无神论的必然》无关，而雪莱拒绝了，他因此被逐出家门。

雪 莱

失去经济来源的雪莱在两个妹妹的帮助下过了一段独居生活。这一时期，他认识了他妹妹的同学赫利埃特·委斯特布洛克，一个小旅店店主的女儿。雪莱与她仅见了几次面。她写信称自己在家中受父亲虐待，雪莱便毅然从威尔士赶回伦敦，带着她私奔了。他们在爱丁堡结婚，婚后住在约克。

1812年2月12日，为了支持爱尔兰天主教徒的解放事业，雪莱偕妻子前往都柏林。他在那里发表了慷慨激昂的演说，并散发《告爱尔兰人民书》以及《成立博爱主义者协会倡议书》。在政治热情的驱使下，此后的一年里，雪莱在英国各地旅行，散发他表达自由思想的小册子。同年11月他完成了叙事长诗《麦布女王》。

雪莱的婚姻一开始就被他的敌人当做最好的武器来攻击他，当骑士精神被理性冷却，婚姻中较为真实的一面随着两个人的成长开始显现。雪莱不得不承认婚姻并没有救助他的妻子，而只是将两个人绑在一起承受另一种折磨。两个人在精神和感情上差异越来越大。这时，雪莱与葛德文的女儿玛丽·葛德文相爱。他们出走，去了欧洲大陆。

1815年，雪莱的祖父逝世。按照当时的长子继承法，雪莱获得了一笔年金，但他拒绝独享，而将所得财产与妹妹分享。次年5月，雪莱与玛丽再度同游欧洲，在日内瓦湖畔与拜伦交往密切，两位伟大诗人的友谊一直保持到雪莱逝世。雪莱后来的《朱利安和马达洛》便是以拜伦与自己作为原型来创作的。同年11月，雪莱的妻子投河自尽。因为他是《麦布女王》的作者，大法官在法庭上将两个孩子的教养权判给了他岳父，这给了雪莱沉重的打击，就连他最亲的朋友都不敢在他的面前提及此事。出于痛苦及愤怒，雪莱写了《致大法官》和《给威廉·雪莱》。与玛丽结婚后，为了不致影响到他与玛丽所生孩子的教养权，雪莱携家离开英国，移居意大利。

在意大利，雪莱写了不少充满优美蓬勃的幻想、富有浪漫色彩的诗作，其中包括长诗《解放了的普罗米修斯》、《钦契》和著名的《西风颂》。《西风颂》可谓人类诗歌史上的登峰造极之作，是世界诗歌宝库中的明珠。

1821年2月23日，约翰·济慈逝世，6月，雪莱写了《阿童尼》抒发自己对济慈的悼念之情，并控诉造成诗人早逝的英国文坛及当时的社会现状。

1822年7月8日午后，原本十分美丽和平静的意大利司沛契亚海湾一反常态，忽然变得窒闷和酷热。突如其来的风暴掀起排空的巨浪，吞噬了一只树叶般的小帆船。这只小帆船正是雪莱和他的好友拜伦一起购置的"唐璜号"。雪莱刚乘着它访问朋友回来。他曾经那么艰苦地探索过这个世界的秘密而不得其解，现在，一阵狂风在一瞬间就把他从这个世界上卷走了！噩耗传来，拜伦和其他朋友们都惊呆了，他们搜索了附近所有的海岸，既找不到小船的碎片，也没有看见人影。几天之后，人们才在一处海湾发现了雪莱的遗体。他的上衣口袋里还装着同时代诗人济慈和希腊诗人爱斯基拉斯的诗集。当地的法律规定，任何海上飘来物都必须付之一炬，于是雪莱的遗体在海边火化了。朋友们把乳香、盐和酒精撒向燃烧的火堆。拜伦难过得失声痛哭。据说，雪莱的骸骨烧了三个钟头，但他那颗心脏却依然完好。人们说，这颗心是纯金铸成的。朋友们小心翼翼地把它掩埋在被称为"永恒之城"的罗马西郊，与古罗马大法官切斯蒂奥的金字塔仅有一箭之远的"英国公墓"。

雪莱一生中最美好的时光是在意大利度过的，这个阳光明媚、鲜花妖娆的岛国，也成了他热情的灵魂的最后的安息地。朋友们在他的墓碑上刻下了他生前最喜欢的莎士比亚《暴风雨》中的诗句：

他并没有消失
不过是感受了一次海水的变幻
化成了富丽而珍奇的瑰宝而已

YANSHEN YUEDU 延伸阅读

雪莱的长诗《伊斯兰的起义》创作于1817年。这首诗写在法国革命遭受挫折、君主复辟之后不久，旨在鼓舞革命的信心。长诗原名《莱昂和西丝娜》，主题是对旧势力的反抗。莱昂和西丝娜是神话里的一对情侣，为了理想在"黄金的邦国"里造了反。造反者起初取得了胜利，赶走了暴君，可不久暴君反攻得手。莱昂被投入烈火中焚烧，西丝娜赶到，要求与莱昂一起死在火中。接着，火里发出巨响，大团的烟球呼啸着卷走了柴堆、暴君和他的臣下。莱昂和西丝娜漫游在长河之上，深深懂得了大智大勇在地面上不易被人发现，却能经受变幻，以最美的形式存在下去。雪莱以这一结局表达了对法国革命和人类解放的信心。这是一部混合着神话、幻想和现实感的瑰奇之作。

※　※　※　※

五幕悲剧《钦契》完成于1819年，是雪莱最后的一部重要作品。该剧用无韵诗写成，句子轻快，几乎全是白话。剧本取材于16世纪末在意大利发生的一件案子。拥有宫室庄园的钦契伯爵，是教皇的宠信。他暴戾成性，害死儿子，强暴女儿，却以金币与葡萄园贿赂教皇，得以无事。女儿忍无可忍，雇用刺客杀死钦契，被处以死刑。雪莱既刻画钦契的狂暴，同时又描写他对天主教的虔诚，“对他来讲，宗教是狂热的行动，是一种逃避，不是一种制约”。女儿受辱，可继母仍想用宗教感动钦契，这注定是毫无效果的，女儿只好请刺客杀死钦契。法官判女儿无罪，但教皇坚持处死。钦契的女儿是兽性与教会权势结合下的牺牲者，是一个悲剧人物。该剧对教会势力和黑暗社会现实的批判之意不言自明。

荒　原

托马斯·史登斯·艾略特 Thomas Stearns Eliot(英国 1888—1965)

《荒原》是艾略特的代表作,是现代派诗歌的里程碑,也是西方文学中一部具有划时代意义的杰作。

——《外国文学史》

艾略特是20世纪最重要的诗人、现代主义诗歌的鼻祖。作为诗学家,他具有非凡意义,他的文学创作和评论著作对英美20世纪现代派文学和新批评理论具有开拓作用,他被誉为"现代文学批评大师",甚至一度成为英美诗界的领袖人物。当他还是一名大学生的时候,就写下了在文学史上具有里程碑意义的诗歌《阿尔弗雷德·普鲁弗洛克的情歌》。这首诗的主题明显地属于现代派诗歌,其形式亦迥然不同于19世纪的诗歌。当著名诗人庞德后来读到这首诗时,不由惊叹艾略特已独自跨进了现代主义。1948年,"由于他对当代诗歌做出的卓越贡献和所起的先锋作用",他获得了诺贝尔文学奖。这一切为那些通往现代主义之旅的年轻诗人提供了一个范式,20世纪20至50年代的诗坛被称为"艾略特时代"。

在《荒原》中,艾略特对他那个时代以至整个20世纪西方文明的衰落做出了诊断。全诗体现出一种节奏和色彩组成的美:20世纪的西方是一片荒原,没有水来滋润,不能生产——而实际上水又所在都是,河流和海洋,真实的和想象的,都在通过韵律、形象、联想,通过音乐和画面,形成一条意义的潜流。在这些地方,我们又看出艾略特的丰富和深刻,看出他从现代艺术学到的作曲和构图的新原理。当代著名诗人兼评论家阿伦·塔特说,他第一次读《荒原》时,一个字也看不懂,不过他已意识到这是一首伟大的诗篇。

KUANGSHI JIEZUO 旷世杰作

《荒原》展示了战后西方文明的危机和传统价值观念的失落,反映了整整一代人理想的幻灭和绝望。"荒原"一词已超出文学的范围,成为西方现代文明的象征。长诗开头的引言揭示了主题："是的，我自己亲眼看见古米的西比尔吊在一个笼子里。孩子们问她：'西比尔，你要什么？'她回答说，'我要死。'"古希腊神话中的女先知西比尔向日神要求得到和沙粒一样多的岁数，但却忘了说要永远年轻。她活了700岁，衰老让她痛苦不堪，却还得一直活下去。这就是荒原状态：不死不活，青春成为过去，繁华无迹可寻。

《荒原》分为五章。

第一章"死者的葬礼"表现现代人出殡一般的生活。首先用对比的手法写荒原人对春冬两季的反常心理，春暖花开的"四月"竟是"最残忍的一个月"，进而由"荒原"引起"回忆和欲望"。以败落贵族玛丽对破灭浪漫史的回忆，暗示西方文明的衰落。又借《圣经》典故描写荒原景象："什么树枝从石头垃圾中长出"，"你只认识一大堆破碎的形象，那里赤日炎炎，死树下没有阴凉，虫鸣不让人轻松，干石头上没有淙淙泉音。"一切都令人感到燥热、烦闷、焦虑和不安。然后通过瓦格纳的歌剧引发对现代荒原人生存状态和精神状态的描写：我既不是活的，也未曾死，我什么都不知道，这年头人得小心啊。最后通过伦敦这座西方文明之都的衰败展示了当今西方世界的荒原全貌：死亡毁坏了这许多人，人人的眼睛都盯着自己的脚前，去年你在花园里种的尸首，它发芽了吗？景象触目惊心。

第二章"对弈"将人类昔日的昌盛和今日的颓败加以对照，突出现代人纵情声色、形同僵尸的可悲处境。诗人引用莎士比亚《安东尼与克莉奥佩特拉》中的句子极力渲染贵妇人居室的豪华、富丽、堂皇："她坐的椅子，像擦亮的王座……她的缎衬首饰匣里涌出的珠光宝气迎着烛光开起；开着盖子的象牙和彩色玻璃小瓶里，藏着她奇异的合成香料——香膏、香粉、香水——扰乱了嗅觉。"她在梳妆台前浓妆艳抹，但精神却十分空虚。诗人借古埃及女王克莉奥佩特拉暗示西方上流社会的奢侈淫靡、腐化堕落。另外，诗中还提到一个神话故事：费洛美拉被姐夫——国王泰勒斯奸污，她的姐姐波洛妮为给妹妹报仇，亲手杀死儿子，剁成块炖给泰勒斯吃，泰勒斯知道后非常恐惧。借此指出神圣遭践踏、道德已混乱、人性变野蛮、爱情将死亡的情状。诗人对人性扭曲、灵魂死亡、人欲横流的世界发出振聋发聩的呐喊，其中的警示和抨击显而易见。

第三章"火诫"借用英国诗人斯宾塞《结婚曲》里的诗句渲染昔日泰晤士河的美丽、宁静，然而夏夜狂欢带来的"空瓶、三明治纸包、绸手绢、烟头"充塞了今日的泰晤士河，昔日伊丽莎白与莱斯特在河上荡舟的情景，与今日河上公子小姐们猥琐、放荡、纸醉金迷的生活形成鲜明对比。接着镜头转向一个女打字员和满脸疙瘩的房产公司小职员的肉欲关系。小职员走了，她翻过身，朝镜子里看了一阵，自言自语道："总算完了，完了就好。"这是一幕没有精神内容、毫无热情的做爱，空虚无聊可见一斑。面对现代人的精神荒原，诗人指出：只有通过宗教，才能点化荒原人执迷不悟的人生；只有弃绝尘世的欲念，才能过一种有意义的圣洁生活。

《荒原》英文版封面

第四章“水里的死亡”写人欲横流带来的死亡。昔日腓尼基水手因纵欲而葬身大海，今天无数的现代人仍然在人欲的汪洋中纵情作乐，他们的死亡已无法避免。

第五章“雷霆的话”表达了解救荒原的最后希望。诗人再次描绘荒原景象：耶稣死后，死了的山满口是龋齿，吐不出一滴水；东欧和俄国革命后，倒悬的城楼里钟声在空的水池、干的井里歌唱；寻找圣杯的武士走后，空的教堂仅仅是风的家。水是抚育生命、拯救万物的力量源泉，是生殖力、生命力的象征。只要能缓解干渴和燥热，管它是春雨、夏雨还是冬天的积雪。“春雷在遥远的山那边回荡”，“乌云在远方，在喜马力特山聚集”，“电光一闪，然后一阵潮湿的风带来了雨”。如果说诗人是寄希望于有个勇士踏尽荆棘寻回圣杯，使渔王恢复健康，使濒死的荒原恢复生机的话，那么雷霆的三声炸响就是诗人为现代“荒原”寻回的圣杯。它代表生命源泉的雨水，使荒原透出生机和希望，使生命复苏、精神复活。

《荒原》描写了处于精神和文化危机中的现代社会以及从现代社会中寻找到的支离破碎的经验和相对稳定的文化遗产的冲突，是一部寻求精神家园的诗歌。

JINGDIAN DAODU J经典导读

再读《荒原》

我在德国重读《荒原》全篇后感到无比惊讶，我再次惊讶于艾略特那种无比深邃而又广阔的对人类生活的透视；惊讶于《荒原》本身那种在今天看来依然是非常奇妙的诗歌组织方式，用抒情、叙事、拼贴等各种不同的方式把独立的东西组织成一个整体。

《荒原》带给我的又一个思索是什么是经典。经典是那种需要我们不断地去重读的东西，经典是常读常新的东西。比如《荒原》，从写作到现在 80 多年过去了，但它并没有过时。从多方面来看，我们现在仍生活在艾略特的《荒原》之中，这就像艾略特本人从伦敦城走过的时候，感到他自己仍生活在但丁的《地狱》中一样。

什么是荒原？在我看来艾略特意义上的荒原就是旧的世纪已经死去而

新的世纪尚未诞生的阶段，或是说一个新的意义系统、信念尚未诞生时的一种状态。荒原可以说是神性消失后人类生活本身那种贫乏的、无聊的状况。

当我重读艾略特的《荒原》时我强烈地感觉到自己正生活在荒原之中。我感到了艾略特巨匠式的对生活的洞察力，感到自己正生活在艾略特的注视之下。

关于诗人艾略特有许多非议，经常有人用“掉书袋”、“卖弄”之类的字眼来嘲讽艾略特，一笔抹杀他创作的思想内涵和艺术魅力。美国诗人威廉斯说，“《荒原》诗的出现是美国诗的一场灾难”，但我想这些都无损艾略特的伟大。

80 多年过去了，我们再来看《荒原》，它日益显示出经典性的意义，艾略特对人类文明，对人类精神的关怀和他那种跳出自恋、浪漫主义的抒情，那种对人类存在意义的追问，仍然是我们今天应该去做而一再回避去做的事情。我觉得作为写作者，我自己仍然处在 20 世纪上半叶那些伟大的先行者所开辟的方向之中。在一些人看来，20 世纪是过时的了，但 20 世纪所发生的一切对我一生的写作已经足够了。

（王家新）

艾略特《荒原》诗中的复活意识

1922 年，《荒原》在英国《标准》杂志上发表后，在文化界引起了广泛而强烈的反响。评论界普遍认为，《荒原》中死亡意识占主导地位，诗人对世界已经陷入绝望的深渊，诗人是通过此诗来宣告世界的末日。笔者认为，这种看法没有理解诗人的真正意图。如果仅凭诗中有大量篇幅描写死亡、描写生活在废墟中丧失信仰的芸芸众生，就断言诗人是悲观和绝望，那岂不等于说脸上挂着笑容的人都是快乐的天使吗？其实，细读原诗，我们可以发现，诗人写死亡并不表示他已幻灭和绝望。他愤世嫉俗、借古讽今，对战后西方文明的衰落、道德的沦丧、人们信仰的丧失以及精神的死亡等做了深刻的揭露；对百无聊赖、庸俗麻木的人们发出振聋发聩的呐喊，召唤人们从荒原中看到新生和复活的希望。诗人期望人们恪守“舍予、同情、控制”的基督教教义并以此来拯救人欲横流、混乱不堪、日渐沉沦的世界，重新建立新的准则和秩序。

综观全诗，我们可以看出，诗人对死亡的描写是他对日渐沉沦、混乱不堪的世界的鞭挞和揭露。诗人厌恶眼前这个喧哗与骚动的时代，他凭着敏锐的目光和敏感的神经觉察到人们百无聊赖、缺乏准则、行尸走肉般地生活着。在诗人看来，这种醉生梦死、丧失信仰、毫无目的的生活，对于人来说是可怕的。诗人希望有更多的人能了解虚无，对生命的意义有更深一层的认识，而不要整日眼睛看定脚前不知为啥而瞎忙。只有充分认识到当今世界死一般的存在，才能超越它，才有可能建立新的准则和秩序。诗人虽然对上帝死了感到深深的遗憾，然而他能够正视眼前的现实，认为世界沦落到这个地步是既成的事实，而且眼前的混乱仍会持续下去，人们还得经受转折时期的阵痛。只有熬过荒原般令人焦虑、苦闷的阶段，人们才会渐渐地从迷惘中走出来。

（佚　名）

DASHI CHUANQI 大师传奇

托马斯·史登斯·艾略特于 1888 年 9 月 26 日生于美国密苏里州的圣路易斯。曾祖是英国萨默塞特郡东科克地方的鞋匠，1670 年移居美国波士顿。祖父毕业于哈佛大学神学院，是华盛顿大学的创办者；父亲是个殷实的砖瓦商人；母亲出身名门望族，博学多才，爱好文学。他的家庭具有很高的文化修养，而且一直保持了新英格兰加尔文教的传统。1906 年 6 月，他进入哈佛大学专修哲学，同时还选修了英、法、德及古希腊各国文学以及中世纪历史、比较文学、东方哲学与宗教等，他的老师中有著名的新人文主义者欧文·巴比特和美学家桑塔亚纳。这期间，他开始诗歌创作。1908 年，他从阿瑟·西蒙斯名噪一时的著作《文学中的象征主义运动》中了解了象征主义文学，开始走上了象征主义诗歌的创作道路。

1910 年获得硕士学位后，艾略特前往巴黎大学研究柏格森哲学，同时接触了波德莱尔、马拉美、拉福格等象征主义诗人的作品。次年 10 月，他回哈佛攻读新黑格尔派哲学家布拉德雷的哲学，并学习印度哲学和梵文。

艾略特

1913 年任哈佛大学哲学系助教。1914 年，他以客座研究员的身份去德国，后因第一次世界大战爆发转赴伦敦，入牛津大学学习希腊哲学，完成了有关布拉德雷的博士论文。因为战争无法回哈佛进行答辩，于是定居伦敦。1915 年，他和庞德相遇，后者帮他在现代诗的主要阵地《诗刊》上发表了《阿尔弗雷德·普鲁弗洛克的情歌》一诗。这一年他和英国姑娘维芬·海沃特结婚。为了生计他到一家中学任教，年薪仅 140 英镑。1917 年，他在罗厄茨银行找到了工作，不久又在《利己主义者》杂志做编辑。1919 年，他的第一部文学评论集《圣林》出版。1921 年，由于精神原因艾略特到瑞士疗养。在疗养院里，他完成了《荒原》。他将诗稿给了庞德，庞德意识到，这是一部无论在思想还是在风格上都非同凡响的诗篇，但他发现诗歌太长，便删去一半的内容，并力促其在《准则》杂志上发表。

《荒原》产生了巨大的反响，尤其在青年人当中。《荒原》发表的一年也正是乔伊斯发表《尤利西斯》的一年，它们构成了西方现代派文学的双峰顶峙。这一年艾略特出任《准则》杂志的主编。

1924年，艾略特创作了《空心人》。1925年，他的《诗集1909－1925》出版。同年，他又做了费伯出版公司的编辑，从此便一直在这里工作。1926年1月至3月他在剑桥大学开设了克拉克讲座，题目是《十七世纪玄学派诗人》。1927年6月他加入了英国国教，11月加入英国国籍。后来他在文论集《为朗斯洛·安德鲁斯而作》中自称是“文学上的古典主义者，政治上的保皇党，宗教上的英国天主教徒”。皈依宗教成了他诗歌创作的转折点。1930年，他写了宗教诗《灰星期三》。1932年，他和已经完全精神分裂的维芬分居，以后维芬被送进了精神病院。1934年，他创作了戏剧诗《岩石》，又出版了论文集《怪神之后》，并开始创作《四个四重奏》。1935年，他创作了戏剧诗代表作《大教堂谋杀案》，该剧一公演便获得巨大成功。1938年初，他的另一部戏剧诗《合家团聚》完成，不久又发表了两部作品集《古今论文集》和《诗集1909～1935》，诗集收入了首次发表的《燃烧的诺顿》。战争期间，除担任防空监视工作外，他把相当一部分时间投入到《四个四重奏》的创作之中。1940年他发表《东库克》，1941年发表《干赛尔维其斯》，1942年《小吉丁》完成。至此，这部诗人晚期诗歌的代表作终于把其一生的诗艺探索推向了极致。1947年初，维芬出人意料地去世了。第二年12月，他获得了诺贝尔文学奖，获奖理由是他“在现代诗歌中作为一个先驱所取得的杰出的成就”。这一年他还发表了《文化定义随笔》。50年代后，艾略特主要从事文学评论和诗剧的写作，1950年，发表了诗剧《鸡尾酒会》，1954年发表《机要秘书》。1957年初，他和已经作了他8年秘书的瓦莱莉·弗莱彻结了婚。1959年，他完成了《政界元老》。20世纪60年代，由于身体原因，他除了到各地访问并发表演讲外，已很少写作。1965年1月4日，艾略特在伦敦溘然长逝。

YANSHEN YUEDU 延伸阅读

长篇组诗《四个四重奏》是艾略特后期的重要作品，它仿照四重奏音乐的结构，分为四个部分。描写了一个皈依宗教的人在寻找真理过程中的精神历程。诗人在深沉思考了个人经历、历史事件和人类命运之后，试图寻找到一种永恒的、普遍的真理，而这种寻找又始终围绕着时间主题来展开。艾略特认为：历史由时间形成，时间由意义形成，因此，历史感就是对于时间意义的认识，而时间意义又必须通过特定的地点才能得以确立。这样，艾略特便将他的诗根据四个不同的地名分为四个部分：“燃烧的诺顿”、“东库克”、“干赛尔维其斯”、“小吉丁”。当时世界正处在第二次世界大战的浩劫之中，面对这种世界性的大灾难，诗人却在时间中寻找到了精神的栖息之地。

※ ※ ※ ※

艾兹拉·庞德是现代英国诗歌发展史上一位影响深远的人物。《诗章》是庞德诗人生涯中最重要的一部作品。他从1918年开始创作此书，直到1959年才完成初稿。这部集社会、政治、经济、文化、历史于一体的鸿篇巨制展现了庞德广博的知识，是研究庞德的一部最为重要的作品。

叶芝诗精选

威廉·巴特勒·叶芝 William butler Yeats(爱尔兰 1865—1939)

诗人总是有所发展的,叶芝的特别之处在于,他不仅从象征主义发展到现代主义,而且还超越现代主义,年纪老了,仍然写出很有劲头的好诗。

——著名学者　王佐良

叶芝是爱尔兰著名诗人、剧作家和散文作家,也是 20 世纪爱尔兰文艺复兴运动的领导人。爱尔兰肥沃的土地养育了这位成就非凡的诗人,赋予他灵感、智慧和爱。叶芝被称为“爱尔兰的灵魂”、“20 世纪最后一个浪漫主义诗人”。他是象征主义诗歌在英国的早期代表人物,对 20 世纪英国诗歌的发展产生过重要的影响。

著名诗人艾略特曾这样评价叶芝的诗歌创作:“有些人的诗可以为了经验和喜悦而单独地去读。而另一些人的诗,虽然也能带来同样的经验和喜悦,但却具有更重要的历史意义。叶芝就属于这后者中的一位。他是为数不多的几个人中的一个,他的历史就是他们时代的历史,他是那个时代意识的一部分,没有他便不能理解那些历史。虽然这是对他的一个很高的评价,但我相信这个评价是不可动摇的。”1923 年,叶芝荣获诺贝尔文学奖并成为获此殊荣的第一位爱尔兰诗人,这是对他诗作的巨大褒奖。授奖词说:“他(叶芝)仍追随着早先曾指引他的精神,来担任爱尔兰的诠释者。长期以来,这个国家一直在等待着有人赋予它声音。”这是对他诗作的巨大褒奖。半个多世纪过去了,他那些饱满圆熟、富有活力的诗篇已经深入人心,成为永恒的经典,在世界的各个角落传颂。他的作品是世界诗歌宝库里的一笔财富,更是馈赠给后人的一种深沉的幸福。

《叶芝诗精选》收录了诗人早期出版的《诗选》、《苇间风》及后期出版的《钟楼》、《旋梯》、《新诗集》和《最后的诗》中的精华部分,从中可以看见这位传奇诗人诗风的成熟过程及其诗歌艺术的全貌。

作为一位象征主义诗歌大师，叶芝构建了一套完整的个人神话体系。可以说，没有他，整个西方现代诗歌乃至现代主义很可能不会呈现今天的状态。走进叶芝梦幻般绚丽的诗歌世界，我们仿佛感觉不到年龄、时代的差异，却能真切地触摸到诗人崇尚自由、追求真理的天性，和他壮丽凄美的情操。天堂是什么颜色？不是纯洁无瑕的白，不是娇嫩天真的粉，不是热烈奔放的红，不是深沉忧郁的蓝。在叶芝这个充溢着温柔灵光的世界里，我们看到的却是灰，被无情岁月洗尽脂粉铅华的灰，诗人一生追求的真理的颜色。诗人对真理近乎于完美的追求，及对生命体验自觉的超越，与中国古代圣贤孔子的“朝闻道，夕死可矣”、爱国诗人屈原的“路漫漫其修远兮，吾将上下而求索”灵犀相通，跨越时空、国界，实现了精神上的共融，同样具有感人的伟大力量。

有两样东西一明一暗地闪现在叶芝的诗里，一个是爱尔兰民族解放运动，一个是他个人的一套神秘主义体系。前者使他的诗增加了英雄主义色彩，后者则是叶芝本人用心构筑的城堡。在此之上，他用自己无与伦比的诗才吸收一切，融化一切。叶芝初期的诗作受唯美主义和象征主义的影响较深，写得绝美：朦胧、甜美而略带忧郁，充满了美丽的辞藻，把浪漫主义幻想与理智的思索融为一体，语言富有音乐美感和爱尔兰地方色彩。但他很快就学会写得实在、硬朗，而同时仍然保留了许多美丽的东西，把生活的哲理与个人的感情相结合。他的诗歌语言形象多意，在整体上又拥有完整的主题；既明白如话，又比一般白话更高一层，透亮而又深刻。

叶芝始终在做一种尝试，那就是否定自我，力求在真正意义上达到对自我经验的超越，使自己的诗歌能优游于时间的洪流、历史的长河，能更加游刃有余地把握住艺术、语言与人生、时间的关系，把个体与历史、艺术与政治、激情与反讽、信仰与智慧熔铸在一起。他的诗把鲜花般娇艳的青春、千回百转的爱情，甚至悲伤无言的死亡，一同熔铸到神话、魔幻的境界里。这些朦胧的意象穿越古今，在相同的时空背景里互相对视，凝望出真理、自由，也凝望出岁月的沧桑厚重。他甚至说：“我们那些最精致的思想、最精致的意图和最精致的情感，常常并不真正属于我们，它们仿佛猛然从地狱浮现出来，或从天国飘然降临。”但沉重并非叶芝诗歌的全部。应该说，他的诗具有强烈的人文关怀精神。《当你老了》“感情温暖，节奏低缓，犹如一曲从火炉里飘出的大提琴乐”；《浪尖上的白鸟》“则明亮欢快而又缠绵，宛如爱尔兰绿色草原上一曲优美的风笛，柔化了身体的每一个细胞。”

叶芝是和永恒拔河的人。据称，他是西方诗坛极为罕见的忠于艺术直至老死的诗人，死前48小时仍在忙于校对几篇未定的稿件。诗人一生的创作经历了剥茧抽丝般的渐变，由浪漫、象征走向自然、现实，由唯美、华艳走向质朴、简洁，这也是他对自我情感不断充实、抽象的过程。叶芝获得诺贝尔奖时，爱尔兰上议院为祝贺所提的议案中有这样一段话："我们的文明将以叶芝议员的力作闻名于世……从破坏性的狂热，走向人道的正气，这正是叶芝文学的可贵之处……"很少有诗人像叶芝一般对精神和肉体的依存关系认识得那样清晰透彻。萦绕在叶芝梦里、诗里的湖心岛、柯尔庄园、古老而神秘的拜占庭，甚至他最终居住的巴莱利黑塔，都是他所寻求的"人间天堂"的幻象，也是他能寻得的不受世俗、欲念、痛苦干扰的宁静所在。当无望的爱情变得更加无望，甚至变成绝望，诗人的浪漫主义便增加了一层现实的锋刃。在诗人的心中，幻象只是诗歌的一翼。而现实中的抗争、承受精神的洗礼、经历绝望的爱情，以及由此带来的哀痛，则是诗歌的另一翼。

JINGDIAN DAODU 经典导读

超越时空的永恒之爱

一个美丽的国度，一位不朽的诗魂。

爱尔兰可以没有风笛，但爱尔兰绝不能没有叶芝。

初识叶芝，来自他的诗作《当你老了》。诗的语言是那么的朴实，又那么的温暖。朴实得像没有任何棱角的小石块，温暖得如冬天里热气腾腾的烤红薯。这的确就是叶芝，他的诗作在意境上似乎都可以与海、天空、星斗联系上，读来让人不由得产生一种久远、空阔的时空苍旷感，在这久远、空阔的时空里，叶芝在孜孜不倦地构建着自己的、也是人类永恒的命题——生命、尊严、青春、爱情，抒写着他对他和他的同类的无限的爱。爱是超越时空的，不管是苍苍的白发，还是满头的青丝，面对叶芝的作品，在某个夜深人静的时刻轻轻翻开，我们的心灵将会被震撼。爱，我们曾共同拥有。

读《当你老了》，有一种感觉是入骨的，因为任何一个青春的心都不会也不情愿地去面对苍老，靠近死亡，并把它刻画得温情脉脉。层叠的皱纹，如银的白发，这是一种怎样的沉重？这是岁月无可奈何的叹息，这是时光层层叠加的软蹄。这是无法抗拒的，这是个体生命的最终归宿。以这个归宿作为起点，诗人开始痛苦地吟唱爱情，回忆往事。痛，使诗人清醒，使思想升华。然而，痛并不是诗歌的全部，爱才是它的主题。

叶芝笔下的爱，平凡、宽容而又震撼人心，可谓"于无声处听惊雷"。22岁的年轻人能写出苍老与永恒，靠的绝不仅仅是丰富的想象力和娴熟的写作技巧，而更是一种理解力与宽容力——对强大世俗文化的理解与宽容，一种驾驭历史与文化时所表现出来的至高审美品位。惟其如此，爱才能表现出穿透岁月的成熟魅力。因为爱本身就是与时间盘根错节般地交织在一起，"剪不断，理还乱"。爱的执著与岁月的神秘在这里被揭示得无以复加。叶芝，在22岁的时候，其爱情和作品就注定不朽！

（韩　鹏）

聆听苇间风

因为在英文方面能力的不足，我一直在阅读英文诗歌的时候产生出一些消极的情绪，这也导致我很难从这些字母组成的诗行中真正觅出感动我的“美”。然而我要感谢今年的一个美丽的秋天的清爽早晨，在书店和一位名叫叶芝的爱尔兰诗人的浪漫邂逅，正是因为他笔下的多情诗行，我惬意地接收到了一种似乎是来自天国的信息。

提到叶芝，很多人都已经不会感到陌生了，这位于1923年获得诺贝尔文学奖的爱尔兰诗人诗风独特，“汲取浪漫主义和唯美主义的抒情而不流于铺张，融合现代派的新颖和奇幻而不失之晦涩，其抒情作品更因为写尽与茅德·冈的终生恋情而尤其具备了深刻的感染力。”阅读叶芝，聆听叶芝，使我对他的英文诗歌有了一种基于美感意义上的共鸣。我很难说出他的诗的造诣和美丽具体藏身在诗行的哪一部分或是哪些小小的角落，但是阅读的时候心里却总是花火般地绽放出绚丽缤纷的感动，发出微带淡蓝色调的幽叹。诗句给我的美好的感觉真实而清澈。

茅德·冈的一次感慨，一次幻想，就足以点燃诗人的所有热情，可见她在诗人心中占据着举足轻重的位置。也许茅德·冈自己都不知道，只因为她的一句“我愿意做一只海鸥”，诗人整个华美的想象世界就毫无保留地浸泡在她寥寥的几个单词之中了。其实，对于浪漫的人来说，真正耐读的不是长篇累牍的书本，而是爱人的一个眼神，一个动作，一句漫不经心的语言。

《叶芝诗精选》英文版封面

在叶芝的幻想世界里，与茅德·冈化为白鸟的地方是美好的，是“数不清的仙岛”，是“没有岁月，没有忧伤”的永恒，是“远离人群、远离烦恼”的世外桃源，而那“黄昏的蓝星在天际低低闪光”的景象美得简直要让人的心为之崩溃。然而，尽管这些句子如此美轮美奂，它终究只是纸上的宫殿，只是文字搭建的氛围。无论其中有多少迷人的斑斓和温暖的浪花，无论一双白鸟在风口浪尖的飞翔有多少欢欣和自由，从诗意的世界里被现实拉回来的诗人叶芝依然必须去面对第一次向茅德·冈求婚时遭到的冰冷拒绝。这是一幕真实而残酷的演出，没有人可以逃离。

在叶芝的敏感的心里，那“婴儿的啼哭”、“马车的尖响”抑或“苍冷的田野”等等，都在思考之中纠缠着诗人的心，都在消损着他心中想象的殿堂，然而一切的难受却因为茅德·冈的影像而终止，纠缠诗人的苦痛的思考似乎被影像的美丽抽离出忧哀的心了。一枝绽放的玫瑰解放了诗人压抑的心，在灵魂的深处托起了一个诗意的天堂。

我们应该都很能理解为什么茅德·冈的影像有着如此的作用。她可以轻而易举地令叶芝陷入似乎永无穷尽的痛苦，也可以随心所欲地把他从忧伤的谷底解救出来，燃起生机勃勃的火焰。在叶芝的世界里，茅德·冈是他的天堂，也是他的地狱。

叶芝是一个浪漫、感性而且不会撒谎的诗人。他选择的展示自己的方式就是文字。他用文字把自己的形象、茅德·冈的形象和他的梦境毫无保留地呈现在世人面前，希望能被茅德·冈了解。这些文字的排列组合如此曼妙奇异而又有魔力，它感染了几乎所有热爱英语文学的人。但是，感动世人并不是叶芝书写文字的目的，他真正想要的只是感动茅德·冈并拥有她的爱。天不遂人愿，叶芝的浪漫计划宣布破产：茅德·冈没有因为这些文字真正走进并了解叶芝的世界，她只留下一个玫瑰样的幻象在诗人的心里，然后就冰冷地离开了。于是这些为她而书写的文字成了流离失所的孩子，他们没有找到女主人温暖的怀抱，只能在尘世里慢慢地如水流淌，悄悄进入每个有爱情生长的地方，悄悄流进相信真爱的人心里，让感动如同角落中的小花静静地开放。

（佚　名）

DASHI CHUANQI 大师传奇

1865 年 6 月 13 日叶芝出生在都柏林。曾祖父和祖父都担任过爱尔兰教堂的教区长，但父亲却叛离宗教，靠画画谋生。叶芝童年的大部分时间是在爱尔兰西部的港口城镇斯莱戈度过的。那里住着他母亲的许多亲戚，那里的景色后来成了他许多诗歌的背景。叶芝喜欢与那里的渔民谈天，爱听他们讲故事，这后来成了他创作民间故事的源泉。

叶　芝

1874 年，叶芝全家移居伦敦，可是他们一直思念着爱尔兰，于是在 1880 年，他们又回到都柏林。1884 年，他在父亲影响下想成为一个画家，进入都柏林的艺术学校学习。但到 1886 年，他便离开学校，专门从事诗歌创作，并立志要成为一个诗人。

1889 年，叶芝出版了第一本诗集《奥辛的漫游及其他》。这部诗集的题材和语言都带有爱尔兰地方色彩，引起了读者强烈的兴趣。这一年开始直到1899年，住在伦敦的叶芝结交了不少著名诗人，其中包括唯美主义者王尔德和诗人摩利斯，他们对叶芝的思想和创作都产生过影响。这一年，叶芝帮助一批年轻的诗人亚瑟·塞墨斯、里昂纳尔·约翰逊和艾尼斯特·道逊等建立了“诗人俱乐部”。这个组织后来成了英国最重要的世纪末文学社团。叶芝赞成他们的唯美主义观点，但他并不被他们的观点束缚。他的兴趣主要在于研究关于人格和哲学的理论以及诗人布莱克，他编过《布莱克诗选》(1893年)，从布莱克那里吸取过以幻景表达诗思的艺术手法。同年，叶芝认识了爱尔兰爱国主义者茅德·冈，并爱上了她。后来叶芝还帮她进行过革命活动，虽然他们未能结合，但叶芝把她当做理想的化身，写了许多优美的诗篇。

在伦敦期间，叶芝还几次去巴黎，接触到当时法国的诗派，特别是象征派，这对他的创作有明显的影响。叶芝这一时期的诗除了《奥辛的漫游及其他》外，还有诗集《诗选》(1895年)和《苇间风》(1899年)等。他写了不少成功的作品，如为茅德·冈写的抒情诗《当你老了》、《深沉的誓言》等。

20世纪初，爱尔兰在新芬党的领导下开展了民族自治运动。叶芝回到都柏林，并热心参加爱尔兰戏剧改革运动。1904年，他与剧作家格雷戈里夫人、约翰·辛格等一起创办了阿贝剧院，上演有关爱尔兰历史和农民生活的戏剧。他1902年的剧本《呼立翰的凯瑟琳》已表达了爱尔兰要求独立的意愿。此外，如《国王的辩证槛》(1904年)、《黛尔丽德》(1907年)、《绿盔》(1910年)等剧也都表现了爱尔兰民族精神。他的戏剧大多取材于爱尔兰古老的传说和神话，具有诗的“美”。叶芝在戏剧方面的成就虽然比不上他的诗歌，但对爱尔兰文艺复兴却做出了重大贡献。

20世纪20年代，因为受到爱尔兰民族自治运动的影响，叶芝的诗风发生变化，摆脱了唯美主义倾向，用象征手法表达现实内容，现实主义因素大大增强。他的诗不再有早期的虚幻朦胧，而是充满战斗性和现实感。这时期他写了不少好诗，如诗集《责任》(1914年)中的《灰岩》和《一九一六年的复活节》等。

爱尔兰获得自治后，叶芝于1922年当上参议员，并担任货币委员会主席，直到1928年。1923年，他获得诺贝尔文学奖。

20年代后期到30年代末，叶芝在政治和文化思想上的贵族主义倾向比较明显。他花了很多时间研究东方哲学，还翻译了印度哲学经典《奥义书》，并在哲学思想上强调善恶、生死、美丑的矛盾统一，追求圆满和永恒。这一切都反映在创作上，如著名诗篇《驶向拜占庭》和《拜占庭》。这时，叶芝的诗在艺术上已完全成熟，代表作有《钟楼》(1928年)、《旋梯》(1929年)、《新诗集》(1938年)和《最后的诗》(1939年)等。

叶芝与他的好友、印度诗人泰戈尔一样，愈到晚年，愈富有创作活力。在最后两年，他主张从“心智的洞穴”回到现实生活中，从原始、粗犷的事物中吸取艺术素材。所以他的诗风又有了新的发展，摆脱了后期象征派玄奥莫测、意象繁复的弊病，直接歌颂人生，表现情欲，艺术上具有歌谣体特色。除了诗与戏剧，他还写了小说《约翰·肖曼与杜耶》(1891 年)、论文集《克里底微光》(1893 年)等。

1939 年 1 月 28 日叶芝在法国南部的凯帕玛汀去世。他的遗骨直到 1948 年才被护送到爱尔兰，埋葬在斯莱戈的“鼓崖”之下，那里是他童年时代最喜欢的地方。

YANSHEN YUEDU 延伸阅读

托马斯·哈代是在 19 世纪末 20 世纪初的英国诗坛上与叶芝并驾齐驱的著名诗人。《今昔诗集》是哈代出版的第二部诗集，收录了 99 首抒情诗。这些诗题材广泛，有孩提时代的回忆，平凡人物的悲欢、婚姻生活，生与死的交替与永恒以及战争残酷性的刻画等。诗集显示了哈代日臻成熟完美的诗艺。他对诗节、诗行及韵脚的安排技法更为娴熟，善于将生活中的所见所闻一一化为美妙的诗句。

※ ※ ※ ※

长篇诗剧《列王》是哈代的一部惊世杰作，最终确立了他在英国诗坛的地位。这既是一部史诗，又是一部话剧，规模极为宏大。诗剧取材于 1805 年至 1815 年间的拿破仑侵略战争。全剧分成三个部分，19 幕，包括 130 场，进程与那段历史基本吻合。哈代用诗人的想象力、历史学家的缜密和哲学家的深刻，栩栩如生地再现了众多的历史人物，如不可一世的拿破仑、率英军抵抗拿破仑的威灵顿将军和英王乔治三世及欧洲诸国君主，同时也塑造了普通将士和平民百姓的形象。

雨果诗选

维克多·雨果 Victor Hugo(法国 1802—1885)

作为精神文化的奇观,雨果是一个大写的诗人,一个亚里士多德的诗学意义上的诗人;他不仅是一般意义上的诗人,也是戏剧家、小说家、批评家、散文家,而且,最难得的是,他在所有这些领域,都有丰硕厚实的劳绩,都达到了登峰造极的顶点,高居于金字塔的尖端,仅仅每一个单方面的成就已经足以构成一块块不朽的丰碑。

——中国法国文学研究会名誉会长　柳鸣九

雨果活了83岁,创作生涯达68年,这在世界文学艺术史上绝对是个奇迹。人道主义、反对暴力、以爱制恶的主导思想贯穿了他一生的活动和创作。他的作品与法兰西民族19世纪的历史进程紧密结合在一起。他是法兰西人民艰难困苦斗争生活的见证者、代言人,也是法兰西民族光荣业绩的讴歌者。他的戏剧结束了一个时代也开创了一个时代,征服了观众;他的小说具有灿烂的光辉和巨大的感染力,是把历史题材与现实题材处理得有声有色的杰出典范;他的诗歌是民族心声的号角,抒发了法兰西人民最崇高而美好的感情;他甚至是个出色的散文家、批评家、社会活动家。雨果在所有领域都达到了登峰造极的顶点,他本身就是人类文化史上一个令人惊叹不已的奇观。

在世界诗歌中,他构成了五彩缤纷的奇观。民族叹息的回音,是民族光荣业绩的赞颂者,民族艰辛磨难的申诉人,他的诗律为法兰西民族的每一个脚步打下了永恒的节拍。他是文学史上伟大的抒情诗人,人类一切最正常、最自然、最美好的思想与情感,在他的诗里都得到了酣畅动人的抒发。他也是气势宏大的史诗诗人,以无比广阔的胸怀,拥抱人类的整体存在,以高远的历史视野瞭望与审视人类全部历史过程,献出了诗歌史上绝无仅有的人类史诗鸿篇巨制。他是诗艺之王,其语言的丰富,色彩的灿烂,韵律的多变,格律的严整,至今仍无人能出其右。

《雨果诗选》收录了雨果各时期诗

集中的经典诗篇，展现了这位文学大师诗歌艺术的全貌和最高创作成就。这位世界级的名家为全人类留下了丰富的精神文化财富，足以打动每一颗爱诗的心。

KUANGSHI JIEZUO 旷世杰作

雨果是法国文学史上最伟大的诗人，其创作量之大，创作内容之深广、色彩之绚丽、气势之恢弘、诗艺之高超，算得上历史上的一位超级诗歌大师。他的诗歌集生前发表了 19 部，身后又整理出版了 6 部，共 22 万余行，是世界诗库中的一份巨额财富。从《雨果诗选》所收录的作品，可以纵观雨果诗歌创作的发展历程。

收自《东方集》的作品，题材广泛，由希腊扩展到西班牙、中东、阿拉伯世界与非洲。在 19 世纪 20 年代初以后希腊民族解放斗争如火如荼的历史背景上，由世界各国文化精英纷纷声援并参与这一斗争的时尚所引发。诗作显示了雨果作为一个真正诗人的丰富想象力、画家般的调色技艺，他以铿锵的词句与悦耳的音节，绘制出一幅幅引人入胜的异域画面，在艺术上足以造成视觉形象上的最佳效果。

收自《秋叶集》的作品最早显示出雨果抒情诗人的素质，体现了浪漫主义文学所具有的一个“共律”与“音色”——忧郁。创作这部分诗歌的时候，雨果经历了双亲去世、长子夭折、夫妻关系中第三者的插足以及弟弟精神失常等等不幸。诗歌全面抒发了人的所有情感，有朋友的倾诉，有情人的依恋，有丈夫的哀愁，有父亲的挚爱，诗人在诗中袒露出自己整个的内心世界，激动而天真地向人诉说自己的心蕴，这一切都使作品获得了永存不朽的诗意。

而选自《暮歌集》的作品，则将社会政治题材、瑰丽的想象与委婉的柔情杂然纷呈在一起，熔于一炉。在内容与灵感上既是过去的重复，也是过去的发展与补充，诗风和谐、淳朴、严谨、洗练，技艺精美绝妙，令人赞叹，堪称杰作。除了过去创作中已有的抒情内容外，诗人对大自然的关注与灵感呈现为一幅幅充满田园牧歌情趣的风光写生与自然景观描绘，比较集中地展示了雨果作为大自然画师的才能。

摘自《惩罚集》的作品体现了暴政下法兰西民族遭压制的政治意志，喊出了万千法兰西人民被窒息的心声。它们是政治讽刺诗、社会抒情诗的辉煌范例，其史诗般的气势，巨大的规模，悲愤的力量，辛辣的讽刺，犀利俏皮的语言和新颖的韵律，显示了雨果作为一位杰出讽刺诗人的惊人伟力。

选自《静观集》的诗歌，内容比较丰富，异彩纷呈，诗艺炉火纯青，推敲有致、至美至极的诗句比比皆是，其中有的诗还带有某种程度的“超前性”，具有波德莱尔、瓦莱里式的象征主义风致，是雨果后期诗歌中的杰作。它们是雨果各种内心激情与玄思奇想的美妙结合，是他个人感受的汇集。

而选自《历代传奇》的作品，既是叙事的艺术，也是绘画的艺术。诗歌中的事件或场景，有些以《圣经》故事为依据，有些采用民间传说，有些则以历史著作记载为本，表现了人类向光明高升的过程，充满了对暴力、黑暗、罪恶的鞭挞与批判，对正义、人道、光明的歌颂与向往，展现出意境开阔、气势磅礴的整体风貌，堪称雨果的压轴之作。

JINGDIAN DAODU 经典导读

浪漫派主将

《雨果诗选》体现了雨果诗歌创作上取得的巨大成就。他是一个全才，无论抒情、讽刺、咏史、哲理沉思、戏剧诗体，他写来都得心应手。他是一个杰出的抒情诗人、讽刺诗人和史诗诗人，在这三个方面都超越了以往的诗人。

雨果的诗歌风格豪放阔大，洋洋洒洒，雄奇瑰丽，不拘一格。雨果的想象力非常丰富，评论家一致认为这是雨果最主要的才能。想象在雨果的早期作品中已经十分出色，而在他的成熟时期的作品中更是异彩纷呈……他以想象弥补未曾去过的国家，以及对消逝的时代的知识的不足：东方国家的辉煌，亚洲独裁者的残忍，原始民族的野蛮，中世纪的粗犷雄伟，都得到绘声绘色的描写。他笔下的英雄能变得无比高大，播种者一扬手能直达星星。他爱用拟人化的手法，意志、良心、大钟、树木、旗帜、大炮、风、暴风雨、大山、共和国、崩溃、命运都能具有人的灵魂和心理。

雨果虽然有时也会抒发个人对细小的一事一物的情怀，但是他的绝大部分诗歌都具有豪放博大、气贯长虹、全景观照的特点，即便是一首抒写思念之情的小诗，也会着眼于做父亲或做祖父的深沉胸襟。……他对瑰丽的景色有特殊爱好，诗中这种景象就像是威武雄壮的话剧舞台。他用神奇之笔展示出伊甸园、东方之夜的灿烂和巨大的王宫餐厅。雨果还擅长描绘异乎寻常的事物……就风格的雄奇刚健、宏大奇崛来说，在法国诗坛上，还没有哪一个诗人能与雨果相比。

雨果把对照原则也用于诗歌创作，形成了他的诗歌的鲜明特色之一。雨果总是以对照的形式去观照世界、表现世界。崇高与滑稽丑怪配对，黑暗与光明配对，罪行与无辜配对；冬天的阴沉湿冷与夏天的光辉明媚相对照。这是意象的对照或相反词语的组合。

雨果在修辞上善用同位语隐喻，构成了他诗歌创作的另一个重要特点。雨果将同位语隐喻称作“鬼怪词语”，因为两个表面上完全不同的词组合在一起，会产生新的效果，有一种奇异的作用。……同位语隐喻挖掘了语言的组合能力，这在诗歌艺术、甚至语言学上都具有非常重要的意义。它与波德莱尔提出的通感，以及兰波提出的“语言炼金术”是一脉相通的，因为这两位诗人都是在语言的组合功能上下工夫，他们发现了语言本身蕴含的矿藏还远远尚未开发。诗歌创作要在艺术上往前发展，必须从语言的组合上大力探索，雨果无疑在这方面做了先驱。雨果的语言丰富多彩，韵律运用自如。……他拒绝区分高贵词汇和“粗俗”词汇，他一有机会便使用民间的、古旧的或技术词汇，而且用得非常得当。

不能不承认，雨果“是法国诗人中最闻名遐迩的。广大读者在他身上热爱的，是人类基本情感的朴实的形象”。雨果的国葬是空前的，他得到后世绝大多数诗人的赞赏，他的盛名至今不衰，就是一个最好的明证。

（《法国诗歌史》）

诗歌艺术的奇观

雨果是法国文学史上最伟大的诗人，他漫长的创作生涯都由诗歌贯穿着。他在自己的祖国被视为民族诗人，不仅因为他的诗歌数量庞大，艺术性强，更重要的是由于他的诗不断跟随着时代前进，反映了法国将近半个世纪政治、社会的变化，抒写出相当多的人们在这过程中所共鸣的思想感情。

雨果的诗歌创作一直没有脱离法国的社会现实，没有违背社会进步的潮流。对祖国命运的关怀，对自由解放事业的向往，对专制暴政的憎恨，对社会不正义的抗议，构成了他诗歌创作中高昂的资产阶级民主主义的基调。这是他远远高于其他浪漫主义诗人的所在。他的诗的题材也是多样化的，除了社会政治的主题外，还有相当一大部分是感叹人生、议论哲理、抒写爱情、描绘大自然景色、记述家庭悲喜之作。

雨果和其他消极浪漫主义诗人不同，他的哲理没有悲观、阴暗的思想，也没有沾染世纪病的忧伤，他对大自然景色也很少专门细致描写，常常是即景生情，发掘其中的诗意，构成一个情景交融、诗意盎然的境界。雨果还有一个其他好些诗人所不具有的特点，就是对家庭生活的吟咏，他的这类诗作，有不少写得感情深挚，亲切自然，不失为颇具特色的佳作。

雨果是法语诗艺大师，他的诗歌创作具有高度的艺术性。雨果高度的浪漫主义诗才，常常表现在色彩瑰丽的意境和奇特巧妙的想象上。形象的丰富是雨果的一个重要艺术特点，他往往能用多种多样的比喻来形容一个事物，用连续的诗行来丰富一个形象、抒发一种情绪，以造成色彩飞动的场面、反复吟咏的旋律和感情奔放的气势。即便是表现某种抽象的或视觉不能捕捉的事物，雨果也善于通过形象的画面给人以具体的感受。雨果的诗从意境上来说，像是奇美的画幅，而从形象的细节来说，则又具有严格的准确性。雨果还把对照的技巧运用于诗歌，有时在一首诗里把两种不同的思想感情加以对比，有时在一行诗里运用两个对照的词汇，其目的在于造成强烈的印象，增加艺术效果。雨果在起承转合、布局谋篇方面也颇具匠心。他的诗歌行文脉络清晰，通篇结构严密；叙事不落平板，力求富有戏剧性。在诗歌形式方面，雨果运用了各种格律，但又不拘成法，首先服从内容的需要。他的词汇极为丰富，修辞炼句又很注意声响效果。他的诗歌不仅充满诗情画意,而且具有优美的诗韵。

（柳鸣九）

DASHI CHUANQI 大师传奇

雨果1802年2月26日生于法国东部紧挨瑞士的杜省贝桑松城。祖父是木匠,父亲是共和国军队的军官,曾被拿破仑的哥哥西班牙王约瑟夫·波拿巴授予将军衔,是这位国王的亲信重臣。而母亲拥护王室,两人因感情不和而分居,雨果跟随母亲生活。

雨 果

雨果天资聪慧,9岁就开始写诗。15岁写的《读书乐》受到法兰西学士院的奖励;20岁时因发表诗集《颂歌与杂诗》,国王路易十八赐给他年金。

1827年,雨果发表剧本《克伦威尔》及其序言。剧本虽未能演出,但那篇序言却被认为是法国浪漫主义的宣言,成为文学史上划时代的文献。它对法国浪漫主义文学的发展起了很大的推动作用。1830年,雨果的剧本《欧那尼》在法兰西院大剧院上演,产生了巨大的影响,确立了浪漫主义在法国文坛上的主导地位。

1830年7月,法国发生了“七月革命”,封建复辟王朝被推翻了。雨果热情赞扬革命,歌颂那些革命者,写诗哀悼那些在巷战中牺牲的英雄。次年发表的《巴黎圣母院》是雨果最富浪漫主义色彩的小说,表现了雨果对封建政府和教会的强烈憎恨,同时也反映了他对下层人民的深切同情。

“七月革命”之后,法国建立了以金融家路易·菲利浦为首的大资产阶级统治的“七月王朝。”七月王朝不断对雨果进行拉拢,1841年他被选入法兰西学士院,1845年被路易·菲利浦封为法兰西贵族世卿,还当上贵族院议员。雨果创作中的斗争热情减弱了,1843年,他的神秘主义剧本《卫戍官》在上演时被观众喝倒彩。而他的大女儿新婚不久和丈夫划船时在湖中淹死,这使他在精神上受到沉重的打击,为此他将近10年没有写作。

1848年6月,巴黎人民举行革命,推翻了七月王朝,成立了共和国。起初,雨果对革命并不理解,但当大资产阶级阴谋消灭共和国时,雨果却成了一个坚定的共和主义者。1851年12月,路易·波拿巴发动政变,雨果参加了共和党人组织的反政变起义。路易·波拿巴上台后建立了法兰西第二帝国,实行恐怖政策,无情镇压反抗者。雨果遭到迫害,被迫流亡国外。流亡期间,他一直坚持对拿破仑三世的斗争,通过政治讽刺小册子和政治讽刺诗,猛烈抨击其独裁统治。这时期,他先后发表了长篇小说《悲惨世界》、《海上劳工》和《笑面人》。

1870年普法战争爆发，法国兵败色当后，普鲁士军队直逼巴黎。在国家危亡的紧要关头，流亡19年的雨果回到祖国。他到处发表演讲，号召法国人民起来抗击德国侵略者，保卫祖国。他还用报酬买了两门大炮，表现了崇高的爱国精神。

巴黎公社起义时，雨果并不理解这次革命。但当公社失败后，反动政府疯狂镇压公社社员时，雨果又愤怒谴责反动派的兽行，他呼吁赦免全部公社社员，并在报纸上宣布将自己在比利时首都布鲁塞尔的住宅提供给流亡的社员作避难所。为此，他的家遭到反动暴徒的袭击，他自己险些丧命，但他仍然坚持自己的立场。

1881年2月26日，60万巴黎人在他窗前游行，庆贺他的80寿辰。他在1883年的遗嘱里宣布给穷人5万法郎，并希望用穷人的送葬马车把他的灵柩送到墓地。1885年5月22日，雨果逝世。法国人民为这位伟大的诗人举行了国葬。他的遗体被安葬在专门安葬伟人的先贤祠。

雨果的一生差不多经历了整个19世纪，这是法国历史上风云变幻的时代。雨果以其特有的正直、仁爱和对祖国、对人民的坚定的责任心经历了各种风雨的磨炼和考验，赢得了法国人民乃至世界各国人民对他的拥护和爱戴。在人类历史上，有不胜枚举的文化名人，然而，只有为数不多的几位能被本民族奉为民族灵魂的代言人，他们的作品被视作人类精神的瑰宝。雨果就是其中之一。时间可以淹没小丘的山冈，但淹没不了高峰。正如罗曼·罗兰所说："在所有作家和艺术家当中，雨果是唯一得到永远活在法国人民心中这种荣誉的人。"

YANSHEN YUEDU 延伸阅读

雨果历时16年才完成的巨著《悲惨世界》从问世起便受到全世界读者的欢迎。到了20世纪，曾多次被改编成电影，成为历久不衰的经典。主人公冉阿让由于偷了一片面包而在牢里被关了19年，出狱后在宽大为怀的卞福汝主教的感化下改过自新。他发财致富后乐善好施，当上了市长，并且拯救了沦为妓女的女工芳汀。在经历了无数苦难之后，他终于把芳汀的私生女柯赛特抚养成人。小说通过对穷人苦难的真实描绘，对社会的黑暗和司法的不公提出了强烈的抗议，宣扬了仁慈博爱可以杜绝罪恶和拯救人类的人道主义思想。《悲惨世界》堪称现实主义和浪漫主义相结合的典范，具有震撼人心的艺术力量。

※ ※ ※ ※

《巴黎圣母院》是雨果最富浪漫色彩的小说，极富戏剧性和传奇色彩。故事发生在中世纪。"愚人节"那天，流浪的吉卜赛艺人在广场上表演歌舞。巴黎圣母院的副主教克罗德·弗罗洛对美丽的吉卜赛姑娘埃斯梅拉达着了迷，内心燃起了情欲之火。于是他命令教堂敲钟人卡西莫多把姑娘抢来。结果法国国王弓箭队长法比救下了埃斯梅拉达，抓住了卡西莫多。他把敲钟人带到广场上鞭笞，善良的姑娘不计前仇，反而送水给卡西莫多喝。外貌丑陋、内心纯洁的敲钟人非常感激埃斯梅拉达，也爱上了她。而姑娘却对法比一见钟情，两人约会时，副主教出于嫉妒，用刀刺伤法比后逃跑。埃斯梅拉达因谋杀罪被判死刑，行刑时被卡西莫多救下，藏在巴黎圣母院。副主教趁机威胁姑娘，让她满足自己的情欲，遭到拒绝后，把她交给了国王军队。无辜的姑娘被绞死了，卡西莫多把副主教摔死，并拥抱着埃斯梅拉达的尸体死去了。小说表现了雨果对封建政府和教会的强烈憎恨，同时也反映了他对下层人民的深切同情。

※ ※ ※ ※

雨果的戏剧作品同样引人注目。1830 年，雨果创作了浪漫剧《欧那尼》，演出取得极大成功。上演的时候，拥护古典主义和支持浪漫主义的两派观众在剧院里大打出手，史称“欧那尼事件”，这成为浪漫主义战胜古典主义的标志，27 岁的雨果也因此成为浪漫主义的领袖。《欧那尼》写的是 16 世纪西班牙一个贵族出身的强盗欧那尼反抗国王的故事，雨果赞美了强盗的侠义和高尚，表现了强烈的反封建倾向。100 多年过去了，人们仍对这部经典戏剧难以忘怀。

浮士德

约翰·沃尔夫冈·歌德

Johann Wolfgangvon Goethe(德国 1749—1832)

有人说过，不提到歌德，就写不成一部世界文学史，同时，不读《浮士德》，也难以理解歌德之所以是歌德。这位德国大文豪，连同他的这部杰作，在德国文化传统中早已被认为是“无可比拟”的，即使在欧洲灿烂文化的巍峨殿堂里，也只有中世纪的但丁和他的《神曲》、文艺复兴时期的莎士比亚和他的戏剧，足以与之相提并论，共同享有“仰之弥高，钻之弥坚”的盛誉。

——现代诗人 绿 原

歌德是诗人、作家，同时还是画家、自然科学家、物理学家、美学家、政治家、教育家。他多才多艺，是人类史上一位不可多得的天才。作为 18 世纪中叶至 19 世纪初德国和欧洲最重要的作家，他一生跨越 2 个世纪，历经欧洲社会大动荡大变革的年代。歌德是德国民族文学的最杰出的代表，他的创作把德国文学提高到全欧的先进水平，并对欧洲文学的发展做出了巨大的贡献。他不仅是迄今为止德国最杰出的作家和思想家，而且也是世界最伟大的作家和思想家之一。“魏玛的孔夫子”——这是德国人对他们最伟大的作家与诗人歌德的另一个称呼。德国人把他与中国的思想家和教育家孔子相提并论，足见这位诗人思想的深刻和对后世巨大的影响力。

《浮士德》不仅是德国最伟大的文学巨著，也是世界文学中的瑰宝，评论家把它和荷马的史诗、但丁的《神曲》、莎士比亚的戏剧并称为世界文学中最伟大的作品。马克思很爱读《浮士德》，在著作中常常引用其中的诗句；列宁被流放到西伯利亚的时候，在携带不多的书籍之中，也没有忘记带一册德文本的《浮士德》。这是一部花费歌德毕生精力的呕心之作，它熔铸了他在欧洲资本主义上升时期和德国现实生活中全部的体验，堪称德国文学史乃至整个人类文学史上最伟大、最具影响力的作品之一，更是全人类精神的不朽表现。

旷世杰作
KUANGSHI JIEZUO

诗剧《浮士德》是歌德最主要的代表作,全诗长12 111行。从1770年开始构思到1831年脱稿,创作时间长达60年之久。作品以18世纪到19世纪初期德国和欧洲的社会现实为背景,通过主人公努力追求的一生,概括了资产阶级上升时期先进的知识分子不满现实、努力探索人生意义和理想社会的全部过程。

主人公的原型浮士德是欧洲中世纪传说中的一位半神话半真实的人物,似乎是位魔法师。传说他与魔鬼订了出卖灵魂34年的契约,生前尽情享受,死后入地狱。在18世纪末,德国用这一题材创作的作家就有20多人。

《天上序幕》是情节的开端。以宇宙为背景,展开了一场天帝和魔鬼梅菲斯特关于人能否实现和怎样实现人生理想的问题的争论:魔鬼否定人和世界,天帝却相信人的精神力量,"在他摸索之中不会迷失正途"。在这一广阔背景下,浮士德与魔鬼赌赛、订约,条件是魔鬼今生侍奉浮士德,浮士德死后灵魂归魔鬼所有,这次打赌为浮士德上天入地提供了条件,也是对他精神力量的有力考验。诗剧以浮士德的精神探索贯穿始终,大体分为5个阶段:

第一阶段,是知识的悲剧,主要描写浮士德在"返归自然"中挣脱中世纪的精神枷锁而获得新生。浮士德原本是一个中世纪的"饱学多闻"的"博士"、"导师",但他感到自己的学识无助于救世济民,书斋生活也形同坐牢。于是他决定"以净朗的精神,重把新生开始"。他和魔鬼梅菲斯特赌定:尽量使他欲望满足,只要他说出"你真美呀,请停留一下!"他就死去。梅菲斯特借魔女的药汤恢复了浮士德的青春,完成他从精神到肉体的复活。新生的浮士德摆脱了中世纪经院哲学的束缚,成为一个新的资产阶级人道主义者。他带着强烈的入世思想,要为人类创造一个"真美"的世界。

第二阶段,是爱情的悲剧,描写了浮士德的爱情生活,及他对人生和理想的探求。浮士德和玛甘泪的爱情是一场悲剧,而悲剧冲突的实质却是新兴资产阶级个性自由的要求和封建势力之间的矛盾。浮士德在这个阶段经历了贪恋情欲和克制欲望的矛盾,并从自我主义的泥淖中挣脱出来。

第三阶段,是政治的悲剧,描写魔鬼梅菲斯特引诱浮士德为封建朝廷服务,而浮士德的努力并不能挽救封建王朝的覆灭。政治生活的失败,说明高官厚禄、荣华富贵并不是他所追求的美。

第四阶段,是美的悲剧。浮士德与"美"的化身海伦结合,但婚姻以失败告终。说明只有形式没有灵魂的古典艺术并不是美。浮士德对"美"的追求和结合,暗示出作者探求改革社会的理想由于完全脱离现实,注定不会有结果。

第五阶段,是事业的悲剧,描写浮士德理想的实现。浮士德终身探索,最后发现与人民进行创造性的劳动、改造自然，创造自由国土才是美。他为自己努力创建的海边王国感到满意，认为自己的理想已经实现。随即喊出："你真美呀，请停留一下！"按照誓约，浮士德倒地死去。但是，他的灵魂并没归魔鬼所有而是被天使接到天上。

浮士德探索的5个历程，概括了从文艺复兴到19世纪初的欧洲和德国资产阶级知识分子精神探索的道路，浮士德自强不息地探索真理、追求美的过程，是挣脱中世纪愚昧状态、克服内在与外在矛盾、创建资产阶级理想王国的启蒙过程，体现了上升时期资产阶级的意识形态。在浮士德身上，体现出一种精神，即肯定人生的积极意义，以行动投身实践的创造精神；敢于否定一切丑恶事物与错误思想的否定精神；以及追求理想生活的自强不息的战斗精神。

《浮士德》是一部诗剧，它可以作为一部欧洲思想史来读，但它不是一部哲学教科书，而首先是"戏剧"。歌德说"它不是观念，而是动作情节的过程"。歌德是伟大诗人，《浮士德》是他诗歌的宝库，它包括了"欧洲所有的诗体"（冯至语），但剧中的"诗"绝非孤立存在。人物的对白和独白，皆是诗的台词。《浮士德》通过矛盾和对比的手法来塑造人物形象，具有浓厚的抒情色彩和辛辣的讽刺特点。作品以大自然的宏伟壮丽的景象作为背景，来展示人物的活动和发展。诗歌艺术表现手段丰富多变，选用的诗体和韵律与表现的内容配合得恰到好处，而且语言绚丽多彩，哲理与激情兼而有之，堪称现实主义和浪漫主义结合的杰作。

JINGDIAN DAODU 经典导读

浮士德精神

歌德的作品处理了爱情、处理了对理想的追求、处理了最接近永恒之感的艺术之美，也处理了对社会、国家的期待；他也看重生命历程远胜过思想主义知识。但歌德并没有把道德宗教的自我悔罪、自我要求当成最终的答案。

在《浮士德》中，歌德的确非常强调人生在世需要竭力克服堕落、努力向上，并为更多人谋得幸福，可是歌德还是强调，人不可能成为上帝，越是有理想性格的人，这一生就越需要经历谦卑的洗礼。

歌德认为，我们这一生不可能有任何意愿，是完美无缺不具有任何伤害性的。但他相信上帝的怜悯与爱，悔罪与这一生奋斗的过程，上帝会纪念，并接纳进永恒，给我们恩宠。上帝接纳人此生的每个阶段，也乐意看见认真面对生命的人，在这一生的各种经历中更接近善。每一场奋斗都伴随着自我的软弱，而每一个经历都更看清自己也更认识上帝。最终，人的获救，不是因为努力获得至善，而是至善的上帝以怜悯慈爱伸手接纳这些认真一生的人。

因此，在歌德的《浮士德》中，心灵革命与社会实践，感官之爱与艺术之美，共组一种平衡的生命观照。它们共同驱使冀望超越自己的人迈向善。而最终，绝对完美的善，却是在上帝手中，要透过上帝的恩宠才能获得。这是获救的真义。所以浮士德说："这世界我已经洞察了，我不再有超越尘世成为神的欲念。""这世界对追求理想的人并不沉默。""我要坚定生活在尘世间。"歌德比托尔斯泰更往前走一步，在人生的一切经验，不管是在爱情、美、社会实践甚至是道德宗教的追求中，他都承认自有其价值与意义，也承认一定会经历自我的幻灭，最终，每一个幻灭无非都是让人看见"人不是上帝，人需要谦逊"。

但他却肯定在经历幻灭之后，不是虚无颓废，而是透过恩宠与至善的上帝相遇。

经历过英雄大起大落、自由平等理想成为暴民政治的笑谈的时代，歌德沉淀自我反省历史，能不落入虚无，反而写出浮士德精神，肯定人世一切向善的努力与最终的上帝恩宠，未尝不是从一个伟大时代中洞见自我实现的真意。

（陈韵琳）

西方诗剧的巅峰

《浮士德》的篇幅是世界戏剧之冠，其戏剧结构既严谨又丰富多彩，非一般戏剧可比拟。

全剧具有尖锐的戏剧冲突。浮士德与魔鬼的冲突贯穿始终，而每场戏又各有冲突，场场有戏。就连浮士德、玛甘泪的内心独白，也用心理外化的对立形象表现出来，不让角色在舞台上唱独角戏。全剧是悲喜交织的。浮士德与魔鬼的冲突是潜伏的，二人行动表面是一致的。浮士德与玛甘泪、与海伦都有尖锐冲突，她们最后都与他分手，但他们的关系和谐时多，冲突时少，最后才奇峰突起。戏剧冲突总体上是先悲后喜，如同但丁《神曲》的写法，但有关海伦的情节却是"悲——喜——悲"的转变过程。两个爱情故事写法迥异，一个写实，一个浪漫。

玛甘泪的情节与心理节奏是直线上升，由慢而快，歌德直到最后一场才由玛甘泪的回顾交代她溺婴和毒死母亲的隐情，笔墨节省、结构紧凑；继而写她溺婴之后的悔恨以及不肯随浮士德逃走的坚决，这种"回顾"手法加速了戏剧节奏，使突转有如迅雷不及掩耳。玛甘泪是世界文学史上最纯美的女性之一，性格之复杂可成为不朽的典型，性格之单纯亦可成为不朽的典型。歌德设计的动作、台词，在特定戏剧情境中充分表现出她的单纯美。

海伦的情节是曲线迂回，一波三迭。先写浮士德在巫女的魔镜中看见她的幻影，留下悬念，便放下不写。而"海伦被劫"的戏中戏使第一次戏剧冲突迅速展开又戛然收刹。然后写浮士德在瓶中小人的带领下到希腊神话世界去寻美人，大大放慢节奏。再写魔鬼把海伦带到浮士德的城堡，导致斯巴达王的进攻，出现第二次戏剧冲突。最后写欧福良的陨灭和海伦悲哀的消逝，第三次戏剧冲突节奏之快，出人意料，呈现出惊人的戏剧效果。海伦的

《浮士德》英文版封面

形象，是歌德的再创造，基于神话又美于神话。

"海伦被劫"的"戏中戏"堪称杰作，剧情起伏跌宕的安排巧夺天工，骑士殿的富丽堂皇及海伦出现后全场气氛的瞬息万变，使观众叹为观止。歌德居然让浮士德与希腊神话人物发生关系，大胆的想象力是这场"戏中戏"成功的关键。西方名剧中的"戏中戏"不少，各有不同功能。《哈姆雷特》的"捕鼠机"是用过去推动当前的戏剧冲突，使主角下定决心复仇。"海伦被劫"则是主角下一步动作的开始，提出主角如何寻找海伦的新悬念。

全剧场景变换令人眼花缭乱，既有气象万千、光怪陆离的群众热闹场面，又有少女独坐纺车前的个人抒情场面；既有神话魔幻的世界，又有德国的现实世界。全剧动静结合的场面比比皆是，既表现节奏气氛的变化，也表现角色心理的起伏。

《浮士德》是西方诗剧两千年的总结，也是它的巅峰。上承古希腊悲剧、希伯来诗剧、莎士比亚戏剧的传统，同时以象征手法及心理外化手法下启浪漫主义与象征主义戏剧的先河，是沟通古今西方戏剧的一道桥梁，可谓集戏剧法之大全。它以个人的追求和奋斗为起点，以基督教信仰得救为终点，也就是以古希腊文化精神为起点以希伯来文化精神为终点，这个思维模式，正是西方文学中一个重要的思维模式。《浮士德》反映欧洲思想300年的发展，是西方文化史的一面镜子，它在西方戏剧史、文化史上都占有十分重要的地位。

（佚　名）

D 大师传奇 DASHI CHUANQI

1749年8月28日约翰·沃尔夫冈·歌德生于莱茵河畔的法兰克福。父亲是法学博士和皇家参议，对歌德要求颇为严格，母亲是法兰克福市长的女儿，她富于幻想，善于编讲故事，对歌德影响很大。歌德很小就开始学习外语，不仅有英语、法语、意大利语、希腊语，还学习了拉丁语和希伯来语。他10岁时就在读伊索、荷马等名家的作品。1759年法国军队占领莱茵河畔，歌德接触到法国文化。他经常观看法国剧团的演出，并熟悉了拉辛、莫里哀的作品，加深了对戏剧的兴趣。

1765年，歌德秉承父意进入莱比锡大学攻读法律。在他的自传《诗与真》中曾对这段荒唐的生活有过记载，

《浮士德》有些场景的描写也得之于这段生活的体验和感受。1768 年因病辍学期间他进行过炼丹试验，这引起了他对自然变化的兴趣。1770 年他进入斯特拉斯堡大学继续攻读，次年获法学博士学位。这是歌德生命旅程中的一个重要时期。此间他第一次接触到伏尔泰和卢梭的著作。与德国进步文艺理论家赫尔德的相识则开启了歌德对自然和自我心灵中寻求创作的源泉。赫尔德将荷马、欧西安、莎士比亚、民谣、圣经等文化介绍给歌德，成为其创作的基础。思想活跃的歌德开始不满当时自私庸俗的社会和压抑人性的封建制度，开始把自己的激情投入到了文学创作之中。而与牧师女儿弗莉德丽克的相恋与背弃，则在他心中留下了不可磨灭的悔恨，这份内疚不断流露在他的多部作品里。1773 年他写了戏剧《铁手骑士葛兹·封·伯里欣根》，蜚声德国文坛。次年发表的《少年维特之烦恼》，更使他声名大噪，跻身至世界文坛，成为浪漫主义的先驱，并引起一股“维特热”。1771 年至 1775 年是歌德文学创作最旺盛的时期，另一部巨作《浮士德》的初稿也出于这个时期。

1776 年 6 月歌德应邀进入魏玛公国宫廷，担任枢密顾问和大臣，同时参与军队、交通、矿山、财政等事务管理。他在生物学、植物学、解剖学、地质学等自然科学方面都很有建树，在文学上有多部剧作、诗篇、小说发表。但在政治上他却一事无成，他不但没战胜德国市民的鄙俗气，“相反，倒是鄙俗气战胜了他”（马克思）。魏玛任职期

歌　德

间歌德与史坦茵夫人相恋。这段长达 12 年的感情，导致他前往意大利旅行了两年。虽然恋情在他回国后无疾而终，但却使他的心灵由激烈转向沉静，并开始对人的境界体会得更为通透。1788 年歌德向魏玛公爵辞职，只任剧院监督。他逐渐疏远朝廷，政治上倾向于保守。艺术上致力于追求和谐、宁静的古典美。

1794 年歌德结识了诗人席勒。两人合作无间，各自达到了写作生涯的巅峰，并把德国文学推向历史上一个前所未有的新高度。这是歌德生命中最重要的友谊，两位文学家相知相惜，彼此激励对方创作。在席勒的鼓励下，歌德再次提笔创作青年时期就开始构思的巨著《浮士德》。歌德曾经说过：“是你给予我第二次青春，使我再度成为诗人，此后，我将不会停止写诗。”在席勒去世时，歌德感叹道：“这位挚友的死，使我也失去一半的生命。”

席勒在1805年的逝世标志着从1786年开始的德国古典文学时代的结束。此后的近30年，是歌德创作上的鼎盛时期。他晚年的许多抒情诗中都闪烁着唯物主义、乐观主义思想的光芒，在当时消极浪漫主义文学风行一时的德国文坛上独放异彩。《浮士德》第二部的完成尤其凸现了歌德晚年思想上和艺术上的新发展。

1832年3月22日，歌德在魏玛去世。

歌德一生著作浩繁，总计达140多卷。抒情诗、长篇叙事诗等诗集共7部，总数达2 500篇以上，开创了德国抒情诗的新时代。各种剧本有70多部。他与席勒的通信辑成4卷书简，成为德国文学极为珍贵的文艺评述。他还有数部长、短篇小说传世。

除了文学创作，歌德在美学、文艺理论、哲学、历史甚至自然科学方面都有卓越的成就。《歌德谈话录》就记载了他在美学、文学理论等方面卓越的见解，他还是进化论方面的先驱，他所发现的腭间骨，启发了查尔斯·达尔文在进化论方面的进一步研究，他的《颜色学》还向牛顿的宇宙机械观提出挑战。

YANSHEN YUEDU 延伸阅读

歌德的《铁手骑士葛兹·封·伯里欣根》是德国第一部现实主义历史剧。葛兹原是16世纪德国的一个没落骑士，曾一度参加农民起义，后来背叛了农民。葛兹作为一个骑士、一个垂死阶级的代表，起来反对现存制度的行动，是骑士阶级对皇帝和封建领主的悲剧性的对抗。但是，在歌德的笔下，葛兹被写成一个反对封建暴政、争取自由和统一的英雄，他深切地同情人民的苦难，斥责争夺权力、祸国殃民的诸侯，因而受到人民的爱戴。剧中对于当时黑暗社会的谴责，对于自由和统一的热烈向往，对于个人反抗的英雄的歌颂，都表现了狂飙突进运动的精神。在艺术上，剧中采用了莎士比亚戏剧创作的方法。

※ ※ ※ ※

《少年维特之烦恼》是歌德25岁时创作的书信体小说。主人公维特是一个出身市民的青年，他向往自由、平等的生活，希望从事有益的实际工作。但是，围绕他的社会却充满着等级的偏见和鄙陋的习气。保守腐败的官场，庸俗屈从的市民，趋势傲慢的贵族使他和周围的现实不断发生冲突，他自己又陷入毫无希望的爱情之中，最后走上了自杀的道路。维特与社会的冲突具有反封建的意义，通过维特的悲剧，小说揭露和批判了当时德国社会许多不合理的现实，表达了觉醒的德国青年一代的革命情绪，因此，它一发表就引起了强烈的反响，形成了一阵"维特热"，而且很快就流传到欧洲各国，成为第一部发生重大国际影响的文学作品。

德国，一个冬天的童话

亨利希·海涅 Heinrich Heine(德国 1797—1856)

是海涅使我懂得了抒情诗人的最高意境。我上溯几千年，在所有的古老帝国里，都无法找到像他那种悦耳而热情奔放的音乐。

——尼 采

海涅是继歌德以后德国诗坛最伟大的诗人，更是19世纪欧洲诗坛泰斗式的人物。近2个世纪以来围绕着海涅发生过无数次争论，争论之激烈、持续之长久是史无前例的，而且带着强烈的火药味。如果编一份世界诗人排名榜，海涅肯定排在前列，谁也不能否认他敏锐的洞察力和伟大的讽刺天才。丹麦著名文学批评家勃兰兑斯说过："海涅是拜伦的伟大继承者。为自由而斗争的讽刺之剑从拜伦的手中脱落下来不过几年，就被海涅又擎起来了。他以同样娴熟的技巧和力量用了它整整一生，而且在最后8年，这把剑的使用者竟是一个身罹重病的人。那些在病榻上写就的诗歌是最真实、最勇敢、最辛辣和最光彩夺目的。也许从没有一个创造的精灵表现出过如此巨大的勇敢、如此巨大的毅力和如此巨大的忍受超人痛苦的耐力。"

海涅是德国文学史上第一位有影响的专业作家，并且是一位靠写作的收入能生活得很好的作家。是他第一个克服了文学语言的夸张和矫情，使文学大踏步地接近了读者。在德国文学中集作家和思想家于一身的不乏其人，但像海涅那样将二者完美统一，又不让诗歌负担哲学之沉重的天才却不多见。海涅的才华在于他能用平常的词汇、普通的语句构造出思想深刻、生动优美的诗篇。他的抒情诗和政治诗是人类文化宝库中的瑰宝。海涅最出色的长诗《德国，一个冬天的童话》创作于1844年。这部集抒情和政治讽刺艺术于一身的长诗是海涅一生创作的顶峰，也是一部标志着德国浪漫主义新发展、同时又预示着德国现实主义即将登台的里程碑著作。对此，马克思曾给予高度评价："我们曾经那样喜爱的诗人如今又充满青春的活力……新思想的力量把海涅从他那忧郁的睡眠中唤醒了，他全身甲胄登上了舞台，高高地挥动新的旗帜，作为一个‘精干的鼓手’擂动战鼓，呐喊前进。”

旷世杰作

海涅1831年移居巴黎，曾于1843年和1844年两次回国。《德国，一个冬天的童话》正是这两次短期旅行所触发的创作成果。

在《新的歌》中，诗人说明了自己的创作意图：当诗人踏上故土，听到弹竖琴的姑娘在弹唱古老的“断念歌”和“催眠曲”时，感到这些陈词滥调与自己的思想感情格格不入。于是，诗人立即唱出一支新的歌，表达了他要在大地上建立“天上王国”的理想。全诗大体分4个方面：

第一，对德国检查制度的讽刺。诗人一入国境，就遇到税关对他行李的严格检查。这种检查暗指当时德国对外来进步思想的竭力封杀。在诗人眼中，这种封锁新思想的检查制度既恶毒又愚蠢得可怜，他讽刺道：“可怜虫们！你们竟在行李中搜查？在那儿什么也找寻不到！我从旅途上偷运来的违禁品，只在我头脑里藏着。”几句诗活画出统治者及其爪牙的愚蠢，同时也揭露了德国封建制度对进步思想的恐惧。

第二，对德国封建制度的憎根。诗人来到亚琛，看到了驿站招牌上的一只象征普鲁士统治的鹰。这只鹰张牙舞爪，恶狠狠地俯视着诗人。瞬间，诗人的内心充满了对它的仇恨，随即愤怒地咒骂和嘲弄了这只“丑恶的凶鸟”。诗人经过帕德博思，回忆起了老保姆讲的关于红胡子皇帝的传说。于是诗人在梦里来到红胡子皇帝身边。皇帝并不像传说的那样尊严，他老态龙钟，步履蹒跚。诗人向这个对18世纪以后“人世间的消息，不曾听到一点风声”的昔日君主讲述了法国大革命。皇帝大发雷霆，说这些行动违背礼仪，同时指责诗人大逆不道。诗人也气愤至极：“共和国的人们会嘲笑我们，而且会给我们难堪的嘲讽，倘若他们看见你这王笏和王冠的幽灵，也会成为我们的头领。”最后，他气得大喊：“你只不过是一个古老的神异。去睡觉吧，没有你，我们也要解救自己，因为我们根本用不着皇帝。”这既是对红胡子皇帝的嘲弄，也是对当时德国封建制度的针砭，同时表达了诗人对法国式共和制度的向往。

第三，对基督教会的批判。诗人来到莱茵河畔的科隆市，在朦胧夜色里浏览市容。在审视“阴森森的高高耸起”的科隆大教堂时，他把这座被教会势力当做他们“神圣”的象征、苦心经营了300年之久的大教堂称为统治德国的“精神的巴士底狱”：“它耸立着，像恶魔般漆黑，它就是科隆大教堂。它是精神的巴士底监狱。狡猾的教皇至上论者这样想道：‘有着这样巨大的囚牢，德国的理性就会衰亡！’。然而却走来了路德喊出了他伟大的一声：‘停住！’就从那天起，中止了大教堂的建筑。”而现在，教会的无赖们企图继续马丁·路德中断过的建筑，“把这专制的古堡完成”。诗人警告说，这个企图是愚蠢的妄想，因为不久的将来，人们不仅不会把它完成，而且还要把教堂内部当做马圈使用。这嘲讽是何等大胆露骨？

第四，对社会革命的预言。在黑暗丑恶的现实中，诗人预感到了大革命的征兆。在旅行的最终目的地汉堡，诗人遇到了资产阶级庸俗社会现实的守护女神汉莫尼亚。诗人诉说长年流亡巴黎、怀念祖国的心情。汉莫尼亚用甜言蜜语劝诗人留在德国。她说现在的德国，人民享受着思想自由，只有写书和印书的人才受到限制，没有专制行为，即使是最恶劣的煽动犯，也只有通过法庭才剥夺他的公民权；在监狱里没有一个人因为饥饿而死亡……而现实却恰恰相反。她打开德国“命运之书”，让诗人从她的魔镜里看德国的“将来的时代”。于是诗人从她椅子下面的圆洞里闻到了德国将来的气息：像烂白菜和臭牛皮煮在一起的恶臭。他感到似乎是有人在往 36 个粪坑里扫粪便。这就是德意志联邦 36 个封建诸侯国的未来。诗人认定，只有轰轰烈烈的社会大革命才能有新生的、朝气蓬勃的德国。

长诗以冬天象征死气沉沉的德国，通过童话般的幻想，讽刺了德国旧制度和一切不合理现象，锋芒直指普鲁士王国的反动政权、所谓反政府的自由主义派别和资产阶级庸俗的市侩，表达了诗人对未来的希望和信心。夸张的讽刺、离奇的比喻、民间传说和个人幻想，体现了海涅独有的艺术风格。

JINGDIAN DAODU J经典导读

长诗的艺术特色

《德国，一个冬天的童话》充分显示了海涅在 19 世纪 40 年代的激进思想：他对旧德国深恶痛绝，满心希望一个新德国的诞生。这首长诗既是 19 世纪 40 年代德国文学的重要表征，同时又是德国文学从浪漫主义向现实主义过渡时期的代表作品。从艺术上讲，这首长诗的总特点是浪漫主义和现实主义的高度结合。这一点从长诗的题目就能看出：“德国”是现实的，“童话”是非现实的，用非现实的、具有浪漫主义幻想特点的“童话”来表现现实中的“德国”，这就是全诗的要旨。因此，长诗的内容虽然具有严肃的政治性，但表现方式却不给人以枯燥乏味之感，而是具有高度艺术性的。用海涅自己的话来说，这是“一篇极其幽默的旅行叙事诗”，“是一个崭新的品种，诗体的旅行记，它将显示出一种比那些著名的政治鼓动诗更为高级的政治”。

这首长诗有以下几方面的艺术特点：第一，采用有机形式作为全诗的结构形式，这样适合于表现时间和地点各不相同的各种事物，而且比较灵活，合则为一整体，分则为各首小诗，这种形式的诗歌在其他诗人的作品中是罕见的。第二，抒情和叙事相结合，有时甚至夹叙夹议，这种见物兴感的写法有助于揭露现实。第三，多处采用直接对话的方式，有些诗如《红胡子的马匹》、《我们也能解放自己》等是由对话构成的，使诗句生动活泼。最后，这首长诗的最大特点，就是它犀利的讽刺语言：海涅是杰出的讽刺家，在这首长诗里我们几乎处处可以领略到他的讽刺的锋芒，他用机智而辛辣的语言，毫不留情地揭发伪善者的嘴脸，对如"童话"般荒唐可笑的德国现实的嘲讽，可说处处击中要害，酣畅淋漓而让人拍案叫绝。因此，这首长诗《德国，一个冬天的童话》不同凡响，被认为是德国文学史上甚至是世界文学史上的上乘之作。

（《外国文学史》）

荒诞中的真实，童话式的批判

《德国，一个冬天的童话》是海涅别离祖国13年后回国探亲的产物，记述了他在德国的所见所闻所感。诗人亲眼看到祖国仍受专制主义的压迫和奴役，人民仍在艰难困苦和不自由的深渊中挣扎，封建落后的德国社会就像冬天一样阴冷萧条，那里发生的一切就像童话里的故事一样荒诞可笑，所以长诗命名为《德国，一个冬天的童话》。

长诗对德国的现实进行了激烈的批判。诗人对当时德国社会仍然流行浪漫派的麻醉人民的"断念歌"和"催眠曲"深感不满，表示要创作"一首新的歌，更好的歌"，鼓舞人民"在大地上建立起天上的王国"，在这个"地上天国"里，有面包、玫瑰、美和欢乐。诗人高呼，"我们要在地上幸福生活，绝不让懒肚皮消耗双手勤劳的成果"，至于"天堂，我们把它交给那些天使和麻雀"。诗人把德意志的36个小国称为36个粪坑，把封建专制的堡垒——普鲁士的国徽上的鹰称为一只"丑恶的凶鸟"，发誓"一旦落入我的手中，我就揪去你的羽毛，还切断你的利爪。把你系在一根长竿上……唤来莱茵区的射鸟能手，来一番痛快的射击。谁要是把鸟射下来，我就把王冠和权杖授给这个勇敢的人！"诗人讽刺封建专制的精神支柱——天主教会，把科隆大教堂比作"精神的巴士底狱"，要"把教堂的内部当做马圈使用"，把供奉在神龛里的三个"圣王"（基督教传说中的东方三博士，比喻俄、普、奥三皇"神圣同盟"）"装进那三只铁笼里"，挂在教堂的塔顶上示众。诗人为他们找到了自然的归宿——坟墓，表示要用暴力把这些"可怜的迷信残骸"清除。诗人批判了德国的国粹主义，通过红胡子大帝（腓特烈大帝）的传说指出，不能将国家的希望寄托在红胡子这样的中世纪的幽灵身上，德国人民要自己解放自己，因为"从来没有神，没有救世主"。诗人还对汉堡资产阶级庸俗的市侩社会作了尖锐的讽刺，批判了德国资产阶级的软弱性和妥协性。诗人最后警告反动统治者，"不要得罪活着的诗人，他们有武器和烈火，比天神的闪电还凶猛。"

长诗既有革命鼓动家的热情，也有理想主义者的沉思，巧妙地把现实生活图景与幻想梦想的境界结合起来，把辛辣讽刺与轻快抒情交织在一起，成功地表现了诗人对祖国的爱。长诗嬉笑怒骂，运用自如，显示了诗人卓越的艺术技巧。后世诗人兼哲学家尼采盛赞海涅是自马丁·路德以来最伟大的语言艺术大师。

（佚　名）

DASHI CHUANQI 大师传奇

1797年12月13日，海涅出生在德国杜塞尔多夫一个破落的犹太商人的家庭，是家中的长子。父亲萨姆逊·海涅参过军，是个平庸的商人，但是亲切爽朗、富有活力。母亲贝拉·冯·盖尔德聪慧热情，精通德法英三门语言，富有音乐天赋，热爱卢梭和歌德。父母按照犹太教的规矩把他养大。他先后在犹太儿童学校和天主教学校读书。海涅很小就显露出神经质的特点，他不能忍受任何噪声，厌恶烟草气味，不喜欢音乐和舞蹈，但却热爱诗歌，从15岁时就开始写诗。

16岁时诗人经历了初恋。他爱上了一个行刑吏的长女约琴芬。这个苍白美丽的红发姑娘唤起了海涅对民间诗歌的兴趣，使他第一次发现其中丰富奇特的美，给他以后的创作带来了很大影响。

海涅的父母希望他能成为一个商人，先将他送到杜塞尔多夫的商业学校，又送他到法兰克福的一个银行家那里，再送他去汉堡的商行。1818年，当大银行家的叔父萨洛蒙·海涅帮他成立了一家经营纺织品的商行，不到一年就停业了。很明显，他没有经商的才能。这时他爱上了叔叔的三女儿阿玛莉，一个拥有“紫罗兰的眼睛”、“百合花的手”的美女。海涅为她写下了大量情诗，然而三年后她却同一个庄园主结了婚。失恋的打击使海涅这时的诗充满了痛苦和嘲讽。这些甜美苦涩的诗后来都收在《青春的烦恼》(1822)这本诗集里。

1819年，海涅靠叔父的帮助进入波恩大学学习法律。1820年，转到哥廷根大学，半年以后因与人打架被迫退学。1821年他到柏林，在黑格尔的指导下研究哲学，这位哲学巨人对海涅心灵的发展起了很大作用。此外，哲学家斯宾诺莎和沃尔夫、语言学家鲍普、法学家爱德华·冈斯也对他产生了一定的影响。这一时期他写了剧作《阿尔曼梭》和《威廉·拉特克里夫》以及一本诗集《抒情插曲》，不过都没有成功。

1823年，他重又到哥廷根继续学业，两年后获得法学博士学位。此间，他从德国诗人威廉·缪勒那里汲取了很多营养，由此形成自己独特的简洁诗风。次年10月2日，他带着诗作去魏玛访问歌德。尽管后者的冷淡对待使海涅很不快，但并不影响他对歌德的崇敬热爱。此后，海涅从旅行中汲取灵感，创作出了《还乡集》(1824年)、《抒情插曲》(1824年)、《北海集》(1826年)三部诗集，及四部游记。创作《还乡集》时，他结识并迷恋上了阿玛莉的妹妹苔莱莎，几乎难以自拔。但五年后她嫁给了一位法学博士，使诗人的心灵第二次受到重创。1827年，他将三本诗集同以前出过的两本合在一起出版，称为《诗歌集》。这使他获得成功，真正确立起诗人的地位。

1830年法国七月革命爆发，海涅欢欣鼓舞，然而次年，他就被迫流亡巴黎。在那里他和巴尔扎克、乔治·桑、肖邦以及圣西门主义者来往密切。他写了大量的文艺批评，致力于沟通德法两国人民之间的精神交流和文化交流，其中最有名的是《论浪漫派》和《论德国宗教和哲学的历史》。恩格斯称赞他“观察透彻、思想深邃”。

1841年，海涅创作了风格绮丽的长诗《阿塔·特洛尔》。与法国姑娘埃莉赛特结婚后，他走出个人抒情的圈子，创作了许多讽刺辛辣、节奏有力的政治诗，以表达推翻旧制度的强烈决心。反映1844年纺织工厂起义的《西里西亚纺织工厂》，被恩格斯评价为“最有力的诗歌之一”。值得一提的是海涅同马克思的交往。1843年12月下旬，海涅与25岁的马克思一见如故，此后几乎天天在一起谈话、推敲诗句。1844年，海涅创作了体现他独有风格的长诗《德国，一个冬天的童话》。对此马克思曾给予高度评价，并多次引用海涅的诗句作为斗争武器。第二年初，马克思被驱逐出法国，临行前他写信给海涅：“在我要离别的人们中间，同海涅离别对我来说是最难受的。我很想把你一起带走。”

1847年，海涅患了严重的脊髓病，第二年就卧床不起，直到死去。病痛折磨中，他创作了叙事诗集《罗曼采罗》(1851年)和抒情诗集《最后的诗》(1854年)。在他生命的最后一年，一位名叫尤尔莱·赛尔顿的美丽姑娘给了他精神上的慰藉。1856年2月17日，海涅安详离世。同时代人评价他：“海涅在他内心里忍受了从他的理想产生的伟大文学的一切艰难。”

作为一位伟大的诗人、自由的战士，海涅终生都在为自己的理想奋斗。1826年，他写道：“我不知道，我是否值得人们用桂冠来装饰我的棺椁。我所非常喜爱的诗歌，一直只是我用于神圣目的的神圣玩具，或者说圣洁的工具……但是，你们应当在我的棺椁上放一把剑，因为我是人类解放战争中的一名勇敢的战士。”

YANSHEN YUEDU 延伸阅读

为海涅赢得世界性声誉的，是他的第一部诗集《诗歌集》。这部诗集包括海涅青年时代的全部抒情诗作，分为五部分。《诗歌集》奠定了海涅的诗人地位，使他享誉德国，而且闻名于世界。自1872年发表后，该集曾12次再版。流畅自然的语言和淳朴的民歌风格使这部诗集极为畅销。而它所表达的内容更能反映读者的心声，让他们感动并产生共鸣。诗中所表现的那种毫无希望、无法实现的爱情，象征着被社会排斥和驱逐的人的境况，确切地说，是海涅亲身经历的犹太青年的不幸遭遇。其中许多诗篇，曾被很多著名的作曲家谱成乐曲，获得全世界人民的喜爱。

※ ※ ※ ※

《罗曼采罗》出版于1851年，其中的诗篇大多创作于1848年至1851年。当时诗人卧病在床，只能口授腹稿，由秘书卡尔·希勒勃记录下来。梅林称“这部诗集分量之重与《诗歌集》和《新诗集》不相上下，它奏出了崭新的、独特的音调”。诗集分三部分。第一部分《史诗》题材取自各国的历史故事和民间传说。很多诗篇极富有时代意义和讽刺特色，或嘲骂世间的帝王贵族，或同情失败的英雄，或反对残酷的殖民主义者。第二部分《悲歌》，其中有很多抒情诗。《拉撒路》组诗最为脍炙人口，证明了诗人的诗才火焰并没有因为精神和肉体的痛苦摧毁而熄灭。第三部分《希伯来调》包括三首长诗，描绘了犹太宗教和一位希伯来大诗人的形象。诗篇洋洋洒洒，奔腾澎湃，如滔滔江河，携带百川，可以看到拜伦《唐璜》的影响。

※ ※ ※ ※

海涅有四部散文旅行札论极负盛名。第一部《哈尔茨山游记》以幽默活泼的笔调描绘了19世纪20年代令人窒息的德国现状，讽刺嘲笑了封建的反动统治者、陈腐的大学、庸俗的市侩、反动的民族主义者、消极的浪漫主义者，以浓郁的抒情笔调描绘了祖国壮丽的自然景色，同时又以深厚的同情，描绘了山区矿工的劳动生活。第二部《观念——勒·格朗诗文集》描绘了法国军队进入故乡的情景，刻画了拿破仑的形象，表现了作者对法国革命的向往和对德国封建统治的憎恶。第三部《从慕尼黑到热那亚的旅行》描绘了意大利的风光和社会生活，揭露了贵族天主教的反动性，同时对贵族作家脱离现实的倾向进行了批判。第四部《英国片段》描绘了富豪的贵族和资产阶级与劳动人民的尖锐对立，揭露了大资产阶级的贪婪和掠夺。

神　曲

但丁·亚利基利 Dante Alighieri(意大利 1265—1321)

封建的中世纪的终结和现代资本主义纪元的开端，是以一位大人物为标志的，这位人物就是意大利人但丁。但丁是中世纪的最后一位诗人，同时又是新时代的最初一位诗人。他的《神曲》是一部不朽的经典。

——恩格斯

佛罗伦萨是意大利文艺复兴的摇篮，历史名人不胜枚举。佛罗伦萨市中心，幽静的人字形路口，拐角处立着一座古旧的青砖小楼。但丁就是从这样的狭窄和幽暗中走出，将脚步踏在昨夜和今晨的交界线上。700年前，他是伟大孤独的诗人；今天，他是佛罗伦萨的骄傲，也是全体意大利人的自豪。

但丁是意大利著名诗人、意大利现代语言的奠基者，是欧洲文艺复兴时代的开拓者。他有诗人的柔肠与激情，也有学者的锐利与智慧，他是当时最杰出的语言学家之一，又是在时代激流中冲浪的政治家。20年的流放使但丁对意大利社会的现实有了更深切的了解，逐渐将自己的命运融合于对民族前途的深沉思考之中。因此，有学者将但丁与我国的屈原相提并论，屈原被逐乃赋《离骚》，但丁流放才有《神曲》。如果从两位诗人在颠沛流离过程中的精神境界不断升发，忧国忧民痴心不改的角度看，这种比附是有道理的。《神曲》在艺术上取得了极高的成就，是中世纪文学哺育出的瑰宝。诗人借助基督教救赎观念和地狱、炼狱、天堂三界的神学教义结构全诗，将纷繁复杂的素材纳入严谨的构架之中。长诗自然地分成三部，各部分诗行不仅工整、匀称，结构本身也富有象征含义。诗中的许多人物虽然是但丁笔下的鬼魂，但都以现实为依据，写得血肉丰满，性格鲜明，令读者难以忘怀。诗人继承了先知文学和启示文学的传统，将澎湃的激情与匪夷所思的幻想相结合，将对现实的评判与对“天国”诚挚的信仰相结合，展示出惊人的想象力，把以梦幻、寓意、象征为特点的中世纪文学艺术推向了后世难以企及的高峰。

旷世杰作

但丁的重要作品几乎全部是在流亡中写成的，其中以《神曲》最为著名。“神曲”意大利文原意是“神圣的喜剧”。但丁原来只给自己的作品取名为《喜剧》，后人为了表示对它的崇敬而加上“神圣”一词。起名《喜剧》是因为作品从悲哀的地狱开始，到光明的天堂结束，带有喜剧的因素。

《神曲》的写作始于但丁被放逐之初，他逝世前不久才完成。政治上的挫折和个人的不幸遭遇，使但丁感到在生活中迷失了方向。放逐期间他看到意大利和整个欧洲处于纷争混乱的状态，因而对祖国和人类的命运怀着深切的忧虑。但他并不悲观，坚信在不久的将来会有实现和平与统一的人物出现。他意识到自己担负着揭露现实，唤醒人心，给意大利人民指出政治上、道德上复兴的道路的历史使命。写作《神曲》的动机正在于此。

《神曲》全长 14 233 多行，分为《地狱》、《炼狱》（又译《净界》）、《天堂》三部分。《神曲》的故事采用中古梦幻文学的形式。诗里叙述但丁在林中迷路后走出森林，忽然被三只野兽（豹、狮、狼）挡住去路。正危急时，罗马诗人维吉尔出现了，他受圣女贝阿特丽采的嘱托来救但丁，引导他游历了地狱和炼狱，接着贝阿特丽采又引导他去游天国。游历的过程构成《地狱》、《炼狱》和《天国》三部曲。每部有 33 歌，连同作为序幕的第一歌共 100 歌，这种匀称的结构是建立在中古关于数字的神秘意义和象征性的概念上的。和许多中古文学作品一样，全书的情节充满寓意，在解释上引起很多争论，可是但丁所贯彻的主题思想相当明确：在新旧交替的时代，个人和人类怎么样从迷惘和错误中经过苦难和考验，到达真理和至善的境地。维吉尔象征理性和哲学，他引导但丁游历地狱和炼狱，标志着个人和人类在哲学的指导下，凭借理性认识罪恶和错误，从而悔过自新的过程。贝阿特丽采象征信仰和神学，她接替维吉尔做向导，引导但丁游历天国，标志着个人和人类通过信仰的途径、神学的启发，认识最高真理和达到至善的过程，这种境界，依靠理性和哲学是无法达到的。作为中古诗人的偏见，但丁所认识的真理和至善，显然还局限在基督教神学的观点里。但他追求最高真理的精神和关怀人类命运的热情，在中古时期是有进步意义的。

围绕着这个中心思想，《神曲》广泛地反映了现实，给中古文化作了艺术性的总结，同时也射出文艺复兴时代人文主义思想的曙光。

但丁幻游地狱、炼狱和天国时，遇到历史上的和死去不久的一些著名人物。他和各种正面与反面人物的交谈，广泛地接触到当时政治和社会的状况以及中古文化领域里的成就和问题。《神曲》不仅是一部政治倾向性强烈的长诗，还带有百科全书的性质。

《神曲》描写的虽然是来世，但不是从禁欲主义观点出发的。诗中的来世正是现世的反映：地狱是现世的实际情况，天国是争取实现的理想，炼狱则是从现实到达理想必经的苦难历程。书中揭露现实的部分占很大比重，可是但丁也很着重描写生活的理想。这说明但丁的《神曲》并不纯粹是现实主义的，也是浪漫主义的。在黑暗的现实基础上产生了他的光明理想，诗人渴望一个没有黑暗和罪恶的世界。

《神曲》中塑造的人物，性格鲜明，形成一座丰富多姿的人物形象的画廊。作为主人公，诗人自己的性格和精神面貌描绘得最为细致入微。但丁常常通过人物在戏剧性场面的行动和对行为动机的挖掘来刻画性格。他勾勒人物形象的特征，有时只用寥寥数语，但却形神毕现。在描写情景时，但丁善于使用来源于现实生活和自然界的比喻。这些比喻使人物和情景鲜明突出，取得了造型艺术的效果。

《神曲》对于地狱、炼狱、天国的描写不像中古一般文学作品那样模糊混乱，而是构思明确，想象丰富。三个境界细分为若干层，体现出作者根据哲学、神学观点所要阐明的道德意义。三个境界的性质不同，因而色调也各不相同。地狱是痛苦和绝望的境界，色调是阴暗的或者浓淡不匀的；炼狱是宁静和希望的境界，色调是柔和爽目的；天国是喜悦的境界，色调是光辉耀眼的。这些境界都记述得非常真实，使人如身历其境。对自然的描写也往往富有高度的画意，足见但丁对自然之美极为敏感。这一点也是他作为新时代诗人的特征。

《神曲》的主要成就还在于高度的概括和综合。这部作品把诗人的内心生活经验、宗教热情、爱国思想和政治文化方面的重大问题，把历史的和现实的、古典的和基督教的因素融为一个和谐的整体。

JINGDIAN DAODU J经典导读

但丁为自己平反

1302年以后，但丁一直到死，都过着流放的生活，为了证明自己无罪，但丁想出了一个非常奇特的方法：写一部伟大的作品，让庄严的诗篇证明自己的清白。1307年，但丁开始动笔，1321年，在他去世之前不久，他终于完成了心愿，这就是长达14 233行的奇妙诗篇《神曲》。

《神曲》是但丁的最后审判。

但丁在这部长诗里以超越世俗的审判，评断自己、评论世界、评说宇宙。他根据神学思想（信仰）安排灵魂的去向，决定此岸（现实）与彼岸（死后世界）的关系，决定惩罚的力度（地狱第几层）、救赎的等级（炼狱第几圈）、恩惠的程度（天堂第几重），同时也是根据自己的哲学思想（探索精神）来讨论人生、理性、历史、文化。在地狱和炼狱的路上。但丁总是不停地与领路人维吉尔进行这样的讨论。全诗充满了宗教哲学的象征和对象征的诠释。在具体的描写中，但丁又按照自然思想（科学精神）来描绘，《神曲》中对万事万物的描写，都有当时自然科学的依据。当然。《神曲》带有但丁的强烈的政治态度(批判精神),比如正义观念、爱国观念、党派和非党派立场、民族观念。

在这些议论中,但丁已经突破了宗教的格局,所以,《神曲》不是神学,而是但丁编辑的百科全书。雪莱说:“但丁是第一位宗教改革家。”

但丁的《神曲》是一部奇书,是世界文学的巅峰之作。

《神曲》并非梦幻,开篇第一歌中,但丁的灵魂没有出位,“我”与灵魂始终一体。但丁是以真实的肉体真实地游历三界,因此但丁的《神曲》中,地狱和炼狱及天堂三界具有实在性和具体性,他的三界是实体。

那么,但丁的难题是如何把不存在的东西写得真实。

但丁第一个方法是让整首长诗有一个严整的结构。

但丁首先是让宇宙的结构十分完整:整个宇宙分为三界:地狱、炼狱和天堂。

地狱是九层,炼狱是七层,按人的七大罪过排列,但是加上外围两层,也是九层,天堂是九层天。但丁用“三”、“九”之数搭构诗篇,使虚幻的世界变成了有严密秩序的现实。

《神曲》还有许多的“三”。

地狱篇中作为前言的诗 1 篇,地狱 33 篇,炼狱 33 篇,天堂 33 篇,合在一起共 100 篇。

全部诗篇共 14 233 行。但丁非常严格地按照三行一节的方式抒写,三行联韵一贯到底,这就是后来不断被人们使用的“但丁三联韵”。但丁将三部诗篇都用“群星”一词来结尾,显得非常严整。

但丁使用这些“三”来结构自己的鸿篇巨制,当然也是出于宗教的考虑,在基督教的理论中,三字有一些特殊的含义。如“三位一体”被看成是基督教最有深度的奥义,理解基督教教义的精髓,理解了“三位一体”才能理解上帝(圣父)、耶稣(圣子)和上帝的教义(圣灵)。

仔细阅读这部长诗,会发现但丁就是为了凑数而设计了许多“三”。实际上在具体描写中,三界景观极其壮观,并非 3 399 之数的限制,地狱层内有层,炼狱环内有环,天堂天外有天。但是,但丁总是人为地把它们组合成“三”。似乎为了“三”,传说的和教义的地狱、炼狱、天堂都可以变通。通过这些“三”,但丁将《神曲》框架建筑得非常严整、高大。

(李正荣)

中世纪的艺术巅峰

自 1307 年起直至 1321 年离开人世为止,但丁为写《神曲》辛勤笔耕了差不多 15 个春秋。他为之呕心沥血,殚精竭虑,综合了他一生的坎坷经历、政治见解和文学创作的丰富经验,生动地再现了 13 世纪后期的意大利社会,可谓是佛罗伦萨共和国走向衰亡时期的一个缩影。

在《神曲》虚构的神奇世界里,但丁从地球的表面出发,穿越地球中心后拾级而上,直至天国之苍穹,遨游了充满魑魅魍魉的地狱、世俗罪人洗涤罪孽的炼狱和圣人荟萃的幸福天堂。他同不计其数、栩栩如生的人物交谈讨论，勾画出许许多多寓意深长、耐人寻味的故事，情节纵横跌宕，盘陀交错，笔端奇趣横生。诗人将自己描绘成梦游地狱、炼狱和天堂等三个神秘冥界的主人公，而在他之前，只有基督教会的领袖和古罗马人的祖先才有这至高无上的荣誉。这位特殊的旅行者，随着故事情节向纵深发展，一次又一次地出现在我们的眼前，十分自然地同《神曲》中描摹的人物和情景融化在一起，从某种意义上来说，但丁的《神曲》是一部充满政治色彩的历险小说，而其主人公正是作者本人。

但丁是长诗《神曲》的核心，他运用娴熟、巧妙的隐喻艺术手法，在长达14 233多行的诗句中倾诉自己对祖国——佛罗伦萨共和国真诚的赤子之爱和因蒙受耻辱而埋藏在内心深处的愤懑，字里行间不时地显露出他对乌托邦式的和平、昌盛的美好世界的憧憬。他殷切地期望帝国和教会重归于好，至死仍梦幻着理想中的仙山琼阁。象征着罗马帝国的雄鹰和比喻基督教的十字架，犹如中流砥柱支撑着这部文学巨著，但丁以此为轴心，精心设计出历经三个神奇冥界的梦游。在作品中，诗人所处时代的社会现实始终同他本人的厄运交织在一起，而且是诗人在外流亡的不幸遭遇使他奋笔疾书，并给他提供了极为丰富的写作素材，倘若没有这个写作基础的话，《神曲》也就不可能存在。……但丁不为追求作品外部的美而过多地斟酌文字，但他坚忍不拔的个性和独辟蹊径的艺术风格赋予整部作品诱人的魅力，这正是《神曲》的伟大所在。

就语言来说，作者仿效中世纪喜剧的艺术形式，比较自由地、舒畅地抒发感情，不拘泥于规矩绳墨。……此外，但丁还借用法语、普罗旺斯方言和新拉丁语丰富自己的创作语言，以大胆创新的精神，将高深的哲学语言同平民百姓的日常口语有机地糅合在一起，使《神曲》的诗歌语言带有一定的现实主义喜剧风采。

但丁丰富的想象力和熟练的隐喻写作技巧，使《神曲》在语言方面永远成为后人写作上的楷模。他往往寥寥数笔即惟妙惟肖地勾勒出迥异的景色和各种不同人物复杂的心理活动，文笔简洁而遒劲，优美而不俗，使人读后难以忘记。……正因为如此，《神曲》问世后，在整个意大利社会激起了强烈的反响，立即成为脍炙人口的文学著作，其影响在相距但丁时代600余年的今天依然不可忽视。

（《意大利文学史》）

DASHI CHUANQI D大师传奇

1265年，但丁·亚利基利出生在意大利的佛罗伦萨一个没落的贵族家庭，其父因家道中落，长期经商。但丁的出生日期不明，按他自己在诗中的说法“生在双子座下”，应该是5月下旬或6月上旬。但丁5岁时生母去世，父亲续弦，后母为他生了两个弟弟、一个妹妹。

但丁早年曾师从著名学者布鲁内托·拉蒂尼，系统学习拉丁文、修辞

但 丁

学、诗学和古典文学，对罗马大诗人维吉尔推崇备至。在绘画、音乐领域，但丁也造诣不凡。此外，但丁精心研究神学和哲学，古代教父圣·奥古斯丁的思想对他影响很深。

但丁有过一次刻骨铭心的爱情，在其文学创作中留下了不可磨灭的烙印。那是在他的少年时代，他随父参加友人聚会，遇上一位名叫贝阿特丽采的少女。少女的端庄、贞淑与优雅的气质令但丁对她一见钟情，再不能忘。遗憾的是贝阿特丽采后来遵从父命嫁予他人，婚后数年竟因病夭亡。哀伤不已的但丁将自己几年来陆续写给贝阿特丽采的 31 首抒情诗以散文相连缀，取名《新生》结集出版。诗中抒发了诗人对少女深挚的感情，纯真的爱恋和绵绵无尽的思念，风格清新自然，细腻委婉。这部诗集是当时意大利文坛上“温柔的新体”诗派的重要作品之一，也是西欧文学史上第一部剖露心迹，公开隐秘情感的自传性诗作。

当时佛罗伦萨政界分为两派，一派是效忠神圣罗马帝国皇帝的齐伯林派，另一派是效忠教皇的盖尔非派，1266 年后，由于教皇势力强盛，盖尔非派取得胜利，将齐伯林派放逐。盖尔非派掌权后，1294 年当选的教皇卜尼法斯八世想控制佛罗伦萨，一部分富裕市民希望城市独立，不愿意受制于教皇，分化成“白党”，另一部分没落户，希望借助教皇的势力翻身，成为“黑党”。两派重新争斗，但丁的家族原来属于盖尔非派，但丁热烈主张独立自由，因此成为白党的中坚，并被选为最高权力机关执行委员会的六位委员之一。

1301 年教皇特派法国国王的兄弟瓦鲁瓦的卡罗去佛罗伦萨“调节和平”，白党怀疑此行另有目的，派出以但丁为团长的代表团去说服教皇收回成命，但没有结果，果然卡罗到佛罗伦萨后立即组织黑党屠杀反对派，控制佛罗伦萨，并宣布放逐但丁，一旦他回城，任何佛罗伦萨士兵都可以处决烧死他，从此但丁再也没能够回到家乡。1308 年卢森堡的亨利七世当选为神圣罗马帝国皇帝，预备入侵佛罗伦萨，但丁给他写信，指点需要进攻的地点，因此白党也开始痛恨但丁。1313 年亨利去世，但丁的希望落空。1315 年，佛罗伦萨被军人掌权，当权者宣布如果但丁肯付罚金，并于头上撒灰，颈下挂刀，游街一周就可免罪返国。但丁回信说：“这种方法不是我返国的路！要是损害了我但丁的名誉，那么我决不再踏上佛罗伦萨的土地！难道我在别处就不能享受日月星辰的光明吗？难道我不向佛罗伦萨市民卑躬屈膝，我就不能接触宝贵的真理吗？可以确定的是，我不愁没有面包吃！”

1321年，但丁在意大利东北部腊万纳去世。

YANSHEN YUEDU 延伸阅读

弗朗齐斯科·彼得拉克被誉为“人文主义之父”。他曾写过许多优美的诗篇，32岁时便以诗文见称于世，1341年获得“桂冠诗人”的称号。他的抒情诗集《歌集》，抒发了对女友萝拉的真挚爱情，表达了诗人的爱情观和幸福观。他歌颂了现实少女的美，认为男女青年有权利享受爱情生活，他为萝拉不幸病逝感到极度哀伤，在诗中吐露了沉痛的悼念之情。诗集中还有一些政治诗，表达了强烈的热爱祖国、反对封建割据、号召和平与统一的思想感情。《歌集》大量采用十四行诗体，并使这种诗体达到完美的境地。它对后世欧洲的诗歌形式和内容产生了很大的影响。

※ ※ ※ ※

乔万尼·薄伽丘的创作，将彼特拉克开创的意大利人文主义文学发展到了一个新的高度。他最优秀的作品是故事集《十日谈》。这是世界文学史上一部具有巨大价值的文学作品。薄伽丘以丰富的生活知识和出色的艺术概括力，通过叙述故事，概括生活现象，描摹自然，叙写细节，刻画心理，塑造了国王、贵族、骑士、僧侣、商人、学者、艺术家、农民、手工业者等不同阶层，展示了意大利广阔的社会生活画面，抒发了文艺复兴初期的人文主义和自由思想。意大利评论界把薄伽丘的《十日谈》和但丁的《神曲》相媲美，称之为“人曲”。

草叶集

瓦尔特·惠特曼 Walt Whitman(美国 1819—1892)

对于才华横溢的《草叶集》，我不是看不见它的价值的。我认为它是美国至今所能贡献的最了不起的聪明才智的菁华。

——美国思想家　爱默生

惠特曼是美国19世纪最伟大的诗人之一。他一生热爱意大利歌剧、演讲术和大海的汹涌涛声。他的诗显露出一种个性分明的美国特征，充满了分明的美国意识，在高昂激情的自然表露中传达出一种魄力十足的惊人气概。他的《草叶集》解放了美国诗歌，甚至对整个英语诗歌来说，它的影响也可以用"革命"二字来形容。当朗费罗等人的诗歌从内容到形式还在同欧洲传统亦步亦趋时，惠特曼已创造出了一种富有内在节奏的自由体诗，从他开始，美国诗歌才真正获得了气势磅礴的表现力。由此，惠特曼成为后来的很多美国诗人创作上的导师，也成为法国象征主义及后来超现实主义的典范。中国的新诗革命有很大一部分功劳也可以归到惠特曼身上，因为旗手郭沫若就是他的信徒。

爱默生是当时美国文坛的耆宿，向来有伯乐的美名，他与惠特曼的交往成了美国文学史上的一段佳话。除了惠特曼本人以外，他可以说是真正懂得欣赏《草叶集》的第一人，他相当英明地意识到新大陆已"诞生了一个伟人"。如今，爱默生早已作古，但《草叶集》却犹如一个不断萌动的有机生命，经历了一次又一次的茁壮成长，8次修订，8个版本，到1892年惠特曼逝世前，已出到第9版，里面所收的诗歌也由原先的12首发展成近400首。《草叶集》是一个以草叶为象征的有机生命体，"洋溢着希望的绿色素质"。惠特曼曾这样说："同志，这不是一本书，谁接触它，就是接触一个人。"这是一句非常感性的话，包含了惠特曼在几十年间经历的无尽沧桑，也概括了《草叶集》的成长历程。惠特曼一辈子只出过一部诗集，但这部诗集已经足够令他位列美国诗人之首而无愧色。

1855年7月4日，惠特曼自费出版了他的《草叶集》。这天是美国的独立日。初版《草叶集》很薄，还不到100页，包括一篇序和12首诗，卷头有一幅惠特曼的铜版像。这本小书在评论界招来一片骂声，口诛笔伐的文章比诗集本身还厚。波士顿《通讯员》称这部诗集为“浮夸、自大、庸俗和无聊的大杂烩”，作者是疯子，“除了给他一顿鞭子，我们想不出更好的办法”。伦敦《评论》报认为“作者的诗作违背了传统诗歌的艺术。惠特曼不懂艺术，就像畜生不懂数学一样”。初版印的1 000册，一本都没有卖掉。在很长一段时间里，同时代的人漠视了惠特曼的存在，虽然他真心实意地为他们歌唱。

《草叶集》是惠特曼一生经验的结晶，它随着诗人的成长而成长，随着美国的发展而发展。从第1版到第9版，每一版都有新变化。可以毫不夸张地说，《草叶集》既是惠特曼自我心灵发展的史诗，又是美利坚民族发展成长的史诗。

诗集的总名“草叶”是个既简单又复杂的意象。草叶来自新大陆的泥土和空气，是生命力的象征，不论环境多么恶劣，它都能扎根生长。草叶又是发展的象征，它自发地成长繁殖，不需要照料和栽培。草叶更是民主的象征。在诗人眼中，遍布新大陆的草叶与星球的运行同样重要、神圣，正如社会生活中，黑人与白人、男人与女人、总统与平民没有高下尊卑之分一样。因此，诗集的基本主题可大致归结为：自我、创造和民主。

自我是诗集反复渲染歌咏的一大主题。在诗中，自我是顶天立地的巨人，他不同于欧洲浪漫主义传统中那种感伤纤弱、自怨自艾的自我，而是一个强健有力的形象。自我的健康完美就在于心灵与肉体、头脑与感官的和谐发展。他呼吸着现实的空气，立足于现实的土壤，是个实干家。他不怨天尤人，而是自主自强，掌握自己的命运，开辟自己的道路，承担自己的责任。这个自我具有微观和宏观的双重意义，微观自我是特定时间和空间的肉体和灵魂构成，但惠特曼相信自我还有一个具备无限时间和无限空间的部分。通过微观自我，个人的生命得以融入自然的普遍生命；借助宏观自我，个人的精神得以融入人类的总体文化。因此，无论是肉体上还是精神上，自我都是不朽的。

通过对自我的观照，诗人洞见了宇宙中生生不息的创造力，也悟出了人在宇宙中应处的位置，那就是不断以自我加入自然普遍生命的循环。诗人既歌颂蛮荒自然，也歌颂人类创造的二度自然：城市、电报、印刷机、海底电缆、木屋、斧头、书籍等，凡是人所创造的一切，在诗人看来都是美的，正是劳动和创造使人变得神圣。

在惠特曼的诗歌中，民主、自由、平等是他的基本概念……胜利、欢乐是他永不变的信仰：人类必然获得它们……诗人曾经用那样热情的眼光注视未来：人类必然能获得它们。民主是贯穿诗集的又一主题。诗人的诗不是为粉饰宗教与现行制度而作，也不为附庸上流社会的琐碎风雅。惠特曼歌颂的是处于社会下层的车夫、矿工和农人等体力劳动者，正是他们开拓新大陆，建立城市，创造了崭新的世界。对这片由不同肤色、种族、背景的移民共同开发的土地，诗人充满了信心。

《草叶集》的风格就像当时新生的美利坚民族一样，具有丰富的多样性。有评论家将它的整体效果比喻为一首交响曲："它需要整整一支交响乐队的演奏以体现其主题的交错与再现，从轻柔的弦乐到喧嚣的铜管。"对普通民众的赞美大胆直率，对民主理想的讴歌高亢有力，对死亡、宇宙奥秘的探索则柔缓哀怨，如泣如诉。

《草叶集》在艺术形式上大胆地打破了传统诗歌格律，创造了后来被称为自由诗体的新形式。诗人认为，民主之声不能受传统诗歌形式的束缚。拖长的、流畅的诗行本身就体现了贯穿全诗的自由主题。但诗集总体结构却很严谨，有章可循。惠特曼喜欢运用"目录诗"和"平行句"。前者类似我国汉赋中的铺陈手法。而平行句会给人目不暇接之感，但并不觉得杂乱无章，串联纷呈的形象和意念暗藏着主题的脉络。所有这些，都给自由诗体以内在的节奏感。

《草叶集》的自由之声和自由诗体震惊了当时的读者，惹恼了学院派文人。但20世纪的美国诗人却享受着惠特曼给他们开创的语言自由。可以毫不夸张地说，20世纪的美国诗人没有一个能绕过惠特曼的存在。

JINGDIAN DAODU 经典导读

贯穿始终的民主精神

纵观《草叶集》，我们发现集中这300多首诗中贯穿了一条主线，即诗人的民主精神。正是这种资产阶级民主精神决定了诗人对具体事物的立场和态度。

惠特曼的民主精神首先表现在他的废奴立场上。他生活的时代正是美国社会阶级矛盾日益尖锐的时期。随着资本主义文明的迅速发展，蓄奴制成了资本主义社会的最大障碍。惠特曼从小受家庭的影响，具有比较深刻的民主主义思想。因此，当北方以雇佣劳动为基础的资本主义制度同南方以奴隶劳动为基础的奴隶制度尖锐冲突时，他顺应历史潮流，坚决参加废奴运动，用诗文表明了自己的观点和立场。

诗人的民主精神还表现在他对普通劳动人民的态度和立场上。诗人多次提出，他所以把诗集取名为"草叶集"，就因为草叶象征一切平凡普通的东西和平凡普通的人。一反当时美国文坛脱离人民、脱离生活的陈腐贵族倾向，惠特曼第一次把目光放在普通人、放在日常生活上。他在《自我之歌》中集中地反映了纽约和长岛各劳动阶层的生活：赶车人、船夫、挖蛤蜊的、屠夫的小伙计、铁匠、赶马车的黑人、木匠、纺纱女、排字工、筑路者、拉纤者,应有尽有。诗人把这些人物概括为美国人的形象,把最高贵的品质给予这个形象,在这个形象中表现出正在准备为自由而战的进步人民的志愿和希望。

也正因为这种民主精神,诗人一而再,再而三地宣传"人类之爱",并以乐观主义的笔触描写大自然,意气风发地歌唱人,歌唱人生。这种人道主义的思想意识说到底也正是他民主精神的反映。

惠特曼的民主精神亦表现在他诗歌的艺术风格上。19世纪中叶美国诗主要受英国诗的影响,受禁锢民主、自由思想的清教主义束缚。惠特曼的《草叶集》以其广阔的现实主义画面,浓重的浪漫主义笔触,用一种健康的、时代迫切需要的资本主义民主思想开创了一代诗风。他的诗豪放粗犷,奔放不羁,完全不受传统诗法的限制。他的诗十分接近口语和散文诗,没有韵,也没有规则的重音、节奏。他把美国语言当做一种完全未加工的原料注入新的诗歌形式。他写诗的目的是表达自己的思想感情,不是诗的形式的优美。在他看来,"最好的诗就是具有最完善的美的东西——对耳朵的美,对大脑的美,对心灵的美,对时间与地点的美。"

惠特曼的这种诗风对美国诗歌的发展和美国现代主义文学的形成都有很大的影响。美国现代诗主要可以分为两大类,一类是以艾略特为代表的古典派,这类诗人推崇玄学诗歌,认为作家最根本的任务是与人类的过去建立对话。另一类,也是主要的一类,便是以惠特曼为代表的新诗派。这类诗人旨在激发人们感到世界是崭新的、空白的,一切都从未接触过、描写过,需要我们去描写、去创造。这种摒弃一切传统,勇于开拓一个新世界的精神正是惠特曼早在100多年前首先倡导的。

(姚暨荣)

诗歌的春雷:惠特曼

《草叶集》从第1版到第9版,经历了坎坷的历程,其中充满了激烈的争论。这种争论在诗人逝世后100多年的时间里仍然在延续。19世纪后叶至20世纪全世界所有的文学大师几乎无一例外地都在一生中的某个时刻向惠特曼的《草叶集》行过注目礼。小说家亨·詹姆斯年轻时曾经批评惠特曼是"对艺术的冒犯",到60岁时他才以"深深的该诅咒的耻辱感"检讨了自己早年的"罪过",并尊称惠特曼为最伟大的美国诗人。他温馨的话语至今仍萦绕在全世界热爱惠特曼的读者耳边:"我祝贺你在开始一桩伟大的事业,这无疑是从一个长远的背景出发的。我擦了擦眼睛,想看看这道阳光是不是一个幻觉,但白纸黑字摆在我的面前……"

在惠特曼从事诗歌创作的年代,控制美国诗坛的是所谓"高雅派"诗人,他们一味以模仿英国诗歌为能事,而当时的英国诗歌也已是维多利亚式浪漫主义的末流,这种诗风在美国产生的只能是等而下之的仿制品。惠特

《草叶集》英文版封面

曼来了，带着手脚上的泥土和草叶，带着汗珠和露水，从码头、田野、矿山、街市走来，放开嗓门，大胆高歌，带着开天辟地的一个崭新的“人的姿态”——他一开口就是一个崭新的文明的声音——后来的众多批评家没有说错，这就是“新兴的美国文明”的声音。惠特曼的时代是资产阶级共和国在新大陆蒸蒸日上的时代，《草叶集》反映了美国在内战前后从农业经济发展到一个工业大国的进程，用一个新的乐观的声音在歌颂一个新民族的崛起。

惠特曼主张为了描述宇宙万物的规律以及它们的创造力和丰富性，必须避免传统的诗艺常规，即押韵、格律等。于是他创造了一种空前自由的诗体。他的诗总是随着奔放的激情、恣肆的想象和纵横的议论而形成一种舒卷自如的旋律，宛若行云流水，当行则行，当止则止。所以“自由”是《草叶集》的一大特点。

在美国文学史上，《草叶集》成了一个源头，成为20世纪美国现代主义诗歌运动的先驱。

（简　宁）

DASHI CHUANQI 大师传奇

1819年5月31日，惠特曼生于现今长岛，南亨亭顿附近的一个农舍中，他在九个兄弟姐妹中排行第二。1823年，惠特曼一家移居到纽约布鲁克林区。惠特曼只上了六年学，1831年，他开始作印刷厂学徒。在那里，他亲身体验了话语变成文字以后一只聆听的耳朵怎样演化成千万只耳朵的奇迹。惠特曼基本上是自学的，他特别喜欢读霍默、但丁和莎士比亚的作品。

作了两年学徒以后，惠特曼搬到纽约市，并开始在不同的印刷厂工作。1835年，他返回长岛，在一所乡村学校执教。时而参加辩论协会的活动。1838年至1839年期间，他在他的家乡办了一份叫做《长岛人》的报纸。此后，他开始文学创作，同时参加当地的政治活动。早年的生活经历使他广泛地接触人民，接触大自然，对他后来的诗歌创作产生了极大的影响。他一直教书直到1841年，之后他回到纽约并当了一名记者。他也在一些主流杂志上担任自由撰稿人，或发表政治演讲。

惠特曼的政治演讲引起了坦慕尼协会的注意，他们让他担任一些报纸的编辑，但是没有一个工作做得长久。在他担任有影响力的报纸《布鲁克林

瓦尔特·惠特曼

之鹰》的2年间，民主党内部的分裂使得支持自由国土党的他离开了工作。在他尝试为自由国土党办报纸的努力失败后，他开始在不同的工作间漂浮。1841年到1859年，他共在新奥尔良编辑过1份报纸、纽约2份报纸和长岛4份报纸。在新奥尔良的时候，他亲眼目睹了奴隶拍卖——在当时是很普遍的事情。40年代末他加入了“自由土地党”，反对美国的蓄奴制，主张土地改革。

1848年西欧各国爆发了革命，对惠特曼影响很大。他在报纸上发表文章讴歌欧洲革命，并写了不少诗来表达自己的心境，其中包括《欧洲》、《法兰西》、《近代的岁月》等等。后来还担任过《自由民》报的主编，终因政见不合而于1850年离开新闻界。这是惠特曼长期工作的第一个收获期：1841年他出版了一些短篇故事，一年后他在纽约出版了小说《富兰克林·埃文斯》。

1850年起惠特曼脱离新闻界，重操他父亲的旧业——当木匠和建筑师。惠特曼一方面从事体力劳动，一方面展开了他的旺盛的诗歌创作活动。1855年7月4日左右，美国诗歌史上炸响了一声开天辟地的春雷——惠特曼自己出版了《草叶集》的第1版，以代理商福勒和韦尔斯的名义发行。全书只有薄薄的94页，包括12首诗作。一年后，在《草叶集》的第2版，连同爱默生的祝贺信一同被出版。第2版有20组诗。爱默生一直企盼着一名新的美国诗人，现在他在《草叶集》中找到了。1861年美国南北战争爆发。内战结束后惠特曼自费发表了反映内战的诗篇《桴鼓集》(1865年)。几个月后他又出版了一本续集，其中有悼念林肯的名篇《最近紫丁香在庭院里开放的时候》、《哦，船长！我的船长》等等。

在美国内战后，惠特曼在内政部当职员，但是当时的内政部部长詹姆士·哈兰发现他是“讨厌”的《草叶集》的作者后，就把惠特曼解雇了。

到1881年第7版时，由于不断上升的知名度，这版诗集得以畅销。诗集带来的收入使得惠特曼可以在纽约卡姆登买上一间房子。由于内战时辛劳过度，诗人于1873年患了半身不遂症，在病榻上挨了近20年。1891年，诗人逝世前不久，《草叶集》出版了第9版，诗歌的篇目已增加到372首诗作。

诗人惠特曼于次年3月26日逝世，他被安葬在哈利公墓，在自己设计的墓碑下面。

延伸阅读

亨利·瓦兹沃思·朗费罗是19世纪美国最受欢迎的诗人之一，也是一位享有国际声誉的美国诗人。《海华沙之歌》是朗费罗创作的第二部长篇叙事诗，是美国文学史上最早描写印第安人的诗篇之一。全诗以细腻、翔实、富于想象的诗笔描述和记录了印第安人的历史、风俗、社会文化状貌和传统，表现出这个民族的崇高性格、勇敢勤劳的品质，以及他们对理想的执著追求，对未来的美好憧憬。作品从海华沙奇异的诞生说起，叙说他的生平，讲述他如何为印第安人各族的团结、繁荣和富裕而禁食、祈祷、生活和劳动的动人故事。诗中充满诗情画意和引人入胜的艺术魅力，因此被誉为最富有创造性的诗篇，具有“真正的美国诗史”的美称。

※ ※ ※ ※

《迈尔斯·斯坦狄什的求婚》是朗费罗继《海华沙之歌》后推出的又一部深受读者喜爱的诗篇。作品取材于美国殖民早期历史上一个动人的故事。清教徒斯坦狄什和好友约翰·阿尔登同时爱上了少女普里斯西拉。斯坦狄什请阿尔登代他去求婚，不料姑娘却对阿尔登一见钟情。年轻的阿尔登对这突如其来的爱情束手无策，又喜又惊。他夺人之爱的举动使斯坦狄什十分愤怒，一气之下，斯坦狄什离开了家。后来传说他参加了一次印第安人的战争。正当阿尔登与普里斯西拉举行婚礼的时候，斯坦狄什又突然出现了。诗的结尾三人言归于好。这是一篇歌颂纯真的友谊和爱情的佳作。

叶甫盖尼·奥涅金

亚历山大·普希金 Aleksandr Pushkin(俄罗斯 1799—1837)

只有从普希金起,才开始有了俄罗斯文学,因为在他的诗歌里跳动着俄罗斯生活的脉搏。

——俄国批评家　别林斯基

对于俄罗斯人来说,普希金是无法形容的,一如俄罗斯皑皑的白雪;对于俄罗斯人来说,普希金又是活生生的,一如他们用以维持生命的黑面包和红菜汤。他是一个标志,是俄罗斯蛮荒和文化的分水岭。在普希金之前,俄罗斯文学是粗鄙的、零散的、模仿的;在普希金之后,俄罗斯文学中有了真正的俄罗斯精神,俄罗斯文学的天空中出现了满天的星辰,交相辉映。他又是一个象征,是俄罗斯知识分子精神力量的象征。面对冷酷而阴险的亚历山大一世,他体现了一个伟大诗人光芒四射的高贵和一个普通人不可侵犯的尊严。亚历山大一世是世俗世界的帝王,他残暴的统治是暂时的;普希金是精神世界的帝王,他打着自由的火把照亮一代又一代人走路。

普希金是"俄国文学的始祖"、"伟大的俄国人民诗人"、"俄罗斯诗歌的太阳",高尔基称之为"一切开端的开端"。他以渊博的知识和横溢的才情,在多种文学体裁——抒情诗、叙事诗、诗剧、小说、散文、童话上取得了杰出成就,对俄罗斯现实主义文学乃至世界文学的发展都有重要影响。俄罗斯几乎所有最优秀的文学家都受到普希金的积极影响,包括莱蒙托夫、果戈理、屠格涅夫、列夫·托尔斯泰、高尔基等。他的作品传播到世界各地,对很多国家都造成了不小的影响。

《叶甫盖尼·奥涅金》是诗人用8年时间写就的杰作,它成功塑造了俄国文学史上第一个"多余人"叶甫盖尼·奥涅金的形象。《叶甫盖尼·奥涅金》是俄罗斯文学中的瑰宝,在世界文学史上也有深远的影响,作为一部诗体小说,其文体意义,它的全人类性,至今仍值得我们去探究。

诗体小说《叶甫盖尼·奥涅金》是俄罗斯现实主义文学第一部典范作品，被称为普希金的代表作。

这是一个关于生命和爱情、颓废和彷徨的故事。

小说主人公奥涅金是一个进步的贵族青年，他聪明机智，精力充沛，很想有所作为。他虽然厌恶上流社会的虚伪生活，可又没有自己的生活目标，整天无所事事地闲荡，浪费自己的青春和生命，患上了流行于知识界的忧郁病。由于伯父的去世，他来到乡下继承财产。外省地主的女儿达吉亚娜纯真而富于幻想，她对奥涅金一见倾心，连夜写信向他倾诉了自己的心曲。对当时的贵族生活深感厌倦的奥涅金一方面冰冷拒绝了她的爱情，一方面玩世不恭地向她的妹妹、单纯而又爱慕虚荣的奥尔加假献殷勤。由此激怒了奥尔加的恋人、青年诗人连斯基，致使他在与奥涅金的决斗中丧生。几年后，奥涅金在舞会上又见到了已成为公爵夫人的达吉亚娜，内心深处的爱情终于被唤醒。他不顾一切地向达吉亚娜表白，但是她决心忠于道德和义务，拒绝了奥涅金。性格上的矛盾导致了他和纯洁少女达吉亚娜的悲剧。作品集中塑造了19世纪20年代俄国贵族知识分子的典型病态。

奥涅金是俄国文学中第一个“多余的人”的典型。他受过资本主义文明的熏陶，读过英国政治经济学家亚当·斯密的《国富论》、卢梭的《民约论》，喜爱拜伦颂扬自由和个性解放的诗歌，并且对科学技术在农业上的应用发生了兴趣。他曾有过热烈的梦想，希望在俄国出现某些资本主义性质的变革。可他看见的俄国到处是愚昧落后、墨守成规。在贵族环境中成长起来的奥涅金远离人民，不可能看到变革俄国社会的力量和道路。结果，热情消失，梦想破灭，只落得整天无所事事，沉溺于舞会、剧场、醇酒与美女，以此填补自己内心的空虚。奥涅金蔑视俄国贵族社会，不愿出任公职，但又无力与这个社会决裂。正如赫尔岑所说：“奥涅金是一个游手好闲的人，因为他从来不做什么事，他在他所处的范围内是一个多余的人。”“多余的人”这一文学典型形象是特定历史时期的产物。这些贵族知识分子对社会有一定批判能力，但是远离人民，结果一事无成。这就是他们最终成为悲剧性人物的根本原因。普希金通过这一典型的塑造，实际上是谴责了形成这种性格的专制农奴制社会。

女主人公达吉亚娜是普希金笔下的一个理想的贵族妇女形象，她不喜欢外省地主的平庸生活，爱读理查生和卢梭的作品，更珍爱俄国的自然景色，她生活在俄国民间传说和童话的幻想世界里。普希金强调她对奥涅金纯洁真诚的爱情和对普通人的尊重，用以和贵族上流社会相对照。后来她违反自己的心愿，嫁给一个年老的将军，成为彼得堡贵族沙龙的受人景仰的女主人。

这部诗体小说主要描述了19世纪20年代俄国的上层社会生活，它以简洁的笔触表现了俄罗斯的民族习俗，讽刺了形形色色的城市贵族和乡村地主，画面比较广阔，细节描写精确，所塑造的人物及其环境都具有典型性，对俄国批判现实主义文学的确立起了很大作用。书中吸收了拜伦长诗的一些艺术技巧，运用大段的抒情插叙。全诗分八章，每章节数不等，每节十四行；诗句洗练流畅，富于变化。

JINGDIAN DAODU J经典导读

迷人的“俄罗斯灵魂”

如果说普希金在《叶甫盖尼·奥涅金》中的奥涅金身上着重突出的是他与人民的脱离，那么在达吉亚娜身上，诗人则着意表现的是她与人民深厚的联系。诗人给女主人公取了一个平民化的名字——达吉亚娜，这个在当年丫鬟们才使用的名字便暗示出她生长于远离城市的乡村和淳朴的人民之中。古老的俄罗斯民间风习，富于民族传统的家庭氛围，老奶妈在静夜所讲的美丽的民间故事，培养了她与俄罗斯人民相通的感情。她热爱俄罗斯民歌和故事，相信民间的古老传说，相信梦，还相信纸牌占卜和月亮的预兆，这些都是和俄罗斯人民淳朴的气质一脉相承的。

在达吉亚娜的生活中，大自然始终是她最亲密的朋友，她培养了女主人公真诚、善良的感情，造就了她淳朴、美好的气质。她喜欢在黎明之前在露台迎接朝霞，喜欢在幽静的花园里散步，她热爱俄罗斯的夏夜美妙，更爱俄罗斯冬天冰雪的灿烂。在她出发到莫斯科之前，她是那样深情地和故乡的山丘、溪流、树林告别，就像和自己最好的朋友告别一样。在莫斯科，她已成为一位高贵的太太，但她却“憎恨上流社会的忙乱，梦想着乡下的生活，梦想着乡村和贫苦的农民，梦想着那流淌着清澈小溪的幽静的角落”。她后来拒绝奥涅金时，还这样表白：“如今我甘心情愿/拿这些无聊的假面舞会，/这浮华、繁忙、空虚的生活/换回一架子书，一个荒芜的花园，/换回我们寒酸的房子，/换回我最初，奥涅金，/同你见面的那些地方，/换回那一个朴素的坟墓，/那儿，在十字架和树阴下面/躺着我的可怜的保姆。”可见，俄罗斯人民和俄罗斯大自然的影响，是形成达吉亚娜个性的最深刻的原因，是造成这个“俄罗斯的灵魂”的最坚实的基础。

自然，普希金多少也描写了当时席卷欧洲和俄罗斯的社会思潮对达吉亚娜的影响，诗人写到达吉亚娜最喜欢读理查生和卢梭的作品，尤其是卢梭的《新爱洛伊丝》。普希金描写达吉亚娜在花园里读《新爱洛伊丝》这本“危险的书”的情节，与《红楼梦》中林黛玉在花园里读《西厢记》的情节如出一辙，有异曲同工之妙。不过应该指出，诗人仅仅在道德的范畴中特别是在个性解放这一点上表现了这种影响。这与当时俄罗斯女性无权参与社会活动的地位是相符合的。

奥涅金以其鄙视现实的态度和与众不同的气质吸引了达吉亚娜，她怀着少女的真诚和纯洁的感情，勇敢地写了一封信给奥涅金。她的真诚和纯洁检验了奥涅金的性格和灵魂。达吉亚娜是不幸的，她爱上的是一个精神生活比她要空虚得多的人，是一个不能够理解她的纯洁和真诚的人，是一个无法在社会上找到自己的位置、无法承受真正爱情的人。达吉亚娜终究也只能像当时其他的少女一样，被带到“嫁人的市场”上，嫁给了一个“肥胖的将军”。她所追求的自由的纯洁的爱情生活终究没能实现。在这个意义上，达吉亚娜也是一个悲剧性人物。

达吉亚娜后来成为一位将军夫人，她雍容华贵的气质和落落大方的风度，使她在虚伪的上流社会中像一株“出水芙蓉”一样亭亭玉立。特别是她对待奥涅金的态度更显示出她精神世界的纯洁和高尚：“我爱你\可是，既然我已嫁给别人，\我就要一辈子对他忠诚。”她不愿过二重的精神生活，这种对自己的行为负责的态度集中体现出她的精神美，而这种精神美是深深地根植于人民的土壤之中。别林斯基说：“在这个道德沦丧的世界中，还存在着一些稀有的、可喜的特殊人物……这就是普希金笔下的达吉亚娜。达吉亚娜是一朵碰巧茁生于嶙峋的岩缝中的鲜花。”达吉亚娜这一优美动人的女性形象对后来许多俄罗斯作家提供了有益的启示，产生了重大的影响，俄罗斯文学中有许多动人的女性形象，在不同程度上都可以说是“脱胎”于达吉亚娜。

（佚　名）

诗与散文的完美结合

作为一部特殊的“诗体长篇小说”，《叶甫盖尼·奥涅金》在艺术上总的特色就是诗与散文的有机结合。

在普希金以前的俄罗斯文学中，虽也出现过有一定的人物和情节的长诗，但其中基本上没有性格的创造。普希金第一个在俄罗斯文学中把诗的抒情性和散文的叙事性有机地结合起来，从而创造出他自己所说的“自由的形式”的“诗体长篇小说”，其中既有浓郁的抒情性，又有对性格的精细的刻画。这是一种全新的独创性的艺术形式，是普希金在艺术形式上对俄罗斯文学的重大贡献。

作品中始终贯穿着诗人自己的形象，贯穿着“作者的声音”。作品中出现大量的“抒情插笔”……这些“抒情插笔”，有时是作者对人物的褒贬，有时是对事件和场面的评论，有时是对往事的追忆；有的严肃庄重、富于哲理，有的尖锐激烈、锋芒毕露，有的诙谐幽默、妙趣横生，有的画龙点睛、入木三分；有些“插笔”与人物和情节的发展息息相关、丝丝入扣，有些“插笔”看似与人物或事件无关，其实并未离题。正是这些大量的多角度多层次的“抒情插笔”，扩大了作品的容量，深化了作品的内涵，加强了作品的感染力。

作为大型的叙事作品，《叶甫盖尼·奥涅金》在再现社会生活的广度和深度上、典型性格的塑造上、环境和场景的描写上都达到了当时俄罗斯文学的最高水平，也不逊色于欧洲现实主义奠基者司汤达、巴尔扎克、狄更斯等人的作品。别林斯基说它是一部“百科全书”，原因正在于此。普希金围绕人物性格塑造这一主线，巧妙地穿插上流社会的场景和乡村的风俗画面，这些初看起来仿佛是诗人信手拈来的无意之笔，却包含着真正的艺术家的着意安排和匠心。如作品中描写地主庄园中农奴少女边采果子边唱歌的片断，就包含着讽刺力量和幽默效果。普希金的这种“戴着镣铐跳舞”的艺术技巧给后世作家以深远影响。

在人物性格塑造上，诗体长篇小说突出地采用了对比的手法，奥涅金和连斯基、达吉亚娜和奥尔加之间在对照中，各自的性格特征表现得十分鲜明和突出。普希金在这部作品中成功地运用了这种手法，并以深厚的现实主义的力度揭示出性格的社会根源。从这里可以看出普希金对浪漫主义有效的借鉴和利用。

《叶甫盖尼·奥涅金》在语言上也是很有特色的，作为俄罗斯语言和俄罗斯文学的创造者，普希金把诗的精练、含蓄和散文的流畅、朴素天衣无缝地结合起来，从而创造出典范的俄罗斯文学语言，它既是诗的，又是散文的。梅里美曾准确而生动地说过，普希金的“诗是从冷静的散文中流淌出来的”，《叶甫盖尼·奥涅金》就是最好的例证。

（《外国文学史》）

DASHI CHUANQI 大师传奇

1799年6月6日，亚历山大·谢尔盖耶维奇·普希金诞生在莫斯科一个古老的贵族家庭。他从小就喜欢读书，经常通宵达旦地躲在父亲书房里，8岁时，他就阅读了许多世界文学名著，并开始自己写诗。农奴出身的保姆阿琳娜·罗季昂诺夫娜对他影响很深。

1811年，普希金进入当时俄国最有名的中学——皇村中学读书，那里的老师都是有进步思想的人，经常向学生赞扬法国的启蒙思想家和法国大革命，使普希金深受影响。1812年战争所激起的爱国热潮给少年普希金极大鼓舞。在校期间，他与未来的十二月党人丘赫尔伯凯等建立了深厚的友谊。这时，他的诗歌才能已经开始显露出来。1814年，他朗诵的《皇村回忆》，深得在场的老诗人杰尔查文的赞赏。1817年，普希金到外交部任职，并先后参加了“阿尔扎玛斯社”与“绿灯社”。在十二月党人的影响下，他写下了不少政治抒情诗，抨击专制制度、歌颂自由和同情人民的不幸，如《自由颂》、《致恰达耶夫》、《乡村》等。手抄本很快流传于世，在读者中影响很大，使反动统治集团胆战心惊。沙皇决定惩罚年轻的诗人，把他流放到南方。

普希金在南方生活了四年，那里是十二月党人南社的据点，普希金和他们关系密切。那里美丽、和谐宁静的自然景色引起了诗人崇仰自由的情感，他写了许多诗篇赞美纯洁的爱情和美妙的大自然，表现了对自由的渴望。这一时期是普希金浪漫主义诗歌创作的高潮时期。他写下了四部著名的浪漫主义叙事诗：《高加索的俘虏》、

普希金

《强盗兄弟》、《巴赫切萨拉伊的泪泉》和《茨冈》。1823 年，普希金在基希尼奥夫开始创作诗体小说《叶甫盖尼·奥涅金》。流放后期，普希金得罪了奥德萨总督。1824 年当局截获普希金的一封“冒犯”上帝的私人信件，并以此为借口，将普希金放逐到他母亲的领地普斯科夫省米哈伊洛夫斯克村，软禁起来。

米哈伊洛夫斯克村十分偏僻，只有老保姆陪伴着他。他中断了与十二月党人的联系，但接近了农奴制度下的农村生活和俄罗斯普通人民。他经常穿着农民的服装，去集市和他们谈话，听流浪艺人吟唱歌曲，搜集民歌、谚语、格言。同时，他开始研究俄国的历史。两年里，普希金创作了不少优秀的作品，如《囚徒》、《致大海》、《致凯恩》和《假如生活欺骗了你》等几十首抒情诗，叙事诗《努林伯爵》，历史剧《鲍里斯·戈都诺夫》，以及《叶甫盖尼·奥涅金》前六章。

1825 年 12 月 4 日，彼得堡爆发了十二月党人起义，被沙皇残酷镇压下去了。5 个首领被绞死，100 多人被流放西伯利亚，600 多人受到牵连。其中很多人是普希金的朋友。1826 年秋天，新上台的沙皇尼古拉一世把普希金召回莫斯科，想扭转这位诗人的笔锋为自己服务。

1830 年 5 月，普希金和莫斯科第一美人娜塔丽亚·冈察洛娃订婚。他到父亲领地波尔金诺去筹办婚事，因瘟疫流行，交通封锁，在那住了三个月。这三个月成了他创作的丰收时期。他完成了《叶甫盖尼·奥涅金》、《别尔金小说集》（其中包括《射击》、《暴风雪》、《村姑小姐》和《驿站长》等）、四部小型悲剧和几十首抒情诗。

1831 年 2 月 18 日，诗人和冈察洛娃在升天大教堂里举行了婚礼。传说结婚仪式上交换戒指时，普希金手中的戒指不慎落地，接着，手中的蜡烛又熄灭。他顿时脸色苍白，嗫嚅着说：“这一切都不是好兆头！”婚后，夫妇二人定居彼得堡。他的行动仍受到沙皇政府的监视。这一时期，普希金在创作上仍不断有优秀作品出现，如小说《上尉的女儿》、《黑桃皇后》、《杜勃罗夫斯基》、叙事诗《波尔塔瓦》、《青铜骑士》、抒情诗《致诗人》、《秋天》和《纪念碑》等。

19 世纪 30 年代中期，普希金与当局的矛盾日益加剧。此时法国流亡者丹特士放肆地追逐他的妻子。为了维护家族和妻子的荣誉，诗人于 1837 年 2 月 8 日与他进行了决斗，身负重伤，2

天后去世，年仅38岁。这是沙皇尼古拉一世精心策划的阴谋。诗人的惨死，使俄罗斯人大为震惊和愤懑，纷纷向沙皇提出强烈抗议。普希金生前表示要把遗体埋葬在圣山教堂墓区。沙皇害怕诗人的葬礼会形成民众的示威游行，便下令在宪兵的监督下，深夜偷偷把棺材从彼得堡运往圣山教堂墓地。

普希金一生短暂，但却光照世界。

Y 延伸阅读 YANSHEN YUEDU

历史小说《上尉的女儿》是普希金最后的重要作品之一。小说以普加乔夫领导的农民起义为大背景：贵族青年格里涅夫去军中服役。路上因暴风雪迷路，被一个陌生人带到一个旅店。格里涅夫将自己的一件兔皮袄给了陌生人。这人就是普加乔夫。到奥伦堡后，格里涅夫被派往白山要塞，并在那里爱上米罗诺夫上尉的女儿玛丽亚。不久，普加乔夫的起义军攻占白山要塞，绞死上尉。起义失败后，格里涅夫因通敌罪被捕入狱，玛丽亚见到沙皇叶卡捷琳娜说明真情，格里涅夫被释放。在小说里，普希金歌颂和赞美了农民起义领袖普加乔夫，把他塑成一个自信、乐观、和蔼可亲，酷爱自由，深受人民拥戴的英雄。同时，还谴责了沙皇的专制和残暴，这在当时是非常大胆的，具有非凡的进步意义。

※ ※ ※ ※

《黑桃皇后》是普希金1833年11月创作的小说。小说中的老伯爵夫人，以莫斯科总督戈里岑之母戈里岑娜为原型。她的孙子告诉普希金，一次他赌输了钱，问祖母要钱还债，祖母没有给钱，告诉了他三张牌的秘密，他再进赌场，出了那三张牌，果然赢了回来。小说塑造了个人主义冒险家格尔曼的生动形象，对他丑恶的灵魂的揭示非常深刻有力。作品极富戏剧性但却没有人为的戏剧效果，体现出普希金精练、明快、优美的风格。

莱蒙托夫诗选

莱蒙托夫 Lermontov(俄罗斯 1814—1841)

显然,莱蒙托夫是一位完全属于另一时代的诗人,他的诗歌是我们的历史发展锁链中完全新的环节。

——俄国批评家　别林斯基

外国古典文学长廊里少不了 19 世纪俄罗斯文学这幅流光溢彩的画卷,而 19 世纪俄罗斯文学的天幕上则少不了莱蒙托夫这颗耀眼夺目的明星。莱蒙托夫是俄罗斯文学史上屈指可数的被经典作家誉为"民族诗人"(别林斯基语)的天才诗人之一。莱蒙托夫一生充满忧患意识,素以忧国忧民著称于世。他继承并发展了普希金与十二月党人歌颂自由反抗暴政的传统,以一首惊世骇俗的《诗人之死》哀悼了普希金这一轮俄罗斯诗歌的太阳的陨落,宣告了接过反暴政传统大旗的另一位伟大诗人的诞生。

莱蒙托夫是个在诗歌、小说与戏剧等各种文学样式中都有独特建树的作家,他那别具一格的抒情诗人的气质使他的全部创作都饱含着浓郁的诗情画意,弹奏出有力的反叛的音调。莱蒙托夫在诗歌方面创作颇丰,共写下 400 多首抒情诗和 20 余部长诗,其中的名篇已经成为俄罗斯诗歌史上的里程碑。这使他足以与普希金并驾齐驱,"在才力上等同于、甚至超过普希金"。莱蒙托夫的作品洋溢着俄罗斯的民族精神和这个伟大民族在 19 世纪二三十年代的道德审美理想。也像普希金一样,在他身上充分反映出了俄罗斯的大自然,俄罗斯的灵魂,俄罗斯的语言,俄罗斯的性格等风采和魅力,有力地影响了当时的进步思想和整个俄罗斯文学的发展。为俄罗斯哀伤,为俄罗斯沉思,为俄罗斯呼号,为俄罗斯画像,莱蒙托夫无愧于俄罗斯民族诗人的美称,称得上是俄罗斯民族之魂。

1840 年,彼得堡出版了《莱蒙托夫诗选》。这部诗选编撰非常严格,从莱蒙托夫数百首诗中选出 26 首,另外收录了《商人卡拉希尼科夫之歌》和《童僧》两篇叙事长诗。诗选的发行进一步巩固了莱蒙托夫大诗人的地位,也为他带来了巨大的荣誉。今人辑录的《莱蒙托夫诗选》又补录了诗人1840年后创作的优秀诗作。莱蒙托夫的诗是俄罗斯民族珍贵的文化遗产，更是全世界人民所共有的宝贵精神财富。

KUANGSHI JIEZUO 旷世杰作

《莱蒙托夫诗选》所选择的篇目清晰地反映了诗人由浪漫主义到现实主义的创作轨迹。

莱蒙托夫早期诗歌创作的基调是积极浪漫主义的。他在学习普希金和拜伦的同时，又摆脱了他们的模式，从创作一开始就保持了自己独特的风格，并自成一家。为此，车尔尼雪夫斯基指出："莱蒙托夫某些不十分成熟的诗篇，就外部形式而论，是仿效普希金的创作，但这只是外部形式上的模仿，而不是思想上的模仿，因为其中的思想完全是莱蒙托夫的，是匠心独运的，它已超出了普希金思想的范围。"1837年后，《诗人之死》标志着他的创作达到成熟阶段。这首"俄国诗歌中最有力的诗"(高尔基语)道出了人民疾恶如仇的心声。这时现实主义逐渐成为他的创作导向。在这一发展过程中，他的抒情诗一直占有重要地位。

爱国主义和自由是莱蒙托夫诗中最突出的主题。沙皇尼古拉一世统治时期，反动暴政下的俄罗斯奄奄待毙，人民备受奴役压迫。《土耳其人的哀怨》通过暗喻的形式，借土耳其人之口诉说了俄罗斯呻吟在"奴役和锁链之下"的悲惨与不幸，表达了诗人对专制政治的义愤、对社会不公正的感慨，倾诉了对祖国和人民的热爱。《预言》(1830)预言了"俄罗斯的凶年"的到来：那时"漫天的大火"将照红山河，沙皇王冠落地之日，就是"一个有力的伟人"出现之时。诗人寄希望于农民起义，把对农民起义领袖的歌颂和对沙皇专制的憎恨相结合，意境深邃，铿锵有力。

莱蒙托夫的抒情诗反映了诗人思想上的苦恼、心灵上的不安和忧国忧民的万千思绪，也反映了他在艺术上的探索、对事业的追求。莱蒙托夫向普希金学习了很多东西，却又独具一格。如果说普希金的诗如大海一般意境广阔，那么莱蒙托夫的诗就像一泻千丈的瀑布，奔腾呼啸。从他的诗中，可以看到人民群众反对暴政和各种奴役者的斗争历史对诗人的激励。

缠绵悱恻的孤独情调也是莱蒙托夫抒情诗的基本形象之一："孤帆"、荒漠北国中一棵孤独的古松、遥远南方一棵"孤独而悲伤"的棕树……诗人自己也说："我独自走上了大路。"这一主题不断发展，贯穿了诗人一生的创作。

莱蒙托夫的爱情诗同样具有孤独悲哀的色彩。爱情带来的不是快乐，而是孤独、痛苦。与普希金和其他诗人不同的是，莱蒙托夫几乎没有尝过幸福的爱情，他和女人的关系总是受噩运的摆布而不能遂愿。诗人笔下的爱人美丽诱人，却只是浪漫主义的幻象。诗人在爱情诗中表现的孤独、痛苦，其实反映了他理想与现实间的矛盾。

莱蒙托夫的抒情诗还饱含着另外一种情感和意向：在否定暗藏着肯定，

晦暗情绪被明快、积极、战斗的乐观精神所代替。这才是他诗歌意境的真谛。诗人希望从“思想”转入“行动”，这也是当时进步人士的志向和追求。所以高尔基才说，莱蒙托夫诗歌中所表现的孤独和悲观主义的特征是“积极的感情”，是“对当代的否定”和“斗争的渴望”。

诗人创作的20余部浪漫主义长诗，也反映了与抒情诗中相同的思想、情绪和意向。与普希金早年长诗表现的冷漠和绝望不同的是，莱蒙托夫长诗中的人物具有独特的风格。他笔下的山民，热情奔放，富有意志力，果敢顽强，与本族人民血肉相连，与浪漫主义叛逆人物的孤独离群形成鲜明对照。诗人描写“自由的国土”、“自由的故乡”、生长着鹰鹫般有力的高加索民族，也描写大自然的美，人民的淳朴有力、不幸和战争的创伤，以此表达他对高加索的热爱和对自由的向往。

JINGDIAN DAODU
经典导读

忧愤之诗，探索之诗

莱蒙托夫的思想探索和内心焦虑表现在《莱蒙托夫诗选》中。莱蒙托夫的抒情诗与普希金的抒情诗相比较，诗歌的基调有所不同。如果说普希金的诗歌是像别林斯基说的“充满了光明的希望和胜利的预感”，那么莱蒙托夫的诗歌里面“已经看不到希望，它们用来震撼读者心灵的是：虽然渴望生活，洋溢感情，但却惨淡凄凉，对生活和人类感情失掉信心，……随便什么地方都找不出普希金那样的在生活宴会上的狂欢畅饮，但到处都可以看到使人懊丧、寒心的问题……”莱蒙托夫的抒情诗带有一种忧愁、悲伤的基调。他的抒情主人公往往陷入孤独感，他因不为人们理解而万般苦恼。如《寂寞又忧愁》、《谢》、《不，我不是拜伦，是另一个》等诗，都表达出诗人心中的苦闷和愤慨。

莱蒙托夫的忧愁、苦闷情绪中流露出对社会的不满，如《土耳其人的哀怨》、《独白》等诗……在这样的思想基础上，莱蒙托夫塑造了一个渴望自由的囚徒的形象。《希望》等四首诗写于狱中，与普希金的抒情诗《囚徒》遥相呼应，表现出他一再失去自由的苦闷。莱蒙托夫以被剥夺自由的囚徒形象反映出当时进步知识分子的共同命运。

莱蒙托夫在政治上不断受迫害，自己的理想无法实现，在19世纪30年代反动统治加剧的形势下，诗人感到孤独，周围没有志同道合的同志。他有许多抒情诗是写孤独主题的，如《帆》、《在荒凉的北国有一颗青松》、《叶》等，无论是雾海孤帆，还是随风飘落的一片橡叶，这些形象都象征着孤独的诗人，都是诗人内心感受的写照。

孤独感也表现在莱蒙托夫写的爱情诗中。莱蒙托夫没有写过普希金那种歌颂爱情欢乐的诗篇，他仿佛不知道什么是幸福的爱情。他所爱过的女性都未能给他带来幸福。如《祈祷》、《我常常出现在花花绿绿的人中间》等诗都表达了这种痛苦。

莱蒙托夫探索诗人使命和命运的

抒情诗也充满了痛苦的孤独感。这类作品有《诗人》、《不要相信自己》、《别了，藏污纳垢的俄罗斯……》等。

莱蒙托夫的忧伤、绝望情绪是沙皇政府高压政策下产生的，赫尔岑提到他们这一代人时说："我们虽然为这个伟大的日子(1825年12月24日)所惊醒，但所看到的只是死刑与流放，我们被迫沉默，忍着眼泪学会了沉默不响，把自己的心思掩藏起来——那是什么样的心思啊！那并不是使人开朗的自由主义、进步思想，那是怀疑、否定，充满了愤恨的思想。莱蒙托夫已经习惯了这样的感情。他不能像普希金那样，在抒情诗的情调中得到解脱，他在自己的一切幻想与享乐中拖着沉重的怀疑主义。刚强而阴郁的思想从没有离开过他的头脑——这种思想渗透了他所有的诗篇。这不是要用诗的花朵来装饰自己的那种抽象思想，不是，莱蒙托夫的沉思——是他的诗、他的痛苦、他的力量。"赫尔岑的分析精辟中肯，莱蒙托夫的情绪是很有代表性的，代表了一代进步知识分子的心情。

但是，莱蒙托夫又是一位不屈服于命运的诗人，他有积极的个性，而怀着公民的激情。他敢于批判，勇于反抗。他的抒情诗中常常表现出积极的、战斗的、乐观的因素，表现出诗人对光明的追求、对自由生活的向往。如在《一八三一年六月十一日》中，莱蒙托夫提出了生活就是行动的主张。高尔基很重视莱蒙托夫创作的诗歌中对事业的热望和积极干预生活的思想，他说："在莱蒙托夫的诗里，已经开始响亮地传出一种在普希金的诗里几乎是听不到的调子——这种调子就是事业的热望、积极参与生活的热望。事业的热望，有力量而无用武之地的人的苦闷——这是那些年头人们所共有的特征。"

莱蒙托夫内容丰富的抒情诗有鲜明的政治倾向性，他以强有力的诗句表现了对沙皇制度的反抗，批评了青年一代无所作为的思想，他继十二月党人运动之后，仍以饱满的热情为实现理想的自由而斗争。

(《俄罗斯诗歌史》)

莱蒙托夫诗情的主旋律：忧伤、忧患、忧愤

与忧伤结缘的俄罗斯诗人之中，莱蒙托夫堪称最忧伤的诗人。如果说，普希金的忧伤是明亮的忧伤，是往往转瞬即逝的忧伤，屠格涅夫的忧伤是迷人的忧伤，是极具审美价值的忧伤，那么，莱蒙托夫的忧伤便是沉郁的忧伤，是最富启迪意义的忧伤。如果说，涅克拉索夫为痛恨人间不平而忧伤，叶塞宁为革命暴力殃及大自然和民族优秀文化传统而忧伤，那么，莱蒙托夫是为天才使命的预感难以抗衡丑恶的现实而忧伤，是为天才的陨灭而忧伤，是为自己重蹈普希金命运的覆辙而忧伤，为可悲又可怜的同时代人的无奈和无望而忧伤，为"冷漠不语的茫茫草原"而忧伤，为"路旁凄凉村落中明灭的灯火"而忧伤，为没有一种人生乐趣能消解自己的忧伤而忧伤。

莱蒙托夫的忧伤有多种形态：有

失落的忧伤，有迷惘的忧伤，有孤独的忧伤，也有无奈的忧伤。

失落的忧伤源于诗人的三大悲剧形成的情感冲击波，这种忧伤最多表现于情诗中。

除直接来自恋爱和家庭的悲剧外，莱蒙托夫失落的忧伤还来自他对人生的一种现实的或预感的悲剧性体验。这种悲剧性体验酿成的忧伤，有些侧重在客观存在方面，有些侧重在主观感受（如孤独、寂寞等）方面，有的则是客观存在与主观感受的交叠。

比之于失落的忧伤更难排解的是迷惘的忧伤。它来自对人间不公现象的困惑，来自对悲剧命运的无奈，来自对世俗的人生真谛的质疑，来自对肩负天才使命的惶惑。……迷惘不是失落，更不是绝望，而是在出人意料的复杂的环境中一时无法给自己定位的一种心态，是社会大转折时期杰出人物常会萌生的一种心理。

如果说，诗人对于周围的事怀着迷惘的忧伤，那么，他对周围的人感到的便是孤独的忧伤。一个具有很高天分而且自信肩负天才使命的人，生活在一群庸庸碌碌、鼠目寸光，甚至对权贵奴性十足的世人中间，无异于鹤立鸡群，山雀焉知鸿鹄之志？他所感到的心理上的孤独是可想而知的。在诗人的许多作品中，特别是抒情诗中，我们可以明显地感觉出诗人那种高处不胜寒的孤独的忧伤之情。

寂寞也好，忧愁也罢，对于真正的诗人来说，并非对个人得失的忧和愁，而是对国家民族的思和虑，和孤独一样，都是忧患意识的情绪标志。正如我国古人所说："居不幽者智不广，形不愁者思不远。"莱蒙托夫的忧伤从来就不是什么无病呻吟的个人伤感，而往往是超越个人得失的忧心如焚，随着思想的日趋成熟，忧伤的内涵变得更加深沉，这已不单单是忧伤，而是忧患：为国而忧，为民而忧，为民族的命运而忧，为时代的现状而忧。

如果说，忧伤导致忧患，那么忧患必催生忧愤。忧伤是令人忧愁的客观现象引起主观感受的压抑状态，忧患是因主观的忧虑集中在某一客观对象上而滋生的不安心态，忧愤则是忧伤的人在忧患悬念的驱动下对忧思之源宣泄强烈不满的心灵总动员状态，是对行动的渴望，是对自我的不顾，是对灵感的呼唤。如果说《独白》是"忧伤"的代表作，《沉思》是"忧患"的代表作，那么，《诗人之死》、《别了，藏污纳垢的俄罗斯……》等诗则是"忧愤"的代表作了。

虽然莱蒙托夫以忧伤著称，但他始终是个"哀而不伤"的乐观主义者，因为他忧的是国，是民，而绝不是个人的荣辱与安危。我国古人有句名言："君子坦荡荡，小人常戚戚。"如果把君子界定为"忧国忧民的强者"，而把小人界定为"为私利而愁眉苦脸的弱者"，那么，莱蒙托夫正是因为对自己"坦荡荡"，才对国家民族"常戚戚"……

微观莱诗的骨感主旋，我们可以确信：它非但没有游离于时代精神之外，而且正好是时代精神在莱诗诗情上所呈现的音乐及其变调状态（"忧伤"在流动中又产生"忧患"和"忧愤"

的变调)。茅盾认为,莱蒙托夫诗歌深处含有一种“不平之气”,这里所说的“不平之气”,就是本文中探讨的以“忧伤、忧患、忧愤”为三种变奏的情感主旋。

(顾蕴璞)

DASHI CHUANQI 大师传奇

米哈伊尔·尤利耶维奇·莱蒙托夫于1814年10月15日出生在莫斯科一个退伍军官家庭。出生不久,他被外祖母和双亲带回平扎省塔尔罕内村,那是他外祖母阿尔谢尼耶娃的领地。诗人在这里度过了整个童年,他的艺术创作也由此开始。他不满三岁时,母亲玛丽娅·米哈伊洛芙娜就去世了。不久,父亲尤利·彼得罗维奇就被岳母赶出塔尔罕内,回到图拉省自己的小庄园。外祖母对唯一的外孙既宠爱又关怀,高价为他聘请家庭教师,使莱蒙托夫受到当时最好的教育。他们迁到莫斯科后,父亲曾专程赶来,想把儿子带走,但未能如愿。一年以后,父亲孤独死去。莱蒙托夫的许多著作都反映了这场家庭悲剧对诗人心灵的伤害。

1828年秋天,莱蒙托夫考进莫斯科大学附属寄宿中学。他的求知欲与日俱增,思想急速发展并逐渐成熟。一次,他在文学社集会上朗诵了自己试作的诗,得到文学老师拉伊奇的鼓励。不久,莱蒙托夫便占据了文学社的首要地位,成为全校知名的诗人。与此同时,他广泛吸取俄国诗歌和欧洲诗歌的精粹,以丰富写作经验。2年间,他写了60多篇短诗和几篇长诗。2年后,莱蒙托夫考取了莫斯科大学伦理政治学系,后转入语言学系。他先后与多位教授发生冲突,最后被迫离校。

莱蒙托夫

1832年仲夏之末,莱蒙托夫随同外祖母迁居彼得堡。他未能如愿进入彼得堡大学,那儿不承认他在莫斯科大学的学历,实际上俄国其他大学也不接受被莫大开除的学生。同年11月,他考入禁卫军士官学校,成为骠骑兵联队的士官生。在军校期间,莱蒙托夫写了长诗《哈吉·阿勃列克》,并继续创作以普加乔夫起义为题材的长篇小说《瓦季姆》。1834年末,莱蒙托夫由军校毕业,以禁卫军少尉旗手的军阶,被派往骠骑兵联队,从此进入上流社会。此间,他完成了长诗《大贵族奥尔沙》和剧本《假面舞会》。1836年,他动手写作长篇小说《李果芙斯卡娅公爵夫人》,但没有写完。

次年,莱蒙托夫写了《波罗金诺》来纪念波罗金诺战役 25 周年。从现实主义准确性的角度讲,这首诗足以与托尔斯泰的《战争与和平》中最完美的篇章媲美。这一年,伟大诗人普希金死于决斗。莱蒙托夫悲愤地写出了不朽诗篇《诗人之死》,猛烈地抨击造成诗人死亡的罪魁,矛头直指尼古拉一世。因为这首诗,最高当局在 1837 年 2 月 25 日下令把他流放到高加索。

童年时外祖母曾带他来过三次高加索,因此莱蒙托夫把这里视为自己的第二故乡、"灵感的源泉"。他来到高加索,并未立即去骑兵团报到,而是先到五岳城疗养地休息。小说《当代英雄》就是以高加索疗养地为背景的。在这里,他开始构思《玛丽公爵小姐》。7 月中旬,他才离开五岳城去联队,不久就随联队参加了征讨黑海岸边山民的战斗。由于外祖母和诗人茹科夫斯基的四处奔走,莱蒙托夫获得"赦免",被调到诺甫戈罗德附近。外祖母又设法为他取得回彼得堡的许可,1838 年 4 月,诗人获"大赦",被派往皇村禁卫骑兵团。回到彼得堡的莱蒙托夫已经是一位有名的诗人了。此时他已厌倦军旅生涯,希望退役。这段时期,除了《商人卡拉希尼科夫之歌》,莱蒙托夫还创作了好几部叙事诗和剧本。长篇小说《瓦季姆》还没有竣稿,《当代英雄》已开始写作,《恶魔》已修改过五六遍,此外他还写了 300 多首诗。

重新踏进上流社会的莱蒙托夫毫不掩饰自己对上流社会和政府的态度,他那些大胆的、揭露性的诗歌使上流社会胆战心惊。1839 年末,上流社会的花花公子小说家梭洛古勃伯爵秉承大公主旨意,写了中篇小说《上流社会》来讥诮莱蒙托夫。元旦前的一个贵族假面舞会上,面对沙皇两个女儿的纠缠,莱蒙托夫说了些不体面的话来刺伤她们。这种随便的行为引起了风波,接着《祖国纪事》杂志又发表一篇对假面舞会上的女客进行挖苦嘲讽的诗。于是,统治阶层制造了诗人与法国公使儿子的纠纷。他们希望诗人在决斗中被打死,即使结果相反,也可以用"杀害法国人"的罪名判他的刑。

这次决斗没有酿成流血后果。莱蒙托夫因为开枪被逮捕,并交付军事法庭。1840 年 4 月 13 日,军事法庭判决,"遣送莱蒙托夫中尉以原职军衔去捷根斯基步兵联队服役"。该联队正在高加索同山民作战,统治者希望诗人在山民的枪弹下丧命。4 月中旬去高加索途中,莱蒙托夫在莫斯科作短期逗留,并和果戈理会面,倾谈至午夜。这竟成了两位伟大作家的最后一次会晤。

当年 6 月,莱蒙托夫到了斯塔夫罗波尔。在浴血的战斗和艰难的行军中,他的毅力和勇气使所有人惊异不已。因为平易近人,与士兵同甘共苦,莱蒙托夫很受士兵们的爱戴。这时候,他的第一部长篇小说《当代英雄》已经传遍全俄罗斯。同年,彼得堡出版了《莱蒙托夫诗选》。小说的出版和诗选新版本的发行彻底地巩固了他大诗人的地位和荣誉。

由于年迈体衰的外祖母多方请

求，莱蒙托夫获得休假，被允许回京。假期结束后，他想留在彼得堡，甚至还希望他的退役请求能获得好结果。然而收到的却是48小时之内离开彼得堡的敕令。1841年4月末，莱蒙托夫启程前往高加索。行前和朋友们告别时他说，死亡临近了。这是多次流放的经验，也是预感。

归队途中，莱蒙托夫在好友斯托雷平的陪同下来到五岳城作短时逗留。莱蒙托夫在禁卫军士官学校的同学马尔丁诺夫也在这里。1841年7月27日（新历），诗人竟在决斗中被马尔丁诺夫开枪杀死。遵照沙皇手谕，政府采取一切措施封锁莱蒙托夫被害的消息，暗中了结此事，使凶手逃脱了惩处。牧师不敢给莱蒙托夫举行安葬仪式，诗人的尸骨由几个宪兵悄悄收葬。一年后，外祖母阿尔谢尼耶娃才得到允许，把莱蒙托夫的遗骨运回塔尔罕内。

YANSHEN YUEDU 延伸阅读

莱蒙托夫的戏剧《假面舞会》是莱蒙托夫戏剧创作的最高成就。作品反映了十二月党人起义失败后的俄国上流社会的精神面貌，揭露了亚历山大时期专制独裁制度的腐败和没落。主人公叶甫盖尼·阿尔别宁不仅仅是个恶徒或罪恶的精灵，而且是一个复仇的受难者。因为误会和嫉妒，他毒死了妻子尼娜。在毒死妻子的同时，他也毁掉了自己的幸福，失去了得救的希望，丢开了对善的信仰。他所唤起的是双重怜悯：既怜悯复仇的受害者，也怜悯无辜的牺牲品。

※ ※ ※ ※

莱蒙托夫的长篇小说《当代英雄》，在高加索广阔的背景上展开了主人公毕巧林复杂的性格。毕巧林对当前贵族社会抱有批判的甚至是敌对的态度，他精力充沛，才智过人，在当时社会条件下得不到合理的发挥，只能在一些琐细无聊的小事上浪费自己的才力，乃至生命。《当代英雄》虽然带有浪漫主义色彩，但主要是现实主义的作品，结构完美，并富有特色，心理分析细致，是俄国文学中最早、最出色的长篇小说之一。

谁在俄罗斯能过好日子

涅克拉索夫 Nekrasov(俄罗斯 1821—1878)

他(涅克拉索夫)所以伟大,是因为他的诗歌的思想是与人民的思想分不开的,他的悲哀是与充满俄罗斯土地的伟大人民的悲哀分不开的,他相信愚昧的人民群众中正在酝酿着伟大力量,只有人民的觉醒,才能期待向新的和好的命运转变。

——《真理报》

在19世纪群星灿烂的俄罗斯文学中,涅克拉索夫占有一席光荣的位置。作为俄国解放运动第二阶段最著名的诗人,他继承了普希金、莱蒙托夫和十二月党人的优秀诗歌传统,以下层人民的生活命运为主题,开创了一代新诗风。涅克拉索夫是别林斯基忠实的学生,是车尔尼雪夫斯基和杜勃罗留波夫的亲密战友,也是最杰出的俄罗斯革命民主主义诗人。他的诗篇在当时的俄国产生了巨大影响,几乎每一首诗都成为当时先进社会人士的注意中心。列宁就很喜欢他的作品,他"几乎把涅克拉索夫的诗全都背会了"。苏联文艺理论家卢那察尔斯基也说:"毫无疑问,我们今天的诗歌应该是涅克拉索夫式的,而不能不是涅克拉索夫式的。"诗人离开人世已经120多年,但他的诗至今还受到世界人民的赞扬和喜爱。正如车尔尼雪夫斯基所说:"他会名传不朽的……"

《谁在俄罗斯能过好日子》是涅克拉索夫创作的王冠。这是一部描写农民生活的百科全书。它总结了诗人长期以来对俄国农民生活、他们的历史命运和未来道路观察和思考的结果,体现了革命民主主义作家的美学观和政治主张。长诗写作达13年之久,融入了涅克拉索夫"20年间积累起来的"对俄国农民的了解。他说:"我想在一篇连续性的故事里阐述我所知道的关于人民的一切,我从他们口中偶尔听到的一切,于是我计划写《谁在俄罗斯能过好日子》。这将是当时农民生活的史诗。"的确,这是一部人民的史诗,同时,也是一部激情洋溢、音调和谐、感情深沉、富于音乐性的抒情叙事诗。由于诗人的逝世,这部巨著未能最后完成，但从那些已经创作出来的诗章来看，它可以毫无愧色地列入优秀的俄罗斯文学宝库。

KUANGSHI JIEZUO 旷世杰作

《谁在俄罗斯能过好日子》是涅克拉索夫最重要的代表作，也是他一生创作的总结。这部近万行的叙事长诗揭露了腐朽专制的俄罗斯，歌颂了开始觉醒的人民的俄罗斯，展示了“改革”农奴制后人民生活的广阔画面，充满着人民的情绪、思考、探求和斗争，堪称大转折时代的一部史诗。

长诗的背景是1861年农奴制“改革”。长期以来，野蛮落后的农奴制度使得俄国农业劳动生产率极为低下，资本主义发展受到严重束缚。特别是19世纪50年代俄国在克里木战争中失败后，国内阶级矛盾更加激化，农民骚动频繁，农奴制的生产关系处在风雨飘摇之中。于是沙皇政府策划演出了一场“解放农奴”的丑剧。而“改革”的结果仅仅是把农奴从土地上解放出来，使他们变成资本家和地主干活的雇佣劳动力。列宁尖锐地指出：“臭名昭彰的‘解放’，实际上是对农民进行残酷的掠夺，是对农民施行一系列的暴力和一连串的侮辱。”“这是用地主方式为资本主义‘清洗土地’。”在如何对待农奴制“改革”这个重大社会问题上，俄国贵族资产阶级自由派和革命民主派分裂成两大阵营，表明了截然相反的态度。主张改良、害怕革命的自由派把“解放”后的农村美化成幸福乐园；革命民主派则愤怒揭露沙皇恩赐的所谓“解放”，号召农民起来革命，夺取自己真正的解放。涅克拉索夫的《谁在俄罗斯能过好日子》便诞生在这场辩论之中。

把大小几十个故事像串珠子一样串起来的线索，是7个刚从农奴制度下获得“解放”的暂时义务农，争论起了“谁在俄罗斯能过好日子”的问题。为了寻找答案，他们决定背井离乡，漫游全国，去访问地主、神父、官吏、富商、大臣，以至于沙皇，以便弄清他们过的是不是好日子。沿着这条带有童话色彩的线索，诗人引着读者，跟随7个出门人深入激烈动荡的俄国社会，观察各个阶层的生活和相互关系。这种结构容量很大，层次、色彩也十分丰富。

7个出门人最先访问的是神父。他们问神父过的是不是好日子，神父却诉了一大堆苦。但透过神父的诉苦，涅克拉索夫实际上向读者显示的却是农民的贫困和不幸。他让7个人逛农村集市，观察“醉的夜”，又在农民群众中寻访“幸福的人们”。借此机会，诗人向读者展示了五花八门的“庄稼汉的幸福”，辛辣地讽刺了所谓“改革”后的“幸福”农村：沙皇政府和自由派津津乐道的农民的“幸福”，不过是破烂和补丁的幸福、罗锅和老茧的幸福而已！在7个人访问了地主饭桶耶夫之后，第一部告终。

在《农妇》里，7个农民寻访的对象已经不是剥削阶级，而是农妇玛特辽娜，作者详细地描写了她作为女农奴的生涯，并塑造了农奴中的反叛者萨威里爷爷的形象。《最末一个地主》和

《谁在俄罗斯能过好日子》
俄文版封面

《全村宴》两部分进一步越出了访问特定对象的格式，而让 7 个出门人和大老粗村的农民一起见证，一起思索。《最末一个地主》用假设性的情节和漫画式的笔法，再现了农奴主骑在农奴头上作威作福的历史，也反映了农奴制残余继续存在的客观现实。《全村宴》表面上说的是庆祝农奴制寿终正寝，实际上说的是这种“改革”换汤不换药，“改革”后的社会是“亦新亦旧”。大老粗们仍然“吃不上饱饭，喝不上放盐的汤；他们天天挨鞭子，只不过拿鞭子的从前是老爷，现在换了乡长！”但是这里也出现了新时代的萌芽：大老粗们破天荒地聚在一起讨论自己的命运，他们之中出现了新一代的革命者格利沙·向幸福诺夫。涅克拉索夫本来还打算在长诗以后的章节中继续发展革命者的形象，他在病重时还说：“要再有三四年的生命就好了……越往下写，我就越清晰地看到了长诗怎样继续发展，看到了新的人物和新的画面。”但是他的设想未能实现，对已完成的各个部分也未及调整。《谁在俄罗斯能过好日子》终于作为一部未完成的长诗留给了后世。

《谁在俄罗斯能过好日子》具有许多民间口头创作的特色，受到俄罗斯民间文学的影响。作品反映了劳动人民的苦难和要求改变现状的愿望，表达了诗人对俄国人民前途的关怀，开辟了俄国诗歌发展的新阶段，同时也对俄国进步的绘画和音乐产生过影响。

J 经典导读 JINGDIAN DAODU

涅克拉索夫笔下的人物画廊

涅克拉索夫在《谁在俄罗斯能过好日子》中色彩鲜明地刻画了各阶级的大量人物，创造了一条琳琅满目的画廊。以农奴主——地主形象来说，就有冥顽庸俗而自命风雅的饭桶耶夫，打人为乐而头脑简单的杀拉什尼可夫团长，专横疯癫而神气活现的乌鸭金公爵，狡猾贪婪而善要手腕的少东家，……尽管他们性格不同，却都以享有农民的劳动为自己的天职，不肯甘心情愿地退出历史舞台。在刻画地主形象时，涅克拉索夫充分发挥了他的讽刺才能，笔锋所向，把尊严高贵、道貌岸然的地主刺得体无完肤，丑态毕露。无怪乎沙皇出版检察机关要指责涅克拉索夫把地主写得“极端不成体统”，叫嚷这是“对整个贵族阶级的诽谤”了。对于涅克拉索夫揭露剥削阶级方面的功绩，列宁曾高度评价说：“涅克拉索夫和萨尔梯柯夫曾经教导俄国社会要透过农奴制地主所谓有教养的乔装打扮的外表，识别他的强取豪夺的利益，教导人们憎恨诸如此类的虚伪和冷酷无情。”涅克拉索夫对剥削者的愤怒控诉和辛辣讽刺，至今读起来还使人感到痛快淋漓，使人感到农民世世代代对地主阶级的仇恨和憎恶，正从诗人笔尖上喷涌而出。

在地主群像的旁边，涅克拉索夫还用鄙夷的笔调描画了奴才的群像。例如一个公爵的家奴自吹自擂，说他是个得宠的奴才，由于舔了19世纪40年代残剩的洋酒，才得了一种上等人才有的“高级病”。而依巴特则死心塌地崇拜乌鸭金公爵，竟把公爵对他的虐待和折磨也当做恩典来夸耀，感激涕零，念念不忘。但这种奴性在农民群众中并没有市场，只遭到包括七个出门人在内的广大农民的嘲笑。

在长诗中占着主人公位置的，则是农民的群像。恩格斯曾经赞扬作家描写被剥削阶级，指出：“先前在这类著作中充当主人公的是国王和王子，现在却是穷人和受轻视的阶级了，而构成小说内容的，则是这些人的生活和命运、欢乐和痛苦。”他高度评价这是“在小说的性质方面发生了一个彻底的革命。”涅克拉索夫正是这样，打破了俄国诗歌的旧传统，把农奴、农民当做了主人公。他激动地说：“在我面前站着千百万从未被描写过的活生生的人！他们要求得到爱的目光！他们当中不论哪一个，都是受难者；不论哪一个的生活，都是一部悲剧！”难能可贵的是，涅克拉索夫笔下的劳动人民既是诗的主人公，也是历史的主人公。

（飞　白）

《谁在俄罗斯能过好日子》的民歌基调

涅克拉索夫诗歌的重要特点，是贯穿在他的一切创作中的民歌基调。他的诗往往是从民歌发展而来的，因此它能真实地表达人民的思想感情和形象性格，反过来它又变成了民歌在人民之间广泛流传。涅克拉索夫以自己富有革新精神的创作实践开创了新的诗风，从而揭开了俄国诗歌史上新的一页。

涅克拉索夫诗歌的民歌基调明显地体现在他的长篇巨著《谁在俄罗斯能过好日子》里。长诗的书名、结构以及童话似的开端，就和民间说唱文学有着密切的亲缘关系。长诗的情节非常近似关于寻找人类命运、寻找幸福和真理的童话。长诗以通常的童话讲述方式开头：

哪年哪月——请你算，
何处何方——任你猜，
却说在一条大路上，
七个庄稼汉碰到一块儿……

像在民间童话中一样，长诗中的7个主人公争吵不休，然后，由于会说人话的神奇的鸟的帮助，他们和解了，决定一起去寻找幸福。这样，真理寻找者在漫游俄罗斯期间的所见所闻，7个庄稼汉所求见的那些想象中的幸福者的自述，构成了长诗的内容。为了加强长诗开头的印象，涅克拉索夫还运用了民歌中常用的重复手法。7个主人公每次遇到新的人物，就复述他们从哪儿来，为什么争论以及他们的心事。

长诗的语言含有浓郁的民间风味。诗人摒弃了贵族文学家所一贯推崇的“高雅”的诗歌语言，大胆地用农民的口语写诗，还吸收了大量民间俗语、俚语、谚语、谜语，充分表现了群众语言的丰富、生动、机智和诗意。

它飞在你前面——像老鹰，
它飞在你后面——像乌鸦，
它飞在你前面——躲不过，
它飞在你后面——拉不下……

这里的“它”，指的是“灾祸”。农民一年到头总是提心吊胆地生活，说不上什么天灾人祸会突然飞来。躲过了初一躲不过十五，农民无法掌握自己的命运。“灾祸”本来是一个抽象的概念，但诗人运用了民歌形象性的比喻，把它具体化了，感知化了，这就深刻地揭示了农民的苦难。

这部长诗的格律也有鲜明的民歌特色。俄罗斯民歌的音乐性体现在重音和轻音排列组合构成的各种节奏（音步），其中最有特点的是“重轻轻”音步。涅克拉索夫对民歌进行了提炼，在长诗中采用了无韵诗的形式，三音式抑扬格和“重轻轻”结尾相结合的基本格律，每隔数行又有一行诗以重音结尾。这种格律既适合说唱，也有利于抒情和讽刺。其间又间或穿插着头韵、腰韵、脚韵、对称、双声等音乐手法。而包孕在长诗中的许多歌谣和小叙事诗，则是格律丰富多彩的有韵诗。涅克拉索夫创造性地运用了民歌，在形式上别具一格。

（甘雨泽）

DASHI CHUANQI 大师传奇

尼古拉·阿列可谢耶维奇·涅克拉索夫1821年12月10日生于乌克兰的波多尔斯克省文尼察县涅米罗夫镇。父亲是个残暴的军官，他3岁时父亲退伍，举家迁往雅罗斯拉夫尔省祖遗庄园格列什涅沃村，而他的不愉快的童年就是在这里度过的。他在这里目睹了农民的悲惨遭遇，和他父亲这个典型的农奴主对农民以及对自己妻子儿女的残暴行径。他还曾徜徉在村边的伏尔加河畔，看见过忧郁而沮丧的纤夫们，倾听过他们凄凉的哀号和沉郁的呻吟。他带着惊异的神情送走一批批钉了镣铐被解往西伯利亚的政治流刑犯。所有这些，都给涅克拉索夫幼小的心灵留下不可磨灭的印象：他憎恨那些压迫、剥削农民的地主和周围的贵族环境。

1832年至1837年，他在雅罗斯拉夫尔中学读书。这时他对文学产生兴趣。阅读了大量的文学作品，他喜爱普希金的《自由颂》并开始写诗。1838年，父亲让涅克拉索夫到彼得堡一所名叫“贵族军团”的军校上学，而他却违背父亲的意愿，选择了自己从小爱好的文学道路，径自到彼得堡大学去旁听。父亲一怒之下断绝了对他的全部接济。涅克拉索夫带到彼得堡的只有一部诗稿，此外身无长物。从此，他便靠抄写、卖稿、打“文学零工”勉强糊口，过着城市贫民的生活。他说：“整整3年，我经常每天都感到饥饿。”所以卢那察尔斯基后来写道：“涅克拉索夫是作为一个有知识的无产者、作为城市贫民的真正代表度过他的青年时代大部分岁月的。”残酷的生活和19世纪40年代的进步思潮逐渐培养起他写诗的才能，并初步形成他的政治立场。

涅克拉索夫

1840年，涅克拉索夫出版了第一部诗集《幻想与声音》，但在思想上和艺术上都还不成熟。不久他结识了文学批评家别林斯基，在后者的影响下，他找到了革命民主主义的道路，也找到了自己诗歌创作的道路。这一时期他写了《在旅途中》、《摇篮歌》、《故园》、《秘密》、《夜里我奔驰在黑暗的大街上》等诗，描述俄国下层人民的痛苦及其悲惨的命运，并讽刺了伪善的权贵们，在文坛上受到普遍的赞扬。40年代末他已被称为有独创精神的民主主义诗人和讽刺诗人。

1847年起，涅克拉索夫与帕纳耶夫合编《现代人》杂志，并在别林斯基的支持下把这个刊物办成了俄国先进思想的论坛。19世纪50年代，他先后邀请车尔尼雪夫斯基和杜勃罗留波夫参加编务。由于立场、观点的一致，三人结为共同为革命民主主义理想而斗争的亲密战友。这时期他写了许多著名的诗篇，如《未收割的田地》、《被遗忘了的乡村》、《小学生》。特别是《诗人与公民》庄严地宣称“可以不做诗人，但必须做一个公民”；《大门前的沉思》抒写了在俄罗斯大地上泛滥的人民的悲哀，思索了他们未来的命运；《叶辽慕什卡之歌》则提出进行革命的口号，并呼吁为此而献身。

从19世纪60年代起，涅克拉索夫连续写了一些描写农村生活的长诗，如《货郎》、《严寒，通红的鼻子》、《铁路》等，并开始创作反映日益壮大的革命力量的巨著《谁在俄罗斯能过好日子》，这些诗篇洋溢着对俄国农民的真诚的爱。这个时期他在文学界，特别在进步青年和革命活动家之间享有很高的声誉，被认为是俄国最优秀的诗人。

也就是在这一时期，涅克拉索夫

一再遭到挫折：昔日的朋友如屠格涅夫、德鲁日宁、鲍特金等因思想立场分歧，先后同他绝交；杜勃罗留波夫病逝；米哈伊洛夫和车尔尼雪夫斯基相继被捕，并流放西伯利亚；《现代人》又于1862年一度停刊，1866年终于被封闭。在这之前，涅克拉索夫为了刊物能够维持出版，曾向两次参与镇压波兰人民起义的“绞刑吏”穆拉维约夫献诗，引起进步人士的责备。他曾写诗承认错误，说“当无情的命运威胁我的时候，我的手就在竖琴上弹出了不正确的声音”。列宁指出他的弱点，同时肯定他“整个的同情是在车尔尼雪夫斯基一边”。

1868年，涅克拉索夫与谢德林、叶利谢耶夫合编《祖国纪事》杂志，并邀请优秀的民主主义作家和诗人撰稿，使它成为19世纪70年代进步阵营的喉舌。在《祖国纪事》刊行期间，涅克拉索夫写了歌颂十二月党人和他们的妻子的崇高自我牺牲精神的长诗《祖父》和《俄罗斯妇女》，揭露地主资产阶级的长诗《同时代的人们》，还写了后来结集为《最后之歌》的抒情诗和《谁在俄罗斯能过好日子》的最后三部。在革命的民粹派运动日益发展壮大的19世纪70年代，他的这些作品体现了时代的最主要特征。

难以置信的劳动和非人的苦难岁月使涅克拉索夫未老先衰，而癌症则使他卧床不起。他在日记中写道：“我的家就是床，我的世界就是两间房子。”1878年1月8日，涅克拉索夫溘然长逝。许多革命组织和青年学生都参加了诗人的葬礼。一位同时代人曾经写道：“从普希金时代起，不论向哪个作家的灵柩涌来的人，都未必像我们在涅克拉索夫的灵柩旁所看到的那么多。”

YANSHEN YUEDU 延伸阅读

涅克拉索夫的叙事长诗《货郎》，通过两个农村货郎的见闻和遭遇，揭穿了俄国农奴制“改革”的骗局。长诗从爱情开始，以悲剧结尾，通过货郎的串村走巷描写了许多人物和生动多彩的社会画面，展现了一幅动乱中的农村速写图。

※　※　※　※

《严寒，通红的鼻子》是诗人献给自己的妹妹安娜·阿列克谢耶芙娜·布特凯维奇的。长诗以农奴制“改革”后的农村为背景，着力塑造了普罗克和达丽亚这两个质朴、勤劳的俄罗斯农民形象，展现了俄罗斯妇女的高尚心灵和艰苦命运，表达了俄罗斯人民对幸福生活的向往和追求。尽管整个长诗基调悲壮，但仍能听到美好乐观的音调。

安娜·斯涅金娜

谢尔盖·叶塞宁 Sergei Esenin(苏联 1895—1925)

谢尔盖·叶塞宁与其说是一个人,倒不如说是自然界特意为了诗歌,为了表达无尽的“田野的哀愁”,对一切生物的爱和恻隐之心(人——比天下万物——更配领受)而创造出来的一个器官。

——高尔基

俄罗斯是一个诗人辈出的地方。俄罗斯 18 至 19 世纪的夜空中,诗人和作家如群星闪烁,刺破黑暗,鼓舞人们奋起追求光明。

作为复杂的时代、复杂的环境和复杂的经历的产物,谢尔盖·叶塞宁有着复杂的思想、复杂的感情、复杂的性格、复杂的审美理想……法国著名作家兼评论家法朗士在谈到叶塞宁时说:“不能使用通常对于合乎理智的人们所使用的尺度来衡量这位诗人,他享有我们并不享有的一些权利,因为他站得比您无比地高,同时又站得比您无比地低。这是一个无意识的存在物,这又是一个 100 年才出现一次的诗人。”1925 年 12 月 28 日凌晨诗人在列宁格勒自缢身亡。于是,“俄罗斯文学界因叶塞宁之死而失去了自己唯一的真正的抒情诗人”。然而,他那“用鲜血写成”的诗篇,却像伏尔加河滔滔的流水那样,闪耀着迷人的波光,跳荡着激情的浪花,永远流淌在美丽的俄罗斯大地上。在诗人死后的漫长岁月里,众多的批评家曲解他、贬抑他、排斥他,否定他在文学史上应有的地位。然而,“在所有的批评家中,最伟大、最正确、最天才的批评家乃是时间”(别林斯基语)。80 年的时间过去了,叶塞宁的诗作像陈年的窖酒一样越发香醇,为世界各国的人们接受和喜爱。人们为诗人内心世界的难以捉摸而困惑,但更为他诗作的动人心弦而叫绝。

《安娜·涅斯金娜》是诗人艺术宝库中一颗璀璨夺目的明珠,标志着他在叙事诗创作上的最高成就,也是苏联诗歌史上的传世佳作。作为一首俄国革命的赞歌,它描写了第一次世界大战、二月革命、十月革命、农村激烈的阶级斗争等壮阔的历史画面。叙事与抒情水乳交融,既有复杂的阶级斗争，也有个人的恩怨情仇；既有革命者的豪情，也有儿女之情，手法与众不同，在描写革命的长诗中不落前人窠臼。

旷世杰作

抒情叙事史诗《安娜·斯涅金娜》创作于1924年末至1925年初。当时叶塞宁曾在给友人的信中写道："我觉得，它(《安娜·斯涅金娜》)比我所写的一切诗都好。"长诗的主题是俄国农村中的十月革命。作者用回忆的方式讲述了一个农民出身的诗人在1917年二月革命到十月革命之间回到自己家乡的故事。它讲到农村的革命斗争，也抒写了诗人的恋情。真挚朴实的叙述手法，温和亲切的抒情笔调，具有高度技巧的个性化语言和自我剖析手法塑造出的生动鲜明的人物形象，这一切使这部长诗成为叶塞宁最出色的艺术作品。

长诗由两条线索构成。一条是浪漫主义抒情性的，讲述诗人与地主女儿安娜·斯涅金娜的爱情，他们的初恋、重逢和离别。爱情的结局是凄凉的：革命后，安娜·斯涅金娜在异域他乡过着辛酸的流亡生活，对新生的祖国怀着又喜又惧的强烈思念。另一条线索是现实主义叙事性的，中心人物是农民的革命领袖普隆·奥格洛布林。这条线索始于革命前的一场悲剧：富裕的拉多瓦村和贫困的克利乌沙村的农民为了争夺树林展开了大规模的殴斗，结果拉多瓦的村长死于非命，而普隆等十个克利乌沙村的农民则被流放到西伯利亚。二月革命后，普隆成了农民的领袖，他追求列宁的真理，希望在农村建立公社，他要求把地主的土地无偿分给农民，并领导农民对女地主斯涅金娜进行斗争，最后，他死于邓尼金匪徒的枪下。以普隆为中心形象，叶塞宁展开了革命变革时期的巨幅农村斗争画卷。安娜·斯涅金娜和普隆·奥格洛布林是叶塞宁所塑造的两个最完整的悲剧人物形象。

叶塞宁曾说："在我的诗中，读者主要应当注意抒情感和那种给许多小说家和诗人指明道路的形象性。"浓郁的抒情感正是叶塞宁的气质和才华最鲜明的特征。在他的抒情诗中，有着欢乐和悲哀，爱恋与忧愁；对生活意义的沉思，对内心世界的剖析，以至生与死之间的斗争，但是表达得最深刻的还是丧失的痛苦和绝望的感情，这种感情在很大程度上说明了他的命运。对一去不返的幸福的青春和少年时代，诗人以动人心魄的诗歌表现出了锥心的痛苦，这一切也都表现在《安娜·斯涅金娜》中。

从第一章就响起温柔歌曲般的浪漫旋律，随着情节的深入和矛盾的展开，长诗中的抒情性越来越强，诗句也越来越表现出典型的叶塞宁抒情诗的情调：

此刻我清清楚楚地记得
那些日子的不祥的光圈。
但那时我实在没有力量
去瞧着她的那张脸。

在长诗的结尾，首章的浪漫旋律

再次响起。这种环形结构是叶塞宁抒情诗的特点之一，它强调了长诗的抒情性；同时，年轻时代的回忆不仅使长诗充满温柔迷人的气息，也给长诗的悲剧情调抹上了淡淡的苦味。

在结尾处，这种表现抒情主旋律的环形结构突然发生变化，鲜明地表现了诗人思想觉醒后的乐观情调：

这些年来我一直在爱，
但是，看来，
我也在为人所爱。

这才是诗人精神的主流和方向。诗人摆脱了个人的哀愁，展望着广阔的天地，尽管这首长诗有着悲剧的色调，但是对个人生活和社会未来的乐观主义精神才是全诗的基调。

叶赛宁的《安娜·斯涅金娜》在某些方面甚至超越了《叶甫盖尼·奥涅金》的成就，这不仅仅是时代进步造成的超越，同时也是艺术性的超越。时至今日，俄罗斯文学中还没有出现超越《安娜·斯涅金娜》的诗篇。诚如阿·托尔斯泰所说，叶塞宁是“伟大的民族诗人，他的诗篇宛如用双手抛撒出来的颗颗心灵的珍宝”。

JINGDIAN DAODU 经典导读

一个真实的农村

如果说，在《波斯组曲》中，爱情的题材已经和祖国的题材结合在一起了，那么，在《安娜·斯涅金娜》中，叶塞宁就是以重新理解革命的内容与目的来解决这两种题材的结合问题了。《安娜·斯涅金娜》反映出叶塞宁的诗歌中已经形成了新的创作原则，诗人已经用新的观点来衡量过去的历史事件了。他的眼界更开阔，他的评价也日臻成熟了。在《给一个女人的信》中，他写到了自己的这种感觉：“脸对着脸/面容难辨/大事远距离才能看见。”这几句诗可以看做《安娜·斯涅金娜》的题词。作为一部史诗，它首先接触到的是1914年的帝国主义战争和1917年的资产阶级二月革命。在1914年到1916年间，叶塞宁的诗歌中主要是抒发对祖国的爱，对故乡和自然景色的描写，诗人根本没有想到要从政治和社会的角色来评价这场战争。而现在，在这首长诗中，诗人才写出了自己对这场战争的认识。作为战争的参加者，他终于“明白了”，自己不过“是个木偶”，“而牵线的是贵族和商人”，接着，他就对这场战争进行了严厉的谴责：

而如今战争
残害了多少不幸的人！
多少人葬身沙场，
又有多少人正被埋葬，
于是我感到痛苦的痉挛
一阵阵抽动在我的脸上。

1917年，叶塞宁曾经把二月革命描写成农民的俄罗斯摆脱了千百年的压迫（《啊，俄罗斯，张开翅膀……》），而现在，他却在这首长诗中写道：“克伦斯基骑着白马”，“在祖国称雄道霸”，那些

"流氓和寄生虫"叫嚷着，要战争"到最后"，"到胜利"，实际上是"把一群群农民/驱赶到前方去送命"，而他自己则"表现出了另一种勇气/做了国家的第一个逃兵"。在这首长诗中，诗人表现出了自己对1917年俄国两次革命的实质的深刻认识，这是他过去的诗歌，特别是1917年到1918年诗歌中所缺乏的。他认识到了它们对农民命运的作用，显示出了历史和阶级的清晰界限。诗人描写的已经不是表现在宗教象征中的全世界的形象了，他描写的是具体的革命事件，展示出了农民的情绪，他们对资产阶级革命，对临时政府，对公社，对列宁和对十月革命的态度。在诗人现在的眼光中，农村已经不是一个整体的社会了。他看见了，农村中也有富人和穷人，压迫者和被压迫者，有真正的革命者，也有在革命中乘机发横财的富农。他的目光已根本不同于他过去对农村的描写。

（杜嘉蓁）

表里澄澈的诗坛怪杰

叶塞宁在思想感情上充满矛盾。《安娜·斯涅金娜》既淋漓尽致地表达了俄国农民的痛苦、愠怒、智慧和力量，又以同样的深度，表达了农民的绝望、容忍、愚昧和软弱。俄罗斯农民思想上的冲突，感情上的波澜，心理上的变化，情绪上的波动，在叶塞宁的火焰般的诗歌中闪烁旋荡，飞扬飘忽，蔚为壮观。无论是农民心田上的芳枝或苦果、光明或阴霾、表象或内情，叶塞宁都知无不言、言无不尽。在某些人看来，那些有损于自己形象的话语，那些无人知道的隐秘，是大可不必去说它的，但这位诗人，总是"怀着火一样的对朝霞的信赖"，毫无保留地和盘托出。叶塞宁的单纯、直率简直达到了幼稚、可笑的程度，达到了丧失理智的程度。这当然是他致命的弱点，但是，有什么办法呢？致命的弱点就这样和冰清玉洁的丽质奇迹般地统一在一起，这，就是诗坛怪杰叶塞宁！

不过，也许正是诗人这种"表里具澄澈"的天真和坦率，才使我们得以通过他和他的作品，深深进入了农民心灵的"俄罗斯森林"。那里散发着各种各样的气味，其中当然也包含了枯木朽叶发出的霉烂气息，甚至还有沼泽地带的有毒气体，但总的说来，我们闻到的是令人神清气爽的清新空气，我们看到的是一片生机盎然、气象万千的壮丽景象——无限广阔的俄罗斯农民的精神世界。

试问，在俄罗斯的诗人中，还有谁做到了这一点呢？

（陈际衡）

《安娜·斯涅金娜》的创新

叶塞宁毕生追求丰美的意象，不断开拓诗的境界和丰富诗的体裁，增强语言的传情功能，在"新"字上呕心沥血。凡是读过《安娜·斯涅金娜》的人，无不为他那新奇的构思赞叹，被他那新鲜的意象所吸引，受他那清新的语言的感染，对他那新意迭出的意境称羡。诗人在毕生的艺术探索中，在刻意求真（主要表现在意象的捕捉上）的同时，总是锐意求新（主要表现在技巧的运用上）……但叶塞宁的“新”，是在民族土壤上推陈出新的“新”，是天然去雕饰的“新”，他反对自己的意象派同行们“那种令人作呕的丑角般的矫揉造作”，反对像他们那样一味追新猎奇，而“没有广义的对祖国的感情”。因此，叶塞宁的“新”就新在独辟蹊径，把俄罗斯经典诗歌的严谨、典雅、工丽与俄罗斯民歌民谣的生动、豪放、大胆，以及俄罗斯人民口头语言的精练、铿锵都熔铸在一起，形成一整套既有叶塞宁的独特发现，又有典型的俄罗斯气派的诗歌表现手法，对整个苏联抒情诗的发展产生了深远影响。

叶塞宁是个独创的诗人，虽然我们有时从叶塞宁的诗中，可以看到普希金的明丽，莱蒙托夫的沉郁，涅克拉索夫的粗犷，柯尔卓夫的质朴，丘特切夫的明哲，费特的绮丽或勃洛克的空灵，但我们只会觉得这只是叶塞宁的诗，是一种独有的气质，独有的情调，独有的气派，独有的韵味。

（顾蕴璞）

DASHI CHUANQI 大师传奇

叶赛宁于1895年生于梁赞州一个农民家庭，2岁时被寄养在外祖父家里，并在那里度过了童年。他5岁开始阅读，八九岁就能写诗。1909年小学毕业后，考入师范学校。1912年毕业后，他只身来到莫斯科，当过店员和印刷厂里的校对员。19岁起，叶塞宁开始在报刊上发表诗作。1915年他去彼得格勒，认识了诗人勃洛克，受到他象征主义的影响。叶塞宁曾说：“我的文学道路就是从他开始的。”

1916年叶赛宁出版了第一本诗集《扫墓日》获得好评。同年他应征入伍，直至1917年二月革命。早从20世纪20年代起，叶赛宁对时局就有自己的看法，公开表示自己与要求艺术家无条件服从政权的制度无法相容。当局用相当长的时间企图驯服叶赛宁，但到1925年底已经看得很清楚：要驯服叶赛宁是不可能的。

叶塞宁

在总共10年的创作生活中，叶塞宁出版了近30本书，包括《天蓝色》、《无赖汉的自白》、《惹是生非者的诗》、《普加乔夫》、《小酒馆式的莫斯科》、《关于俄罗斯的革命》、《苏维埃俄罗斯》、《波斯抒情诗》等。叶赛宁的全部创作是一个统一的整体，是一部风格独特的长篇抒情小说，其主人公就是诗人本人。

叶塞宁一生经历了3次婚恋，在感情生活上历尽坎坷。

1917年春天，有一次叶塞宁应《人民事业报》编辑部之约，前去洽谈诗稿问题。在那里他结识了打字秘书季娜伊达·拉伊赫。与拉伊赫在彼得格勒的共同生活，对诗人来说，是一生中唯一的家庭幸福时期。1918年3月他们迁往莫斯科，过着半饥半饱的生活，但仍精神饱满，勤奋工作。生下女儿达吉雅娜后，拉伊赫带着孩子住到条件稍好些的父母那里。这期间，叶塞宁便在莫斯科“流浪”，有时住在这个朋友那，有时住在那个朋友那里。1919年春天，拉伊赫带着女儿回到莫斯科。次年初，二人分居。不久，拉伊赫生下了儿子康斯坦丁。离婚后，叶塞宁悔恨莫及，他痛苦地意识到自己所珍贵的一切已经失去，再也无法挽回。后来，叶塞宁与拉伊赫保持了深厚的友谊。即使在1925年12月自杀前，他还特意绕道前去和自己的孩子吻别。

叶塞宁去世一周年之际，一个姑娘在叶塞宁坟头上开枪自杀。她叫加琳娜·阿尔图罗夫娜·别尼斯拉夫斯卡娅。别尼斯拉夫斯卡娅第一次见到叶塞宁是1916年在彼得堡举行的一次文学晚会上。别尼斯拉夫斯卡娅有很高的文学素养和独特的艺术见解。她把诗人的作品当作终日的精神食粮，并对自己能在智慧学识上与诗人亲密相契而感到安慰。她决心把自己的一切都献给叶塞宁，她的精力都花在整理、编辑和出版叶塞宁的诗歌作品上。当叶塞宁爱上阿塞朵拉·邓肯，并同她结婚、出国旅行后，别尼斯拉夫斯卡娅在精神上受到很大刺激。叶塞宁与邓肯婚后感情上逐渐产生矛盾，在巴黎时竟闹得不可开交，关系趋于破裂。一回莫斯科，叶塞宁就搬到别尼斯拉夫斯卡娅那里，同去的还有他的两个妹妹。在这个新家庭里，叶塞宁找到了心灵的慰藉。然而这段共同生活为时不长。叶塞宁又爱上了托尔斯泰的孙女索菲娅。诗人的离开，又一次使别尼斯拉夫斯卡娅精神上受到极大的刺激。1925年秋天她患了严重的神经衰弱症，当年12月便到特维尔省去休养。可没待多久就获知了叶塞宁的死讯。她神思恍惚，魂不守舍，这年冬天便在叶塞宁坟头上结束了自己的生命。而叶塞宁的第二任妻子阿塞朵拉·邓肯，是20世纪初风靡欧洲的著名美国舞蹈演员，1921年秋天她应邀来到苏联。这位天才舞蹈家于1922年重新点燃了叶塞宁心中已经熄灭的爱情火焰，而叶塞宁的爱则焕发了她的第二个青春。婚后，他们前往欧美旅行。在国外的一年多时间里，叶塞宁很少写作，他无比怀念祖国。而他与邓肯之间的矛盾也日益加深。叶塞宁的返苏使邓肯十分伤心。离婚后，他们没有互相怨恨，邓肯自始至终都对叶塞宁怀着崇敬和爱戴之情。1927年，邓肯死于车祸。

叶塞宁的第三任妻子索菲亚·安德烈耶夫娜，是在别尼斯拉夫斯卡娅举行的一次家庭晚会上与叶塞宁相识的。她出身名门，受过良好教育，秉性聪慧，容貌出众。第一次见面二人都互有好感。1925年9月，叶塞宁与索菲亚结婚。但婚后的生活并不美满，金丝笼般与世隔绝的家庭生活使天性喜爱自由的叶塞宁产生了厌烦情绪。他越来越暴躁，有时还会发无名之火乃至刚愎自用。不久，医生诊断出他患有精神抑郁症。1925 年 11 月，诗人住进莫斯科的一家医院，但这对他病症的医治无济于事。11 月下旬，他又去了列宁格勒，打算住到 1926 年夏天再到正在意大利休养的高尔基那里去。但列宁格勒却未能使他恢复活力和对生活的信心，他在安格列杰尔旅馆里闭门不出。

1925 年 12 月 28 日凌晨，叶赛宁用绳子勒死了自己，时年 30 岁。3 天后，他的遗体被安葬在莫斯科瓦干科夫墓地。

YANSHEN YUEDU 延伸阅读

叶塞宁后期的杰作组诗《波斯抒情》是一部别具一格的抒情组诗。它以虚虚实实的笔法，今昔交融的立体感和多层次的主题交织，使人耳目一新。几乎每篇都是凭借生活的瞬间感受吐露真情的佳作，充满了异国风光、异国美人、异国情调等虚构的意象和诗人的回忆或联想，又洋溢着诗人怀乡思国的真情挚语。诗人见到波斯"清新矫健的姿影"，立刻"想起遥远的故乡"，目睹波斯名城的闹市，便倍加思念故乡的沃野。

※ ※ ※ ※

1919 年叶塞宁创作了诗剧《普加乔夫》，诗人认为它是"真正革命的诗篇"。诗剧中，普加乔夫是一个充满为自由而斗争的思想，富于自我牺牲精神的英雄。作者交替使用叙事与抒情的手法，感人至深，催人泪下。

马雅可夫斯基诗选

马雅可夫斯基 Mayakovski(苏联 1893—1930)

马雅可夫斯基过去是、也永远是俄罗斯20世纪诗歌史上最著名的人物之一。在未来派诗人中间,马雅可夫斯基堪称是“被人引用最多、而受人理解最少”的一位。他的作品音调嘹亮,意象奇诡而富于跳跃性……

——《20世纪俄罗斯文学》

十月革命以后,出现了一种新的诗体:诗句结构特殊,往往一句分成若干行,有时甚至一个词也分成若干行,排列成楼梯式。它洗练严谨,突出了诗歌的顿歇作用,强调了最有分量的词语;节奏分明,刚健有力,特别适宜于朗诵。人们称这种诗为楼梯诗。它的创造者就是十月革命的伟大歌手马雅可夫斯基。

勃洛克早就断定马雅可夫斯基是个“了不起的天才”。身处新旧时代交替的大转折时期,许多人都成了交替时代的牺牲品,作为旧俄罗斯文学代表的马雅可夫斯基也不例外。他是一名语言的勇敢挑战者,是新社会文学无可非议的先驱,他“在两个时代还未愈合的伤疤处”写作。他的悲剧就在于,勇敢地寻找自己与革命和时代的联系,又不由自主地、固执地捍卫艺术生命的天然正直。正如托洛茨基所认为的,革命的普遍矛盾对于追求完美形式的艺术来说,只能是痛苦的,在马雅可夫斯基的诗作中,有激情的热浪,也有与时代和阶级极不相称的放荡不羁。最终,诗人在极度的痛苦中结束了自己年轻的生命。但是,马雅可夫斯基作为开一代诗风的杰出的无产阶级革命诗人,他的诗歌创作所闪耀的光辉永远是不可磨灭的。

作为革命年代最激进的旗手,马雅可夫斯基的创作标新立异,独树一帜,是现代诗史上异常绚丽的奇葩。《穿裤子的云》、《列宁》、《好!》等名作贯穿着“巨大的爱,巨大的憎”,简洁的词句、喷发的激情,不愧他“憎恨一切尸体,崇拜一切生命”的宣言。《马雅可夫斯基诗选》收录了诗人各个时期的代表诗作,清晰地反映了马雅可夫斯基的诗歌创作轨迹。

KUANGSHI JIEZUO 旷世杰作

马雅可夫斯基的确是才华横溢的。可他并不是个和谐的天才。《马雅可夫斯基诗选》不仅唱出了这位时代"歌手"的生命之歌,而且展现了与诗人生活息息相关的时代风景画。

马雅可夫斯基生活在一个新旧社会交替的时代。同旧俄罗斯文学最后一代作家中的任何人相比,马雅可夫斯基更为大胆、英勇地寻找和实现与革命的联系,但他身上还是保留了旧世界的烙印、与新时代的裂痕。十月革命前,马雅可夫斯基的创作中有很多未来主义的表现。他的独创、革新,也是与未来主义的艺术主张分不开的。未来主义给予马雅可夫斯基的,除了虚无主义和荒诞离奇的形式主义艺术之外,还有标新立异的本领。这一时期的代表作长诗《穿裤子的云》,是诗人对资产阶级爱情、艺术、制度和宗教表示愤怒和抗议,他号召进行反抗,并预言革命的到来。

十月革命后,马雅可夫斯基的创作进入新阶段。他把十月革命叫做"我的革命"。十月革命初期,他加强了与工农群众的联系,力求反映新的现实,寻找和创造新形式。

《给艺术大军的命令》创作于十月革命胜利后不久的1918年。诗歌意象是荒诞离奇的,例如"把钢琴抬向街头,用钓竿把大鼓从窗口挑出来!"等。这种表现手法是具有未来派风格的标新立异之笔,但诗中洋溢着的激情却是社会主义时代的革命豪情。"街路是我们的画笔。广场是我们的调色板。"道出了一位真正人民的革命艺术家的心声。马雅可夫斯基要搞的社会主义艺术,就是要把艺术从艺术家的象牙之塔解放出来,从贵族资产阶级唯美主义的沙龙里解放出来,要造成一种群众性的"街路"和"广场"的艺术。这样的艺术不能不说是社会主义时代的产物,这样的艺术观点是诗人面对革命时代的现实生活的结果。

同年创作的《向左进行曲》号召人民起来反对帝国主义的武装干涉,表达了自己对革命事业必胜的信念。马雅可夫斯基热情地歌颂人民群众和列宁,《罗斯塔之窗》及许多短诗都写得明快简练,而且创作中的现实主义倾向有所加强,客观的叙事和对话逐步取代早期的一些抒情独白,诗体也有了新的变化。这个时候马雅可夫斯基已经明确表述了自己面向现实、向现实主义艺术前进的方向。

写于1922年的《开会迷》,是一首思想和艺术臻于成熟的好诗。它是作者深刻地观察和发掘现实生活中的矛盾,并把它真实地再现的艺术珍品。这首诗写得振聋发聩,对于社会主义社会生活中矛盾的本质方面——人民群众同官僚主义的矛盾,进行了高度的艺术概括,用夸张甚至荒诞离奇的艺术形象描写出来。

马雅可夫斯基也写爱情诗。在创作于1923年的长诗《关于这个》里,他反对在爱情、家庭问题上的小市民庸俗习气,向往新的家庭关系。

实际上,从马雅可夫斯基成熟期的诗作来看,这位诗人已经是标社会主义之新，立无产阶级之异的革新派诗人了。1924 年创作的长诗《列宁》中，马雅可夫斯基塑造了一位在群众斗争中成长起来的领袖，既平凡又伟大，对人民无限忠诚，不是凌驾于群众之上，而是与人民水乳交融。他还歌颂了党在阶级斗争和生产建设中的伟大作用，表达了人民对共产党、对列宁的敬爱。长诗《列宁》把概括性的综合与细节的描写结合起来，把叙事和抒情融为一体，被认为是社会主义现实主义诗歌的代表作。

1927 年，马雅可夫斯基写了长诗《好!》。卢纳察尔斯基称它是“十月革命的青铜塑像”。他歌颂了社会主义共和国在斗争中诞生、成长和欣欣向荣。长诗把抒情和叙事结合起来，而以抒情为主。长诗具有强烈的浪漫主义色彩。20 世纪 20 年代下半期，马雅可夫斯基更加注重社会主义建设题材的创作。1929 年创作的《赫烈诺夫讲库兹涅茨克的建设》、《库兹涅茨克人的故事》歌颂了工人阶级克服困难的决心和建设社会主义的热情。

长诗序曲《放开喉咙歌唱》是马雅可夫斯基最后的作品，他在诗中总结了自己的创作经验，同时满怀信心地面向未来。

JINGDIAN DAODU 经典导读

特立独行的无产阶级革命诗圣

马雅可夫斯基是 20 世纪俄罗斯文化上最杰出、最有影响力的诗人之一。《马雅可夫斯基诗选》收录了他各个时期的代表作，足以纵观他的诗歌创作发展轨迹。马雅可夫斯基是未来主义思潮和十月革命的混合产物。他起步于未来主义，……但对马雅可夫斯基来说，未来主义手法只是肉身，无产阶级革命意识才是主宰肉身的灵魂。马雅可夫斯基的创作道路实际上就是用革命的灵魂统帅未来主义艺术创新的过程，是用革命的需要不断改造未来主义的过程，是革命的意志战胜无政府主义的过程，这个过程既表明了马雅可夫斯基的成功，也留下了他在艺术发展上的遗憾。但是，我们可以毫不犹豫地说：十月革命使马雅可夫斯基成为唱出无产阶级革命的时代最强音的一代诗杰，与此同时，我们也必须承认，未来主义在一定程度上左右过马雅可夫斯基，但造成他艺术上的遗憾的并不在于他是否已彻底消除未来主义的影响，根子还是在文化与政治的关系的处理上。

马雅可夫斯基是革命诗人，他的家庭、教育和个人经历以及未来主义反叛旧传统的特性把他推上了无产阶级革命诗人的道路。作为革命号角的马雅可夫斯基毕生从题材、语言到韵律都对俄罗斯诗歌进行了一场有得也有失的革命，他的彻底革命精神对 20 世纪的世界产生了广泛影响。他继承并弘扬普希金公民性的传统，把涅克拉索夫的平民化传统推到更高的水平上，他决心使广大工农兵成为诗歌的主人，他创作了大量的倾吐他们心声的诗篇来反映新时代的脉搏，来推动历史的向前发展，他亲自为人民朗诵为他们所写的诗篇，成为“大街诗人”、“广场诗人”，使诗人从“缪斯”下凡为劳动者的“战友”和“知己”。他把诗变成了哲学，让人民从平凡中看到伟大（如《罗斯塔之窗》），从伟大中看到平凡（如《列宁》），从今天中看到明天（如《好！》），从美好中看到丑恶（如剧本《臭虫》）……

马雅可夫斯基是个勇猛激进的诗歌革新家，他以从几千吨语言的矿提炼一个词的精神锤炼语言，从各种流派广采博收增强诗歌语言表现力的手段，特别是在借鉴赫列勃尼科夫的语言实验和法国未来派诗人阿波罗奈的诗韵的基础上，创造了用鼓点般的节奏表现富于跳跃的诗思和万马奔腾的时代旋律的阶梯式诗体，给20世纪的诗歌宝库提供了一宗珍贵的文化遗产。

（顾蕴璞）

革命的未来主义诗人

《马雅可夫斯基诗选》收录的作品，在创作时间上以十月革命为界，分成两个部分，充分表现了诗人在思想和创作上的转变。

马雅可夫斯基在革命前的全部创作中，抒情诗只占很小一部分，大部分是讽刺诗和长诗。他在这一时期的抒情诗除反映资本主义城市中人的痛苦、愤怒、抗议、准备斗争等种种情绪外，还阐述了对艺术的观点。而讽刺诗的主要题材则是现代社会的阶级对立，对资产者进行了辛辣的揭露。对资产者的愤恨和蔑视使诗人不惜用夸张手法去描绘他们的形象，如“粉红色肉团”、“下垂到肩上的油光光的脸颊”等。在讽刺和讥笑的同时，诗人的内心是悲伤的、孤独的，因为他周围“没有人”，只有“挤在一堆的上衣”。笑料和悲哀在马雅可夫斯基的讽刺诗中结合成一个整体，给笑声以深刻的哲理性质。从另一方面，悲哀似乎在笑中找到了出路，得到了解脱，因为马雅可夫斯基的悲哀不是绝望的悲哀，而是反抗性的、愤怒的悲哀。他的讽刺诗用发自内心的“呼喊”和一系列资产者丑恶可笑的形象把诗人自己与整个资产阶级世界对立起来，同样的社会题材在他的长诗中更充分地展开。马雅可夫斯基在革命前对俄国诗歌的最大贡献是使长诗复活。例如《弗拉基米尔·马雅可夫斯基》、《穿裤子的云》等长诗全都带有自传性质。

马雅可夫斯基在革命前的创作的总题目是抗议和孤独，照勃留索夫的说法，这还属于旧诗歌的范畴。然而马雅可夫斯基反对资产阶级的鲜明倾向使他的诗歌创作在革命后能立即为革命服务，而且肯定善和美的倾向在他的长诗中已越来越明显。十月革命对马雅可夫斯基来说不存在“接受还是不接受”的问题，他称十月革命为“我的革命”。确实，不但革命需要他，他更需要革命。“十月革命给了马雅可夫斯基力所能及的任务……马雅可夫斯基和群众一起在十月革命风暴中站了起来，成长为一个巨人。”

“进行曲”、“命令”、“颂歌”是马雅可夫斯基在革命后的宣传口号式抒情

《马雅可夫斯基诗选》俄文版封面

诗中的常用形式。抒情主人公形象与革命洪流合而为一，诗人的“我”成为“我们”中的一分子，代表作如《左翼进行曲》等。

20世纪20年代是马雅可夫斯基创作的全盛时期，讽刺诗、抒情诗、长诗齐头并进。这一时期他的讽刺诗的锋芒不仅针对公开的阶级敌人，而且主要是继续他在革命后就已开始的“清洗”工作——暴露市侩的日常生活和官僚主义。著名杂文诗《论败类》描绘了苏维埃机关中的新市侩“这种活宝”。马雅可夫斯基另一个最凶恶的敌人是在新经济政策条件下复活的官僚主义。《开会迷》用夸张的手法暴露了会议成灾的现象。马雅可夫斯基20世纪20年代的讽刺诗与他在革命前的讽刺诗的区别是语气爽朗，有信心，站在胜利了的无产阶级的立场上说话。

新经济政策在马雅可夫斯基身上并没有引起病态的反应。他不像有些诗人那样悲观失望，而是冷静地在复杂的环境中发现新事物的萌芽。他在这一时期的抒情诗的主题就是支持新事物，赞美新生活。这样他就突破了抒情诗的传统题材框框（爱情、死亡、大自然、艺术），使抒情诗充满了最丰富的社会内容和政治内容，如《记库兹涅茨克建设和库兹涅茨克人》等。

马雅可夫斯基对于爱情也有独到的见解，主要是说爱情中应该有社会政治内容，如《从巴黎给科斯特罗夫同志论爱情实质的信》和《致塔吉扬娜·雅科夫列娃的信》等诗。不过这些不是爱情抒情诗，而是论爱情的诗。真正的爱情抒情诗是长诗《我爱》，全诗由内容相连的几十首短诗组成，主人公从小到大的社会经历使他学会了巨大的爱和巨大的恨。别人的心在胸膛里，而主人公觉得他全身都是心，到处在跳动。马雅可夫斯基过去诗歌中的悲剧性爱情主题在这首《我爱》中得到了乐观主义的处理。爱情与社会责任的冲突、新的道德要求与旧的市侩生活观念的冲突，在20世纪20年代的文学中写得很多。马雅可夫斯基的长诗《关于这个》写的也是这个题材。

马雅可夫斯基用诗歌作武器为社会主义进行了长期奋斗，其特点可以归纳为两条：第一是人物形象的抒情性。“共产主义远方”的理想光辉照耀着他心爱的主人公们；第二是形象化公式的政治尖锐性，他的政治见解精辟地通过形象来体现。这两个特点最充分地体现在他的长诗《列宁》和

《好!》之中。

马雅可夫斯基作为一个未来派诗人而成为苏联社会主义现实主义诗歌的奠基者,这里面并无矛盾。马雅可夫斯基不但是个未来主义者,也是俄罗斯文学中宣传布道题材的继承者,特别是在十月革命之后,他走的是高尔基的道路。

(《20世纪俄罗斯诗歌史》)

DASHI CHUANQI D大师传奇

马雅可夫斯基1893年7月19日生于格鲁吉亚库塔伊西省巴格达吉村。9岁进库塔伊西文科中学,后转学到莫斯科。1905年革命时曾积极参加罢课和游行。1906年进入莫斯科第五中学,开始阅读革命书籍,接触社会主义者。1908年初他加入布尔什维克党,从事革命宣传,曾先后三次被捕,均因尚未成年而获释,1910年被交警察局监视。

20世纪初至十月革命前后,俄国知识界和文学界流行着一种资产阶级偏见,认为革命和艺术不能相容。年轻的马雅可夫斯基和其他许多进步作家都受到影响,1909年以后他不再参加党的工作。

1911年秋,马雅可夫斯基考入莫斯科绘画雕刻建筑学校,结识了未来派诗人布尔柳克。1912年开始写诗,与布尔柳克等人共同发表了俄国未来派宣言《给社会趣味一记耳光》,宣称"要把普希金、陀思妥耶夫斯基、托尔斯泰等等从现代轮船上丢下水去"。他们在写作上排斥现有语言,杜撰新词,并竭力标榜自己。十月革命前他创作了代表作《穿裤子的云》、《战争与世界》、《革命》、《给我们回答!》等。

十月革命的炮声使马雅可夫斯基重新认识了革命,他亲切地称之为"我的革命"。在攻打冬宫的历史性时刻,起义的水兵们唱着他创作的诗歌前进:"你吃吃凤梨,嚼嚼松鸡,你的末日到了,资产阶级!"革命第二天,诗人就到起义司令部斯莫尔尼宫参加工作。他写作了大量歌唱十月革命伟大胜利的诗篇,他的诗剧《宗教滑稽剧》是革命后的第一出现代戏。

马雅可夫斯基

1919年10月至1922年2月,马雅可夫斯基参加"罗斯塔之窗"的工作,做了很多诗画,号召人民支援前线,打击白匪和外国武装干涉者。1922年3月5日,他创作的短诗《开会迷》得到列宁的肯定，认为这首诗“在政治方面”“是完全正确的”，列宁的批评与赞扬对他的创作具有重要意义。

1924 年至 1930 年是马雅可夫斯基创作的成熟期。1924 年创作的长诗《列宁》被认为是社会主义现实主义诗歌的代表作。1925 年马雅可夫斯基访问美国，写了美国组诗，在高度评价美国科学技术的同时，深刻揭露了美国社会贫富悬殊和资产阶级道德的虚伪，两种社会制度的对比加深了他对共产主义的认识。1927 年为庆祝十月革命 10 周年，马雅可夫斯基写了长诗《好！》，歌颂了社会主义共和国在斗争中诞生、成长和欣欣向荣。卢那察尔斯基称它是“十月革命的青铜塑像”。20 世纪 20 年代下半期马雅可夫斯基很注重社会主义建设题材的创作，创作了著名剧本《臭虫》和《澡堂》。他与梅耶霍尔德一起，对苏联戏剧的创新和发展起了一定作用。

1930 年 1 月，马雅可夫斯基创作了他最后的作品《放开喉咙歌唱》，在诗中总结了自己的创作经验，同时表达了对未来的信心。同年 4 月 14 日，诗人自杀身亡。

YANSHEN YUEDU 延伸阅读

马雅可夫斯基的剧本《臭虫》是一部讽刺小市民的杰作。主人公普利绥坡金是最典型的小市民。他一出场就在进行婚前采购，以胜利的“领导阶级”——工人阶级自居。一帮人在婚礼上胡闹，结果发生了火灾，新娘和宾客都烧死了，粗心的消防员把普利绥坡金和一只臭虫冻在了地窖里。50 年后，普利绥坡金和臭虫一同被解冻，来到了一个“科学昌明”、井然有序的社会。普利绥坡金被视为酒精、浪漫、幻想的传染病源，科学家们把他作为臭虫的饲料、“可怕的人形的伪装者”被关进动物园展览，而那只曾跟他冻在一起的“普通臭虫”反而作为已经灭绝的珍稀动物被供奉起来。普利绥坡金的命运令人同情和深思，剧终时他的呼喊在即将到来的“E 时代”将激起更长久的回声。

※ ※ ※ ※

马雅可夫斯基的剧本《澡堂》旨在讽刺官僚主义，清洗官僚主义。戏剧冲突是围绕着发明制作“时间机车”展开的，一方面是发明家秋达柯夫领导的工人小组赶制“时间机车”，另一方面是官僚主义接洽管理局总长波别陀诺西柯夫及其一伙的百般阻挠。结局是“时间机车”试制成功，未来世界的代表磷光女人让秋达柯夫等人乘上“时间机车”驶向共产主义，而波别陀诺西柯夫一伙人则被抛出车外。剧本具有象征意义，它表明共产主义世界与官僚主义是不相容的。

先知

纪伯伦·哈利勒·纪伯伦
Jibran Khalil Jibran（黎巴嫩 1883—1931）

《先知》是纪伯伦所有作品中最富有哲理的一部散文诗作品……《先知》不仅寓意深刻，而且语言优美，极具表现力。

——蔡伟良

在阿拉伯现代文学史上，纪伯伦是一页传奇。他同时接受过阿拉伯与西方教育，能以双语写作，每种语言都运用得清丽流畅，他使两种文化达到了完美的融合。他是黎巴嫩文坛骄子、哲理诗人、杰出画家，又是阿拉伯现代小说和艺术散文的主要奠基人，20世纪阿拉伯新文学道路的开拓者之一。评论界把他与印度桂冠诗人泰戈尔相提并论，共称为近代东方文学走向世界的先驱。20世纪20年代初，以纪伯伦为中坚和代表形成的阿拉伯第一个文学流派“叙美派”（即“阿拉伯侨民文学”）曾闻名全球。在东方文学史上，纪伯伦以独树一帜的散文诗，创造了“纪伯伦风格”：既有诗歌的精练性和音乐的节奏之美，又具有散文灵活多样的表现力；有理性思考的严肃与冷峻，也有咏叹调式的浪漫与抒情，为阿拉伯现代文学的发展作出了巨大贡献。

在短暂而辉煌的生命之旅中，纪伯伦饱经颠沛流离、痛失亲人、爱情波折、债务缠身与疾病煎熬之苦。文学与绘画是他艺术生命的双翼。他的小说、诗歌、戏剧、文学评论、书信等作品征服了一代又一代的东西方读者，被视为“东方赠给西方的最好礼物”。

散文诗集《先知》是纪伯伦最优美、深刻的作品之一。诗人15岁的时候就以阿拉伯文写下《先知》的初稿。1923年，《先知》英文版在美国出版，整个英语系国家及阿拉伯世界都为这部带着强烈神秘主义与东方意识的作品深深着迷。如同《吉檀迦利》之于泰戈尔，《先知》也给纪伯伦带来了世界性声誉，使他当之无愧地置身于20世纪东方乃至世界最杰出的诗人之列，因此获得“诗人哲学家”的称号。作为纪伯伦步入世界文坛的顶峰之作，《先知》先后被译成20多种文字在世界各地出版。阿拉伯评论家努埃曼把这部作品比喻为一株"常青树"，以充满爱和理性的心灵，"深深地扎根于人类生活的土壤里，只要人类活着，这株大树就活着。"

KUANGSHI JIEZUO 旷世杰作

《先知》是纪伯伦用多年心血浇灌出的艺术之花，是他"精神孕育的最好的胎儿"，也是他来到世间想说出的那句最重要的"话"。从青年时代起，他就在酝酿这部作品。最早的版本是用阿拉伯文写成的。定居纽约后，他又写出了英文初稿。在正式出版前的几年里，五易其稿。书中的哲理可以说是纪伯伦爱与睿智的结晶，其深邃广博几乎达到了人类精神修养所能及的最高境界。《先知》之所以可以历久弥新，不受时间的限制，正因为它直接表达了"真理"。纪伯伦视《先知》为一生最大的成就，他曾经说过："我想，自我从黎巴嫩山构思《先知》一书开始，我就已和它寸步不离了，它仿佛是我身体的一部分……在我完成4年之后才将其付印，因为我想要确定，非常地确定，书中的每一个文字都必须是我的最佳贡献。"这的确是一本奇妙的著作，它满足了个别心灵的需求，哲学家认为它是哲学，诗人称它是诗。青年则说："这里有一切蕴涵在我心中的东西。"老年人说："我曾不断追寻，但却不知追寻为何？但在我垂暮之年，我在这本书中找到了我的宝藏。"

诗人纪伯伦巧妙地为《先知》安排了一个小说式的故事框架：主人公艾勒·穆斯塔法，一个"被选和被爱的"东方智者，滞留海外奥法利斯城12年，一直企盼着回到自己出生的小岛。一个秋日，他登高远眺，看见故乡的船从烟雾中徐徐驶来。他心中充满喜悦和激动，但又不忍离开这度过漫长岁月的地方。城中的男女老少都来送行，在城中的圣殿广场，人们请他讲说真理，披露他们的"真我"，告诉他们"关于生和死之间的一切"。他怀着诚挚的感情一一回答了众人的提问。在发表了充满祝福和希望的告别之辞之后，水手们扬帆起锚，航船向东方驶去。

清新隽永的诗句凝结着纪伯伦对人生和社会的深刻哲理思考。他力图站在俯瞰世界的历史高度，向全人类宣示自己发现的真理。每段议论中都渗透着纪伯伦与众不同的见解，它们往往与传统的教诲大相径庭，甚至截然相反，但却显示出作者视角的独特性和思考的深刻性。

《先知》不仅具有明晰的哲理性，而且具有浓郁的抒情性。抒情和哲理的结合，使整个作品真切感人。无论是主人公的内心独白，还是市民们的送别话语，都充盈凝重，表达出诗意化的感情。

作品语言是独具特色的，严肃中不失温馨，启示性和感染力并重。这种风格被称为"圣经式的语言"，把严肃的训示、诚挚的关怀、冷静的启迪、热烈的希望完美地结合起来，最大限度地实现了传情达理的功能。

新奇美妙的比喻是《先知》具有恒

久艺术魅力的一个重要原因。不论明喻还是隐喻，纪伯伦都运用得得心应手。他特别擅长通过“A是B”的句式，使比喻成为格言警句，长留读者心中：“你们是弓，你们的孩子是被射出的生命的箭”；“你们的理性与热情，是你们航行中的灵魂的舵与帆”；“思想是一只属于天空的鸟，在语言的牢笼中它或许能展翅，却不能飞翔”；“美是凝视自己镜中身影的永恒。但你们就是永恒，你们也是明镜。”这些新鲜的比喻，贴切中肯，内涵丰富，显示了作者对思考对象本质特征的深刻把握。

作品的另一个特色是它的象征性。主人公既是东方智者，又是人类完美的象征。他要返回的岛屿，既是他的祖国、故乡，又是“爱与美”的理想世界的象征。奥法利斯城既是西方世界的象征，也是整个人类社会的象征。这种双重性使作品的内蕴具有东方的和世界的两个层面。至于诗中反复出现的大海、云雾、梦幻、明镜、面纱、羽翼等意象，则是人类生存状态和生命表达方式的不同象征。大海象征生命的丰富和永恒，云雾象征生命的朦胧和神秘，梦幻象征人的渴望与憧憬，明镜象征理性和明澈，面纱象征人的真实性被掩盖，羽翼象征生命的飞翔与自由。

纪伯伦原计划写出“先知”三部曲：第一部《先知》重点写人与人的关系，第二部《先知园》重点写人与自然的关系，第三部《先知之死》则重在写人与“上帝”的关系。但诗人却只完成了前两部，给世界文学史留下了永远的遗憾。

JINGDIAN DAODU
J经典导读

乐观的文字神秘主义

一定有许多人无法理解，看起来不那么玄奥，而且一般的文学评论里也似乎很少理会的纪伯伦，他的《先知》会那么持久地在全世界，当然包括台湾在内，受到从不衰懈的欢迎。

因此，我们必须要有一个圆满的解释。纪伯伦的作品到底打动了以前的人和现在的人哪一根神经？他的作品要被归类到哪一个范畴才对？

而答案似乎只有一个。那就是纪伯伦乃是当代已愈来愈稀少的“文学神秘主义”最后一颗亮眼的明星，他以一种非常人间性的方式，把希伯来——基督教里的神秘主义，腓尼基的古代智能，以及中东伊斯兰文化的积淀，做了浪漫热情的综合，因而变成一种照亮，一个永恒的叮咛和启示。无论渊博的雅士，或是略识之无的俗人，都或多或少能从《先知》里掬取到一些可以打破人生执迷的活泼泉水。

纪伯伦的老师，法国大艺术家罗丹曾说过，纪伯伦和英国神秘主义诗人兼画家布莱克有着惊人的同质关系。罗丹的这种说法，可以说是所有的纪伯伦的评价里最精确的一个，也显示出罗丹确实慧眼如炬，一下子就掌握住了纪伯伦的本质。纪伯伦和布莱克相同，都是“文学神秘主义”里的智者与勇士。他们对生命有着一种神圣的执著，相信真、善、美的互为一体。

他们都能诗能画，他们诗画同趋，尤其是那些充满了神秘信息的绘画。在绘画里，他们都展布出了庄严的圣容，让人足以飞跃的天使与凤凰之翼，灿烂的生命之树，以及走在水上火中的圣灵，还有那只饱含着威仪、慈悲、洞烛一切的宇宙之眼。读他们的文字，如同看他们的图绘，都会把人带到一个比现在处境更高一点的新地。

神秘主义乃是人类最初，但同时也是最后的一种疑惑，以及由此而产生的想象和思维态度。它相信人的生存不只是具有现实上的意义，世间万事万物所显露出来的也不是只有跟前的这些浮光掠影，一种内在的、合一的因果通路，才是生命更幽微的目的与本质。

而正是这样的幽微与探索，遂出现了向外和向内的两种探索的选择。向外的有神秘主义的宇宙论，神秘主义的物质因果论等等；而向内，则出现了宗教、大自然、现实人生，以及文学上的各种神秘主义。它在这些地方经由特殊的启示与感觉，希望对世界一体、生命一体能找到其本源。而无论启示来自何处，这种向内发展的神秘主义都有一个共通性，那就是“爱”。“爱”是一种力量、一种意旨、一种目的……由于神秘主义在“爱”里找到意义，几乎毫无例外的，神秘主义者也必然浪漫、勇敢、有情，以无谓的心情去面对现实世界里让爱被扭曲，或者爱因而失去的黑暗部分。

因此，纪伯伦乃是西方浪漫神秘主义，与东方神秘主义会聚后的结晶。这是一个新的综合，造就出了他那种独特的“文学神秘主义”，文字和话语在他的著作里滚动如珠，撞击着人们的眼，打动着人们的心。它不是狭义的文字，也不是狭义的宗教，而是新形态的俗世灵修经典，不管你是西方人或东方人。当我们觉得意义丧落、生命倦怠、被疑惑和愤怒所包围、对现世觉得很无可奈何的时刻，打开《先知》，总会得到他的帮忙与照顾。

（南方朔）

烈火焚烧、寒冰淬炼的灵魂

初接触纪伯伦的原著至今，转眼已 40 年了！

人生又有几个 40 年呢？

虽然，阅读是我个人的狂热之一，虽然，在接触《先知》之前和之后，我仍在书海中徜徉。但无可讳言的，《先知》是我进入东西方哲思会通的第一扇门。后来钻研新时代思想数十年，读过、赞叹过的好书也不少，但，《先知》有点像是我在这方面的“初恋”，忘不了。

犹记电影《大河恋》当中，父亲指导儿子的写作，叫儿子将初稿删掉一半，再呈上来，还叫他再删掉一半。我也认同那样的写作风格，所以，尤其钟爱纪伯伦作品当中的《先知》。虽然多年来自己也写过几本，译过更多，但很多人第一次见到我都会说：“嘿！是你的《先知》陪我长大的耶！”

我当年在译《先知》时，寻找过纪伯伦的背景资料，虽然其他作品未完全读过，但由点点滴滴的信息和资料中可以感应和猜测，纪伯伦并非圣人，而是个有血有肉、有矛盾有挣扎的人。经由阿拉伯和西方不同文化的浸润和淬炼，经由生命本身的历练，最后成就了他如钻石般剔透的生命和文采。

虽然纪伯伦成年后大半在美国居住，由于英文并非他的母语，他反而创造出一种单纯、干净的笔法。《先知》则直接以这种笔法带我们遍历苦痛和喜悦，真可以说是他的登峰造极之作。他对人世间“不弃不离”，了解凡人的颠踬，陪伴我们的孤独。最后，以无比的悲悯怀抱我们，带我们的心一同飞升到狂喜无碍的境界！

我相信每个人会以他个人的角度，表达他们阅读纪伯伦的感动。但一切的赞语，都只能将读者诱引到书的面前，再下去，就只有“如人饮水、冷暖自知”了。所以，多说无益，我相信，众位知心人，会相遇于纪伯伦的心灵中，然后，在静默中，感受那种爱、那种温柔、那种渴望，泫然欲泣，心生狂喜。他的诗文，真的是言有尽而情意无穷啊！

生命只有一个，却化为宇宙间无数形形色色的生命。通过纪伯伦这样一个生命，我们可以略见一瞥他所源出——也是我们所有人所源出——的生命之美！

（王季庆）

DASHI CHUANQI 大师传奇

1883年12月6日夜间，纪伯伦出生在黎巴嫩北部山区卜舍里村一个基督教马龙派教徒家庭。父亲哈利勒·纪伯伦嗜酒如命，但在听说妻子生下一个男孩后，却没有忘记用自己父亲纪伯伦的名字为他命名。母亲卡米拉是一个马龙派牧师伊斯的女儿，她亲自教纪伯伦阿拉伯文和法文，又请家庭教师教英文。

5岁半时，纪伯伦开始在村子里上小学，常受同学欺侮，有的同学甚至叫他“呆子”和“爱哭坯”，他因反抗而挨过揍。他学习也不用功，还被教师关过禁闭。

1895年，纪伯伦12岁。母亲带着4个孩子，通过乡亲关系，来到美国波士顿最脏最简陋的华人区居住，父亲为守护家中产业仍然留在故乡。从这时起，纪伯伦开始学画和阅读《汤姆叔叔的小屋》，立志将来写小说。

14岁，纪伯伦的画得到当地一位美国女人的喜爱，他本人也因此得到这位中年女人的爱，并偷吃了禁果。之后，纪伯伦回到黎巴嫩贝鲁特希克玛学校读书，学习修辞法、句法、修辞、韵律和韵脚等各种阿拉伯语学问。暑假期间，纪伯伦随父亲到中东各地旅游，心灵豁然开朗。15岁时，他用阿拉伯文写下《先知》的初稿，并主编了一份名叫《真理》的文学与哲学刊物。他的文章开始在阿拉伯世界大量发表，其中最有名的《叛逆的灵魂》被视为危险、叛逆、含有西方思想剧毒，被焚于贝鲁特市场，纪伯伦也因此被驱逐出境。回到美国的时候，纪伯伦的小妹刚死于肺病。此后，同母异父的哥哥和母亲也相继去世。这些突如其来的不幸，使纪伯伦茫然失措。妹妹用缝纫来维持生计，纪伯伦想靠绘画贴补家用，想办法举办了一次个人画展。在画展上，他意外结识了女子学校校长玛丽·哈斯凯勒，并结为挚友。在她的赞助下，纪伯伦于1908年来到巴黎学画，得以拜访到著名艺术大师罗丹。纪伯伦得到罗丹的指点，从此迷上了威廉·布莱克的作品和文艺思想。在巴黎期间，纪伯伦广泛接触西方社会，游览了伦敦、罗马、布鲁塞尔等历史文化名城，广泛涉猎但丁、伏尔泰、卢梭、巴尔扎克的作品，尤其受到哲学家尼采很深的影响。

1910年，纪伯伦返回美国波士顿，1912年，定居纽约。6年后，他发表了第一本英文著作《疯子》，书一出版就被译成多种文字，这为他在欧美和阿拉伯世界赢得了声誉。1916年，纪伯伦结识了文学家、哲学家，他的黎巴嫩同乡米哈依勒·努埃曼，两人成为挚友。1920年，他们以《旅行家》杂志为依托成立了"笔会"，宗旨是振奋阿拉伯文学自身的新精神，使它成为民族生活中的有效力量。1932年，他的代表作《先知》出版，这本书像一股风暴席卷了整个西方世界。他创立了崭新的文体——"纪伯伦体"，并领导阿拉伯海外侨民的文学潮流，形成了阿拉伯第一个文学流派"叙美派"，奠定他在阿拉伯现代文学上的地位，他的著作也成为经典。

由于过度劳累，纪伯伦身体一直不好，1931年，他患了肝癌，住进纽约圣菲恩西恩特医院。同年4月10日，他在这所医院孤独地死去。纪伯伦的遗体被安置在故乡修道院供后人永世瞻仰，门口的雪松木板上刻着纪伯伦为自己写下的墓志铭："我要在墓碑上写下这样的话：我站在你身边，像你一样的活着。把眼睛闭上，目视你的心，然后转过脸，我的身体与你同在。"

YANSHEN YUEDU 延伸阅读

《泪与笑》收录了纪伯伦最早发表的散文和散文诗，展现了青年纪伯伦最关心的社会和文学主题：爱与美、大自然、生命哲学、人道主义、社会公正、诗人使命和孤独寂寥等，它们预示了纪伯伦一生的创作方向。在《美》、《在美神的宝座前》等诗中，作者把美当做宗教、主神，美是"智者哲人登上真理宝座的阶梯"。《组歌》中的《浪之歌》、《雨之歌》、《美之歌》以及《花之歌》诸篇是本集中最优美、最有韵味的篇章，融情、景、理为一体。

※　※　※　※

《暴风集》是一部富有激情和社会批判意识的诗文集。其中收入了纪伯伦最具批判性、最有力度的散文诗。《掘墓人》以超现实的手法塑造了一个敢于"亵渎太阳"、"诅咒人美"的"疯狂之神"形象，让他喊出"我是自己的主！"这一形象体现了纪伯伦对陈腐传统及其维护者的蔑视和痛恨。《奴性》揭示了人类历史上和现实中普遍存在的奴性，指出奴隶主义是一个"永久性的灾难"，它使人们的岁月"充满屈辱和卑贱"，提出打碎奴性锁链、结束跪拜偶像的历史课题。《麻醉剂和解剖刀》分析了"东方病夫"顽疾久治不愈的原因，指出东方人"爱吃蜜"，又讳疾忌医，而东方的“医生”们则专开只能延缓却不能根治疾病的“麻醉剂”。他强调为了根治东方的痼疾，必须拿起“手术刀”进行彻底治疗。

※　※　※　※

纪伯伦的小说与他的诗歌一样出名，具有丰富的社会性和深刻的东方精神，是他前期创作的主体。他的中篇小说《折断的翅膀》发表于 1911 年，在当时引起了很热烈的反响。故事叙述富家女萨勒玛被大主教的侄子强娶，成为婚姻的牺牲品。尽管她有机会和情人逃出樊篱，但她像折断翅膀的小鸟，难以奋飞。5 年后她生下一个孩子，但孩子一降生就夭折了。她也离开了人世。纪伯伦把这场爱情悲剧升华为东方民族悲剧的一个象征，通过对母爱的歌颂，表达了自己对祖国和民族的挚爱和眷恋。

二十首情诗与绝望的歌

巴勃罗·聂鲁达 Pablo Neruda(智利 1904—1973)

我认为聂鲁达是20世纪最伟大的诗人,他的诗质量总是很高。聂鲁达简直是弥达斯王,他能把所有的东西都变成金。

——哥伦比亚著名作家　加西亚·马尔克斯

1995年上演的电影《邮差》,使拉丁美洲家喻户晓的智利诗人聂鲁达变得举世皆知。他的作品深受世界读者的喜爱,曾被德国《诗歌》杂志评选为20世纪世界最重要的十大诗人之一。聂鲁达开创了拉美诗歌的新阶段,奠定了拉美20世纪诗歌的创作基础,"因为他的诗作具有自然力般的作用,复苏了一个大陆的命运和理想",因此荣获1971年诺贝尔文学奖。聂鲁达的生命是丰富而蓬勃的,无论是他在生命早期的吟咏,还是在亚洲孤独痛苦的任职经历,抑或是后来为西班牙、智利、古巴等国家奔走的革命生涯,都表明了这一点,以至于任何落于笔端的叙述都会显得苍白无力。但同时聂鲁达又是单纯的,他在最终意义上都是一位诗人,一位大地上的诗人,一位堂吉诃德一样的诗人,同时也是美洲精神和古老理想结合的产物。

《二十首情诗与绝望的歌》是聂鲁达20岁时的成名作,奠定了他在诗坛的地位。诗集记载了诗人青年时代的心路历程,记录了他与女人、与世界的接触,也记录了他内心深处欲望、激情、寂寞、内在疏离等诸多复杂的情思,诗里有忧伤的回忆,有真情的呐喊,有情感的剖析,也有深沉的叹息。这些情诗在当时像流行歌曲或谚语一般被传颂。

KUANGSHI JIEZUO 旷世杰作

1924年问世的《二十首情诗与绝望的歌》是聂鲁达继《晚霞》之后的第二部诗集,也是他最受公众欢迎的作品之一。此时,诗人正在摆脱现代主义诗歌的种种束缚,表现出和大自然融为一体、形象新颖、比喻生动和节奏崭新的诗风;题材再也不是"天鹅"一类的遐想,而是有血有肉的人和智利美好的风物。作为聂鲁达的代表作之一，这部诗无疑是西班牙语爱情诗歌中的高峰之作。

诗集出版之后，聂鲁达一下子成为智利年轻人的偶像。人们竞相传诵其中的经典段落，有些诗句甚至成为当时智利年轻人谈情说爱、传情达意的纽带。多年之后，聂鲁达一出席朗诵会，仍然被人们要求朗诵那首名为《今夜我能写出》的诗歌。今天，这部诗集已经出版了上亿册，在全世界拥有广大的读者群。智利作家和散文家博洛迪亚·泰特尔鲍姆曾说，聂鲁达虽然已经去世30多年，但是，如果他的诗不死，他就永远不会死。

这部诗集的主题是爱情。它与《船长的船》和《一百首爱的十四行诗》并称为聂鲁达的爱情三部曲。诗里有因爱情而绽放的笑颜，也有对恋人动情的赞叹，但更多的却是情到深处的孤独、永失真爱的痛苦和回忆甜蜜往昔时泛出的一点点心酸。"此情可待成追忆，只是当时已惘然。"插着这双苦涩爱情做成的翅膀，诗人穿越了时光的阴影、思念的长河，也穿过了世间的混乱扰攘。他用这无望却炽热的爱做生命的支点，与死亡、挫折、孤寂等人世的黑暗相抗衡。

诗集里不只是对爱情的歌颂，更有对生命本质的深刻认知。已成往事的爱情、真实而疼痛的经历赋予情诗更为厚重的质地、更加深沉的色泽。"虽然在某些时刻，他的爱情是荆棘丛中的玫瑰，是忧郁的岛屿，是孤寂的屋里疼痛的窗口，是掉入甜美的忧伤"，"但在更多时候，他的爱情是永不熄灭的火光，是无法折断的纤细荆棘，是穿过生命之树的奢华光芒，是倾泻于冰凉的生命枝叶上的温柔之火。"

聂鲁达的诗综合了智利民族诗歌的传统和西班牙民族诗歌的特色，兼容波德莱尔、兰波等法国现代派诗人的内涵和惠特曼的自由诗形式。作为他的早期作品，《二十首情诗与绝望的歌》带有较为浓厚的浪漫主义色彩。这些诗的结构像散文一般松散开放，使感情的流动发展更为自然，但诗人对于主题的强化又使每一首诗内部、诗与诗之间"形散而神不散"。

在后来出版的十四行诗集《一百首爱的十四行诗》中有一段献辞："我深知自古以来诗人们早就从各个面向，以优雅出众的品位，为十四行诗营造出像白银、像水晶、像炮火一样的声韵，然而，我十分谦卑地，以木头为质料创作这些十四行诗，赋予它们那不透明的纯粹物质的音响，传送到你耳边……"这段话对《二十首情诗与绝望的歌》也同样适用。聂鲁达的诗如木头一般质朴，但其中却自有一种强大的凝聚力，将这些分散的诗行融聚成完整的有机体。

JINGDIAN DAODU 经典导读

总是伤感的无言

聂鲁达曾经说，《二十首情诗与绝望的歌》是一本令人痛苦的田园风格的书，写的是青春期异常折磨人的情欲，还夹杂着智利南方令人惶惑的大自然。总是有人问他，这些情诗是写给谁的？女主人公是谁？聂鲁达在回忆录里狡猾地称，这个问题很难回答。在这本伤感而又热烈的诗集中，交替出现了两位或三位女子，或许可以叫她们玛丽索尔（Marisol 即 marry sol 大海和阳光）和玛丽松布拉（Marisombra 即 marry sombra 大海和阴影）。玛丽索尔是外省的爱情，她深邃的目光像广阔的星夜，又像特木科潮湿的天空。她的欢乐和生机勃勃的美充满诗集中的每一页，她的形象被海港的水和山上的半轮月儿所环绕。而玛丽松布拉则是首都的女大学生，戴着灰色的贝雷帽，有着最温柔的眼睛，是朝三暮四的学生式爱情飘散出的忍冬花的持久香气，是在都市隐蔽处激情幽会后身体的平静。也许还有一位叫做玛丽娅·帕罗迪的姑娘，诗人在 65 岁的时候曾经回忆过她："萨韦德拉港散发着大海和忍冬花的气味。每家的屋后都是带凉亭的花园，茂密的青藤透着忧郁和孤寂。就在那儿我遇到了黑眼睛的玛丽娅·帕罗迪。我们把纸条折得小小的藏在手心里传递给对方。后来我为她写了《二十首情诗与绝望的歌》的第 19 首。萨韦德拉港，它的码头、小艇、松树，还有那永无休止地扇动翅膀的银鸥，在诗集中处处可见。"

智利共产党领导人博洛迪亚·泰特尔鲍姆在为生前好友也是政治斗争中志同道合的战友聂鲁达撰写的权威传记《聂鲁达》中，颇为详细地介绍了这两位女子。玛丽索尔是一个叫特蕾莎的姑娘，在《黑岛记事》中，诗人称她为特鲁莎。1920 年的春天，特蕾莎当选为特木科的春光皇后，聂鲁达写诗向她祝贺，并发表在当地的报纸上。夏天，特蕾莎全家经常去特木科以西的萨韦德拉港度假，那是一处宽广然而忧伤、弥漫着无尽孤寂的海滨；恰好聂鲁达一家也会去那里度假。"许多年夏天，我们带着同样的家庭仪式回到那迷人的地方。在特木科严冬和海滨神秘的夏日之间，我日渐成长，读书，恋爱，写作。"

现在通常认为，《二十首情诗与绝望的歌》中的第 3、4、7、8、11、12、14、17 以及那支《绝望的歌》都是写给特蕾莎的，此外，《晚霞》中的《南方的海滨》以及《热情的投掷手》中的《女友，你不要死》等一些诗篇也是由她引发的。来到圣地亚哥之后，虽然聂鲁达身边不缺少女伴，但是他并没有忘记特木科的特蕾莎。但是最终，他们还是分手了。从特木科坐火车到圣地亚哥，需要漫长的一天一夜。聂鲁达不止一次在假期中回特木科和萨韦德拉港看望特蕾莎，特蕾莎也到过圣地亚哥。博洛迪亚说，不仅是地理距离还有社会距离分开了他们。据特蕾莎的侄女回忆，特蕾莎的双亲十分看不起聂鲁达低微的出身，还给他起了个带有侮辱意味的绰号"霍德"——这种黑翅膀的猛禽，是上流社会对铁路工人、诗人、艺人的蔑称，因为他们经常穿黑色斗篷、戴宽边帽子。特蕾莎的父母强烈反对他们的来往。特蕾莎虽然是一个活泼热情，很有个性的少女，但是她最终没能完全叛逆家庭，只好忍痛结束了这段少男少女青涩的恋情。

与活泼开朗的"玛丽索尔"不同，有着晚霞般面孔的"玛丽松布拉"姑娘非常内向。她的名字叫阿尔贝蒂娜·罗莎·阿索卡尔，和聂鲁达一样也是外省南方人，出生在阿劳科，那里是印第安人聚居的地区。从外貌来看，阿尔贝蒂娜和她的二哥鲁文·阿索卡尔都有着明显的印第安人血统的印记。聂鲁达和阿尔贝蒂娜学的都是法语，经常一起上课。像很多大学生一样，爱情就是课堂中萌发的。可惜好景不长。相处刚刚一年多，离阿尔贝蒂娜家很近的康塞普西翁大学也开设了法语课，她只好听从父亲的安排转到那里继续学习。一对恋人又得忍受离别之苦。从圣地亚哥到康塞普西翁相距500公里！聂鲁达别无他法，只好用一封封炽热激情的信排解自己的苦闷和孤独。……如果我们将这些情书与《晚霞》、《二十首情诗》、《热情的投石手》、《奇男子的引力》以及《大地的居所》等诗集中的一些作品对照阅读，就能够更深刻更透彻地理解诗句的内容和蕴涵。虽然这些诗集的风格不断变化，但是其中那个令诗人魂牵梦萦的女人没有变，始终是阿尔贝蒂娜。

（赵振江）

聂鲁达：幸福的绝望

在那样的一个傍晚。一个寂寞旅程里，捧起智利诗人聂鲁达，《二十首情诗与绝望的歌》，隆隆的火车上，有节奏的摇晃中，我翻开巴勃罗·聂鲁达，“一个复杂的人，一个才情卓越、少年成名、爱自然如同爱女人、美酒和佳肴，其情诗混合着深情和肉欲的伟大诗人，一个共产党员，一位视社会正义和诗艺同等重要的直言不讳的政治家，一位驻外大使、议员和总统候选人，诺贝尔文学奖得主。”

这是关于诺贝尔得主聂鲁达的一些介绍，我喜欢在无人的空旷的夜里读诗歌——尤其情诗。生命好比一首情诗，值得用心去书写。我记起自己翻阅诗歌的心情，惆怅的、温柔的、遥远的。诗联结我与神的低语。

在无人可思可想的情况下，念一首遥寄心情的诗歌。

思念的，纠缠的阴影在深邃的孤寂中。/你在远方，噢，比谁都远。/思念的，无拘无束的鸟群，消融的形象，/掩埋的灯。/雾霭的钟楼，在多么远的远方！/窒闷的哀叹，辗转的朦胧希望/沉默寡言的磨坊，/黑夜落向你，面庞向下，远离城乡。/你从外地来，陌生得像件物品。

远方的暮色沉下来，车内依旧有节奏的晃动，像婴儿在子宫里，封闭的黑给了一种安全与陌生，来自远方的召唤，诗人是那样不安分而忧郁的。

他是情欲的，一切的爱都是情欲的。他是有质感的，男人有质感会很诱人。欲中升华出光泽与质感，他是热烈而真挚的。他很原始很煽情，他一生在政治中激情不灭，在情人中流浪不息。

诗是生命的写照。情诗更是。

20首足够了。有人是8首，唐代李商隐的《无题》系列，同样悲伤而绝望，并且隐晦。像天边的沉月，发出乌蒙蒙的光。

我在去乌鲁木齐的火车上，沉醉地读着聂鲁达。卧铺下有人好奇地看我的书，很少有人在车厢里读诗歌，何况，是聂鲁达。

《二十首情诗与绝望的歌》
英文版封面

下面有人弹着冬不拉，脸色黝黑的新疆男人。他充满感性的音乐打动了我。让我感到这一切，似乎世界中有声音告诉我某种真谛。

爱是什么？是痛苦是激情是期待，是另一个人给予你的欢乐和深情。是生命里不可或缺的养分，是自然力中最不可抗拒的作用。

他复苏了一个大陆的命运和梦想。

我悄悄地合上书本。

诗人的痛苦击中了我。生命中只有两样不可缺少的，他说，诗歌，爱情。

我点头，诗人俏皮的深黑的眼睛，仿佛对我说：两条肋骨间一种明确的忧伤的痛苦。你摸到了吗？

我喜欢这种幸福的绝望，化为情诗的喃喃低语，一切的一切都那么好，因为无可复苏的时间与生命，它有回声，但无法抓住。

它的缺憾，让我活着自觉如一颗卑微尘埃，与我沉默的呼吸相应的是心脏的跳动。

我虔诚低下头去，合掌，如此我听到了你，你的生命就是一首情诗。他死了。他活着。因爱情而不朽。仅仅如此。

甚至，我忘了他所有身份，如同遗忘自己的一样。

（小　桥）

DASHI CHUANQI D大师传奇

聂鲁达原名内夫塔利·里卡尔多·雷耶斯·巴索阿尔托，1904 年 7 月 12 日出生于智利中部的小镇派罗。父亲是一位铁路工人，母亲是一名小学教师。他出生不久，母亲就因为严重的肺结核去世了。2 岁时聂鲁达随父亲搬迁至覃缪科城，在那里，父亲再婚。聂鲁达很爱他的继母，在他以后的诗作中有很多篇幅是献给这位母亲的。

聂鲁达 6 岁进入当地的特墨科男子学校。在那里，他遇到了对他的生活与日后的创作都起过重大影响的启蒙老师：智利著名女诗人、拉丁美洲第一位诺贝尔文学获得者加夫列拉·米斯特拉尔。1971 年获诺贝尔文学奖时，聂鲁达表示，这个奖应该属于加夫

聂鲁达

列拉。聂鲁达10岁就开始写作诗歌，13岁时就在特墨科《晨报》上发表了第一篇文章《热情与恒心》。但他的创作时常遭到父亲的反对和奚落，这使他感到难堪，于是就化名在报刊上发表诗歌。14岁那年，他读了捷克诗人扬·聂鲁达的短篇小说，印象很深，于是他就取“聂鲁达”为笔名；15岁时他以《理想小夜曲》一诗获得了玛乌莱省诗歌竞赛三等奖；16岁时，他离家来到首都圣地亚哥求学，进入智利教育学院学习法语，同时开始在塞尔瓦奥斯塔尔杂志上刊登短文和诗。19岁时他出版了第一部诗集《晚霞》。次年，他凭借诗集《二十首情诗与绝望的歌》获得巨大的声誉。

1927年，23岁的聂鲁达被智利政府委派出任驻缅甸领事。此后的8年里他先后到过锡兰、爪哇、新加坡、布宜诺斯艾利斯、巴塞罗那以及马德里。20世纪30年代中期，通过和革命诗人加尔西亚·洛尔加、拉斐尔·阿尔韦特的交往，他开始重新确定政治诗的方向。这期间出版了《热情的投掷手》和《大地的居所》，这两部诗集体现出一种突破，不仅是写作技巧上的，更是思想上的。

不久，西班牙内战爆发，洛尔加被法西斯分子杀害。聂鲁达为好友的去世感到悲愤，对西班牙人民反法西斯战争深表同情，创作于这一时期的《西班牙在我心中》在反法西斯前线广泛流传。1939年，被召回国的聂鲁达又重返欧洲，在巴黎任驻西班牙流亡政府领事。1940年至1943年间，他先后写了《献给玻利瓦尔的一支歌》、《献给斯大林格勒的情歌》等诗，出版了《葡萄园和风》、《在匈牙利进餐》、《沙漠之家》、《漫歌集》等诗集。智利总统拉戈斯说过：“聂鲁达用他的诗歌为拉丁美洲重新谱写了一部历史。”

1945年聂鲁达被选为国会议员，并获智利国家文学奖，同年7月他加入智利共产党。由于公开反对总统魏德拉以及被右翼极端分子控制的智利政府，他被驱逐出国。1949年，聂鲁达逃往墨西哥。逃亡期间，他曾到过中国、苏联，并在那里受到热烈的欢迎。放逐生活的后半段，他住在意大利靠海的一个小镇，每天听海、写诗。此间，他当选世界和平理事会理事，并获得斯大林国际和平奖。

当反对魏德拉势力的战斗在智利国内取得胜利，对左翼分子的拘捕令被撤销后，聂鲁达终于在1953年回到久别的故国。当时苏联文坛形势紧张，政府实行思想独裁，《日瓦戈医生》的作者帕斯捷尔纳克被打上反动标志驱逐出境。聂鲁达在1958年的选集

《放纵》中反思了他的马克思主义理想。1957 年，他在布宜诺斯艾利斯访问期间被逮捕。此后，他开始旅行，先后到过古巴和美国。1970 年阿连德当选智利总统，聂鲁达被任命为驻法大使。

1973 年，智利政界风雨飘摇，聂鲁达罹患前列腺癌已到晚期。在病床上撰写回忆录之余，他也在焦急等待着电视机或收音机传来最新消息。9 月 11 日，智利右翼军人发动政变，推翻了阿连德政府，总统以身殉职。很快，政变士兵到聂鲁达家的花园掘地三尺寻找武器。聂鲁达坦然道："你们在此地能找到的唯一武器，就是文字。"12 天后，诗人凄然离世。

聂鲁达经历了 3 次婚恋。1930 年，他担任驻巴达维亚领事时认识了荷兰裔爪哇女子哈根娜，这段婚姻只维持到 1936 年。

1934 年，聂鲁达被派驻西班牙，在马德里与大他 20 岁的卡丽儿一见钟情。卡丽儿的父亲是阿根廷富有的牧畜者，她曾嫁给一位纨绔子弟，有过一段荒唐糜烂的生活。她认识毕加索、阿拉贡等画家、诗人，政治嗅觉敏锐，机灵迷人，好客又好斗。很快，她成了聂鲁达的导师、母亲兼恋人，搬进他家，鸠占鹊巢，逼退原配。直到 1943 年他们才在墨西哥举行了一场不为智利法律承认的婚礼。

1946 年智利总统大选期间，经友人介绍，聂鲁达与玛提尔德在森林公园户外音乐会上相识。1949 年 8 月在墨西哥养病期间，二人再度相遇，就此开始了秘密的恋情。玛提尔德暗中随聂鲁达夫妇做平行旅行。1952 年两人在意大利度过了一段愉快时光。聂鲁达在那不勒斯匿名出版了诗集《船长的诗》，这是对玛提尔德爱情的告白，直到 1963 年他才承认是此书作者。对于丈夫的私情，卡丽儿一直蒙在鼓里，直到有一天女管家向她透露实情。70 岁的卡丽儿毅然离去。1955 年，聂鲁达结束双重生活，与玛提尔德同住，1966 年 10 月，他们在智利举行了婚礼，完成合法手续。

YANSHEN YUEDU 延伸阅读

聂鲁达的《漫歌集》是一部包含 15 首诗歌的史诗。它气势磅礴，感情激昂，是拉丁美洲诗歌中不可多得的佳作。诗人在诗中表达了自己深厚的爱国之情、思乡之意，同时也喊出了拉丁美洲各国人民的声音。作为史诗，《漫歌集》艺术地总结了拉丁美洲历史，古代印第安文化历史，侵略与反侵略的斗争史，独立战争的斗争、英雄人物，也总结了 20 世纪 40 年代的世界形势。

※ ※ ※ ※

《一百首爱的十四行诗》出版于 1959 年，是他与第三任妻子玛提尔德爱情的记录与信物。作为一部十四行诗集，它分成早晨、中午、傍晚和夜晚四部分，季节的变化、死与生、爱中的喜与悲交互闪现。这是诗人一天的作息，也是一生的作息。同样是十四行诗，但与古典大师——譬如西班牙的葛维铎、龚果拉，英国的莎士比亚相比，聂鲁达的十四行诗很少遵循传统框架。传统十四行诗讲究押韵和格律，对情感的密度与辩证的张力有很高的要求。而聂鲁达的十四行诗则带有散文的神韵气质，情感表达流畅自然，较少受形式的束缚。这部诗集是十四行诗历史上的一个标志，不仅见证了聂鲁达的创作才华，也为这一古老诗体注入了新的生机与活力。

※ ※ ※ ※

《大地的居所》是聂鲁达在越南、锡兰、爪哇等地任职期间创作的诗集。这一时期一方面由于他远离祖国感到苦闷、孤独，另一方面殖民地悲惨、贫穷的现实使他感到失望、悲观，心情恶劣。因而这部诗集突破了现实主义的传统风格，用充满象征、比喻的神秘语言和自由诗体来发泄苦闷和绝望，表现畸形的阴暗世界。《大地的居所》一般被认为是超现实主义的代表作。卡尔洛斯·巴布勒梯说："只有深入到《大地的居所》的实质深处，才能找到诗人：在可怕的吞食人的自我认识之中，他的创作才能在人生的痛苦、忧郁中成长，沿着自己的轨道发展。"这部超现实主义的高峰作品表现了诗人那颗奇特、痛苦、阴影重重的心。

李白诗选

李白(中国·唐代 701—762)

李白的诗作,忠实地绘载了他一生的思想和经历,也展现了盛唐时代历史发展的踪迹和时代精神。可以说,它是记录诗人悲欢、国家盛衰的一支晴雨表。

——《唐诗英华》

唐代是中国历史上最具光彩的时代,唐朝开朗雍容的气度在整个封建社会空前绝后。在群星灿烂的盛唐诗坛,李白是一颗光彩夺目的巨星。贺知章一读到李白的《蜀道难》,就惊叹他是"谪仙人"。从此,李白便有了"诗仙"的美誉。"李白斗酒诗百篇,长安市上酒家眠。天子呼来不上船,自称臣是酒中仙。"这是杜甫《饮中八仙歌》中写李白的几句诗,它像一幅素描,把李白狂放不羁、不阿权贵的性格生动、形象地表现了出来。他那自由率真的诗仙风度,倾倒了当代和后世无数的读者。中国人几乎没有不知道李白的,这位站在盛唐诗坛高峰之巅的大诗人,在中国诗歌发展史上有着重要的地位和深远的影响,堪称中国诗坛第一人。

李白作为盛唐代表作家之首,是当时作品最多、成就最高、最负盛名的诗人,也是继屈原之后,中国古代积极浪漫主义的又一高峰。他和杜甫等人共同推进并完成了陈子昂所开创的诗歌革新的伟业,为唐诗的繁荣与发展打开了新的局面。他的作品成为中国诗歌史上的辉煌篇章,他开创了中国古代诗歌的黄金时代。作为中国文学史上最伟大的诗人之一,李白与杜甫并称"李杜",韩愈有诗云:"李杜文章在,光焰万丈长。"李白的诗歌成就对当时及后代众多的诗人和词人,如李贺、李商隐、苏轼、陆游、辛弃疾、龚自珍等都有很大的影响。

天地之道,得之于心,然后吐之为文章,这就是李白的诗歌。他一生创作了大量的作品,他的诗追求自由理想,揭露政治黑暗,抨击权贵,蔑视礼教,描绘祖国河山,同情人民疾苦,歌唱友谊亲情;在艺术上则想象丰富,夸张大胆奇特,情绪饱满强烈,气势恢弘豪迈，格调崇高壮美，结构变幻莫测，语言自然明净。诗人自身的人格精神与诗作完美结合，浑然一体，洋溢着永不衰竭的创造力，读李白的诗也就是在读他这个人，读他灿若流星的闪亮一生。

《李白诗选》收录了李白流传下来的众多诗篇，采用编年形式，比较清晰地反映出李白不同时期的诗风特点，有助于读者结合诗人的遭遇，更好地通过诗歌了解他的一生。其中的名篇佳句，不胜枚举，千百年来脍炙人口，震撼了盛唐，也震撼了所有读者的心灵世界。

KUANGSHI JIEZUO K旷世杰作

《李白诗选》收录的经典诗篇，既是诗人一生心路历程的真实反映，也是盛唐社会现实和精神生活面貌的艺术写照。李白一生抱负远大，他毫不掩饰自己对功名事业的向往。《梁甫吟》、《读诸葛武侯传书怀》、《书情赠蔡舍人雄》等诗篇对此都有绘声绘色的展露。李白少年时代就喜好任侠，写下不少游侠诗，《侠客行》是此类诗的代表作。在长安的政治生活对李白的创作产生了深刻的影响。他的政治理想与黑暗现实发生了尖锐矛盾，胸中淤积了难以言状的痛苦愤懑。愤怒出好诗，他写下了《行路难》、《古风》、《答王十二寒夜独酌有怀》等一系列仰怀古人、壮思欲飞、自悲身世、愁怀难遣的著名诗篇。李白大半生过着流浪生活，游历名山大川，写下了大量赞美祖国河山的优美诗篇，借以表达自己酷爱自由、渴望解放的情怀。在这类诗作中，奇险的山川与他叛逆不羁的性格得到完美契合。这种诗在李白的诗歌作品中占有不小的数量，被世代传诵，其中《梦游天姥吟留别》是最杰出的代表。诗人以淋漓挥洒、心花怒放的诗笔，无拘无束地舒展想象的翅膀，写出精神上的种种历险和追求，让苦闷、郁悒的心灵在梦中得到真正解放。一句“安能摧眉折腰事权贵，使我不得开心颜”，更使诗人的一身傲骨展露无遗，成为后人考察李白伟大人格的重要依据。

作为一个热爱祖国、关怀人民、不忘现实的伟大诗人，李白十分关心战争这一重要问题。他对保卫边疆的将士予以热情的歌颂（如《塞下曲》），对统治者的穷兵黩武则给予无情的鞭挞（如《战城南》、《丁都护歌》等）。此外，他还写了不少乐府诗，描写劳动者的艰辛生活，表达对他们的关心与同情（如《长干行》、《子夜吴歌》等）。

他的诗具有“笔落惊风雨，诗成泣鬼神”的艺术魅力，这也是他的诗歌最鲜明的艺术特色。作为一个浪漫主义诗人，李白调动了一切浪漫主义手法，使诗歌的内容和形式达到了完美的统一。李白的诗，自我表现的主观抒情色彩十分浓烈，感情的表达具有一种排山倒海、一泻千里的气势。他入京求官时，“仰天大笑出门去，我辈岂是蓬蒿人！”想念长安时，“狂风吹我心，西挂咸阳树。”这些诗句都是极富感染力的。

极度的夸张、贴切的比喻和惊人的幻想，让读者感受到的却是高度的真实。在读到“抽刀断水水更流，举杯消愁愁更愁”，“白发三千丈，缘愁似个长”这些诗句时，读者不能不被诗人绵长的忧思和不绝的愁绪所感染。李白的这一艺术表现手法在《梦游天姥吟留别》、《蜀道难》等诗中表现得尤为突出。

李白常将想象、夸张、比喻、拟人等手法综合运用，从而造成神奇瑰丽的意境，因此李白的浪漫主义诗歌才给人以豪迈奔放、飘逸若仙的韵致。他的语言正如他的两句诗所说，“清水出芙蓉，天然去雕饰”，明朗、活泼、隽永。

J 经典导读 JINGDIAN DAODU

由《李白诗选》透视唐代诗歌精神特质

读过《李白诗选》，来给李白画个像，非写意笔法不能显其神貌，白描则不可。铺七尺长卷，笔落酣情，非一气呵成不能现其风采，气韵顿挫则不可。惟其超拔飘逸与雄奇豪迈，方能称之“谪仙人”，他用手中如椽巨笔奏响了唐代诗歌的最强音，若闻天籁，令人思之、慕之、拜之、神往之、倾倒之。

唐代诗歌有着独具魅力的时代风格与时代精神：博大、雄浑、深远、超逸、充沛的活力，浓郁的激情，不息的生命力，崭新的生活体验，以壮阔为美的审美情趣，积极进取的人生态度——这一切合起来就成为唐代诗歌与其他朝代诗歌相区别的特色。唐代诗人们以王者的姿态开辟出异彩纷呈的块块疆土，这样一个时代培育出来的人物，或者说，出现于这样一个时代的天才，往往是极其富有魅力的。李白的魅力便是那么的动人，像具有不可思议的魔法。他以一种震撼的力量征服了当时以及后世许多代读者的心。贺知章在长安初次遇到李白，诵《蜀道难》，呼之为“谪仙人”，解下腰佩金龟换酒与之畅饮同欢；杜甫在赴长安应试途中与李白相遇，竟然放弃考试，跟随李白漫游了许多地方，别后仍念念不忘，赞之曰“笔落惊风雨，诗成泣鬼神”。还有一个叫魏万的人，为了一睹李白的风采，从嵩宋出发追寻李白几千里，终于在广陵相会，言李白诗曰“鬼出神入”。只有辉煌的时代，才能为辉煌的人物提供张扬个性的条件。

《李白诗选》里洋溢着一股涵盖天地的雄浑之气。“俱怀逸兴壮思飞，欲上青天揽明月。”这种博大壮阔的情怀可以说是唐代诗歌的基调。庄子所言“天地有大美而不言”，以盛大为美似乎已成为唐代诗人创作精神中的支柱。或儒或道或侠或禅，种种表现之下，有一个基点，那就是诗人们内心中无比崇高的对壮美的向往。无论是理性冷静的儒学家，还是超脱凡俗的道学家，无论是豪迈勇武的仗剑侠士，还是玄而又玄的带发禅师，一旦出现在唐代这个特殊的历史舞台上，就全都不可避免地固执起来，他们可以在自己的诗歌中摒弃某一种风格，如儒家没有道家的“无为”思想，侠客没有禅师的出世之心，可是却不能违背这个时代如此统一的审美观。这样一种环境所造就的诗人，笔下自会大气，千载之下仍能令懦者勇、弱者壮。他们并不是没有愁，李白就经常把愁字挂在嘴边。“白发三千丈，缘愁是个长”，“乱我心者，今日之日多烦忧”，“君不见高堂明镜悲白发，朝如青丝暮如雪”，“抽刀断水水更流，举杯消愁愁更愁”，但只要将李白的愁与柳永的“多情自古伤离别，更哪堪冷落清秋节”，李煜的“问君能有几多愁，恰似一江春水向东流”比一比，就会觉得李白愁得有力，愁得健康，愁得有气派。“五花马，千金裘，呼儿将出换美酒，与尔同销万古愁。”这是一种豪情万丈的愁，愁中自有一股浩然之气，愁中自有一段唐人风流。

唐代诗歌之所以气象万千，在于唐代政治的开明与开放。一旦政治对思想的禁锢和束缚减弱，社会环境宽松，那么人的思想就会自由起来。不但是个人的思想没有了籓篱，各种流派的思想的交流也更加自由与深入，最后互相渗透同化，这种情况表现在诗歌创作方面就是丰富多彩，表现在人的个性方面就是博大精深。在李白的身上，就兼备了儒道侠禅各家的特质，“安能摧眉折腰事权贵，使我不得开心颜”，儒家的傲岸坚强；“且放白鹿青崖间，须行即骑访名山”，道者的避俗离浊；“停杯投箸不能食，拔剑四顾心茫然”，侠者的任性狷狂；“举杯邀明月，对影成三人”，禅者的玄思独绝。真是难以想象，在一个人的身上，怎能呈现出如此丰富的景观，且并不是流于表面，而是从心灵深处透出来的一种融合万物，顺应自然的美。也许在我们每个人身上也或多或少的受着各种流派的影响，各种思想在我们的头脑中交锋，有的被杀死，更多的是在冲突中走向融合。或者说，根本不存在各种思想流派的分别，他们本来就是构成人的整个思想的各个零件，就像万物组成了世界的自然和谐。人为的硬生生的割裂并不是一种客观的态度。所以说，李白的思想不胜在多样而胜在健全，唐代诗歌的精神特质不胜在丰富而胜在完整。

李白生在唐代，幸矣；唐代拥有李白，甚幸矣。用余光中的《寻李白》作为这次对唐代与李白的激情巡礼的结语是再合适不过了：“酒入豪肠，七分酿成了月光，剩下的三分啸成了剑气，绣口一吐就半个盛唐。”

（佚　名）

诗仙风流

李白是中国古代诗人中，甚至也是中国古代文人中少有的独具个性的一位。在盛唐的开元、天宝时代，其他诗人往往在高蹈与进取之间徘徊，以出世掩饰着自己急于入世的心理的时候，李白却既毫不掩盖他对功名事业的向往，同时又因为自己绝对无法接受那些取得富贵利禄的附加条件而弃之如垃圾。他热爱现实生活中一切美好的事物，而对其中不合理的现象毫无顾忌地表示轻蔑，哪怕对方是能定人生死的权贵。这种已被现实的牢笼牢牢地束缚，却不愿意接受这种束缚，反过来却想征服现实的态度，成为后代中国人反抗黑暗势力与庸俗风习的一股强大的精神力量。这就是李白的独特的文化性格，和杜甫那种始终以严肃的、悲悯的心情注视、关心和反映祖国、人民的命运那种现实主义精神，是相反而又相成的。

李白最迷人的是他面对权贵表现出来的骄傲。在李白，骄傲是一种最强烈的自信，来自于盛唐这个最让中国人自豪的时代。那种充满生机的昂扬向上的时代精神，渗透到了李白的血液里，表现在李白的诗作中。他从不怀疑自我，所以有“天生我材必有用”。李白把孔子以来以内向为主的人文精神，转向了对外开放。通过他的诗，我们看到了一个人真实的内心世界。他身上最能体现的是一种人的觉醒，是一种自我感情的无拘无束的释放，《李白诗选》所收录的作品从内容到表现形式，无拘无束，活泼、自然而生动，表现出一种独有的美感。这种独特的美感究竟是李白的诗歌怎样的特殊风格引发的呢？

一是平易近人。李白的诗歌，少用生僻字，所用的典故绝大部分是人们熟知的，诗句口语化，思路很清晰，读者容易理解。他的《静夜思》：“床前明月光，疑是地上霜。举头望明月，低头思故乡。”真正明白如话。甚至于自比为李白的苏轼竟说这样的作品“伤于易”，换句话就是太平易了，成了毛病。

二是自然淳朴。李白的诗，淳朴自然，不事雕饰；抒内心之情，不肯扭曲，真正是情真意切，文从字顺。读李白诗，就好像和一个胸怀坦荡、率真质朴又远见卓识、文采飞扬的老朋友谈天，无拘无束，飘飘欲仙。

三是孤独高洁的形象。李白的诗，塑造了许多动人的形象。这些形象的共同特点是高洁，热情饱满，不与世俗同流合污。壮志难酬，愤懑可知。但李白却坚信“天生我材必有用”，能够靠自信来排解。李白后来更看穿了世情和整个封建社会的黑暗，干脆去寻仙访道。这就是在他的诗中，许多以月亮为歌咏对象的作品的来由。《把酒问月》就是其中的一首：“青天有月来几时？我今停杯一问之。人攀明月不可得，月行却与人相随。皎如飞镜临丹阙，绿烟灭尽清辉发。但见宵从海上来，宁知晓向云间没？白兔捣药秋复春，嫦娥孤栖与谁邻？今人不见古时月，今月曾经照古人。古人今人若流水，共看明月皆如此。惟愿当歌对酒时，月光长照金樽里。”诗歌塑造了一个永恒、美好、神秘的月的形象，同时也塑造了孤独高洁的诗人自己的形象。

四是想象奇特、新颖，处处使人耳目一新，浮想联翩，使人读他的诗有飘飘欲仙的感觉。《蜀道难》一诗，抒写蜀地山川的雄奇壮丽，以及对它的倾慕和热爱。从秦到蜀，从京城长安到锦城成都，上至连天的高峰，下临万丈的深渊；时代不同，有远古的开国君主，近到现任地方的守令；仙凡远隔，五位开山的勇士，太阳神与它的坐骑，李白都能精诚所至，招之而来。他用强烈的对比和多种修辞手法的综合运用，创造出雄奇的意境，寄托着广阔的胸襟，豪迈的气魄，和对神奇险峻境界的追求。挑战黑暗腐朽的势力，做无所畏惧的强者，是诗人的自信和追求。

李白是中国传统文化哺育出来的骄子。千百年来，李白的诗歌是中国人必不可少的精神食粮。

（佚　名）

DASHI CHUANQI 大师传奇

李白，字太白，号青莲居士，陇西成纪（甘肃秦安西北）人，其先祖于隋末战乱逃至碎叶（今吉尔吉斯共和国托克马克附近），李白即出生于此。李白少年时代的学习范围很广泛，除儒家经典、古代文史名著外，还浏览诸子百家之书，并“好剑术”。他相信道教，有超脱尘俗的思想，同时又有建功立业的政治抱负。他青少年时期在蜀地所写诗歌，留存很少，但已显示出突出的才华。

李白约在 25 岁时出蜀东游。在此后 10 年内，他漫游了长江、黄河中下游的许多地方，并在安陆（今属湖北）与唐高宗时任宰相的许圉师的孙女结婚，后徙居任城（今山东济宁）。李白不愿像当时一般士人那样通过科举考试取得官位，而企图通过隐居山林和广泛的社会结交来培养声誉，获得帝王赏识，得到擢用。开元十八年(730)左右，他曾到长安争取政治出路，但失意而归。天宝元年(742)，因玉真公主等人的推荐，李白被召入长安，供奉翰林，作为文学侍从之臣，参加草拟文件等工作。时值玄宗后期，政治日趋腐败黑暗，李林甫把持政权，贤能之士屡遭排斥和迫害。秉性耿直的李白对黑暗势力不能阿谀奉承，因而遭受谗言诋毁，不满两年，即被迫辞官离京。此时期他的诗歌创作趋于成熟，名篇迭出，代表作有《长干行》、《乌栖曲》、《蜀道难》、《子夜吴歌》等。

李　白

此后 11 年内，心情苦闷的李白“浪迹天下，以诗酒自适”。他仍然关心国事，希望重获朝廷任用。天宝三年，李白在洛阳与杜甫相识，结成好友，同游鲁豫，携手探胜，把酒论文，亲密无间，成为中国文学史上的佳话。次年两人分手，此后未再会面，但彼此都写下了感情深挚的怀念诗篇。天宝十四年，安史之乱爆发，李白正在宣城（今属安徽）、庐山一带隐居。他怀着消灭叛乱、恢复国家统一的志愿，参加了率师由江陵东下的永王幕府工作。不料永王违抗圣命，想乘机扩张势力，结果被肃宗派兵消灭。李白因此获罪，被系浔阳（今江西九江）狱，不久流放夜郎（今贵州桐梓一带）。幸而途中遇到大赦，得以东归，时已59岁。诗人晚年流落在江南一带。61岁时，听到太尉李光弼率大军出镇临淮，讨伐安史叛军，他还北上准备从军杀敌，半路因病折回。次年在他的从叔——当涂（今属安徽）县令李阳冰的寓所病逝。这时期的代表作品，安史之乱以前有《梦游天姥吟留别》、《将进酒》、《远别离》、《宣州谢朓楼饯别校书叔云》等，安史之乱以后有《古风·西上莲花山》、《永王东巡歌》、《庐山谣寄卢侍御虚舟》等。

YANSHEN YUEDU 延伸阅读

《谢宣城集》是南朝诗人谢朓的传世诗集。谢朓字玄晖，祖籍太康，与谢灵运同族。谢灵运是我国山水派诗歌的创始人，谢朓则集其大成。谢朓的诗歌一向以清新雅致见长，对唐代诗风产生了莫大影响。梁武帝则说："三日不诵玄晖诗，即觉口臭。"太白诗云："蓬莱文章建安骨，中间小谢又清发。"历来评论家大都认为谢朓的诗已有唐人气息，在诗歌史上起着承前启后的作用和地位。

※ ※ ※ ※

《鲍参军集》是南朝诗人鲍照的作品集，其中收录的诗作有200余首。诗圣杜甫曾以"清新庾开府，俊逸鲍参军"的诗句来称颂李白诗的风清骨俊。鲍照字明远，原籍上党。他与谢灵运、颜延之并称为"元嘉三大家"。不幸的身世促成了他的文学成就，其诗歌造诣远超过以颜延之为代表的"错彩镂金"式的"士大夫之雅致"。他的诗以俊逸豪放、奇矫凌厉的独特魅力，不仅征服了同时代的许多读者、诗人，而且深得后代诗人与诗论家的赞许。

杜甫诗选

杜甫(中国·唐代 712—770)

成不朽之杰作,登诗艺之高峰。大哉诗圣!

——著名学者 沈伯俊

杜甫与李白一向被视为唐诗世界中两座并峙的高峰,他们构成了唐诗的分野。大唐帝国最为辉煌的年代成就了李白豪迈奔放、飘逸若仙的诗风,而杜甫的诗却滋长于安史之乱前后数十年天下瓦解、遍地哀号的苦难之中。作为一个赤诚的儒者、一个以诗名世的精英,杜甫忠实地描绘出了时代的面貌和自己内心的悲哀。杜甫善于运用各种诗歌体式,他的五、七言律诗和五、七言古体诗,在唐代都是第一流的。宋代学者称杜甫为"圣于诗者",把他视为诗歌史上的"集大成"者,一位无体不工、无美不备的诗人。而杜诗深入社会、关切政治和民生疾苦、重视写实的创作倾向,和由此带来的语言表现形式方面的一系列变化,则标志了唐诗内容与风格的重大转折,对中唐以后直至宋代诗歌的发展,造成了深刻的影响。

中国古代诗歌是与博大精深的儒家密不可分的,中国古代的绝大多数诗人都以儒家思想为创作之本,然而这些难以计数的大批诗人中真正弘扬了儒家思想、在儒学史上占有重要地位的,唯有杜甫一人。这位以"儒生"自命的诗人,对先贤孔孟所倡导的忧患意识、仁爱精神、恻隐之心、忠恕之道有深刻的理解,他内心深处永远激荡着悲天悯人的人道主义精神。这种精神深入其骨髓、融入其血液,也使他的诗篇以强烈的感情打动了古今一代又一代读者的赤诚之心。人们欣赏杜诗所受到的儒家观念的感染,绝不会亚于阅读儒家经典。

杜诗被誉为"诗史",而他本人则被尊为"诗圣",在中国文学史上享有崇高的地位。杜甫的诗集前代之大成,内容上地负海涵,成一代诗史;艺术上沉郁顿挫,波澜老成,深受后世推崇。《杜甫诗选》依据学术界最新研究成果,精选杜诗代表作 193 首,依创作时间先后顺序编排,详加题解、注释,对了解、研究杜诗均甚有裨益。

KUANGSHI JIEZUO 旷世杰作

《杜甫诗选》深刻反映了唐代安史之乱前后的社会全貌，生动地记载了杜甫一生的生活经历。诗集把社会现实与个人生活紧密结合，达到了思想内容与艺术形式的完美统一，代表了唐代诗歌的最高成就。杜甫以诗写史，在深刻广泛反映现实的同时，通过独特的艺术手段表达自己的主观感情，因而杜诗被后人称为“诗史”。正如浦起龙所云：“少陵之诗，一人之性情，而三朝之事会寄焉者也”（《读杜心解》）。

天宝后期以来，杜甫写了大量时事政治诗。短篇如《洗兵马》、《有感》、《丽人行》、《三绝句》、《病橘》、《茅屋为秋风所破歌》、《又呈吴郎》，长篇如《夔州书怀》、《往在》、《草堂》、《遣怀》，内容各异，但都是个人情感与事实相结合，抒情色彩较浓。战争诗在杜诗中数量很大。杜甫对不同性质的战争态度不同。反对朝廷穷兵黩武，消耗国力的有《兵车行》、《又上后园山脚》等；支持平息叛乱，抵御外侮的有《观安西兵过赴关中待命二首》、《观兵》、《岁暮》等。“三吏”、“三别”中，诗人同情人民的疾苦，愤恨野蛮拉丁，但大敌当前，兵源缺乏，他只能忍痛含泪劝慰被征者，表现出作者内心尖锐复杂的矛盾冲突。杜甫有不少歌咏自然的诗，歌咏的对象，往往既联系自己，也联系时事，是情景与时事的交融。最具代表性的是《春望》、《剑门》。

杜甫还有些歌咏绘画、音乐、建筑、舞蹈、用具和农业生产的诗，同样贯注了作者的感情，具有时代特色。杜集中也有些诗，时代气氛不浓，个人感情较淡泊，尤其是在成都草堂创作的一部分诗，表现了他经过长期漂泊，得到暂时休息后的心境。在《屏迹》、《为农》、《田舍》、《徐步》、《水槛遣心》、《后游》、《春夜喜雨》等诗中，诗人表达了对花草树木、鸟兽鱼虫的细腻观察、无限喜爱和深刻体会，体现了杜甫诗歌和为人的另一侧面。杜甫怀念亲友的诗，大都缠绵悱恻，一往情深。如《月夜》、《月夜忆舍弟》。众多怀友诗中，以怀念李白的诗最为突出，表现了他对李白的推崇和情谊。杜甫还以诗论诗，在《戏为六绝句》、《偶题》、《解闷十二首》（其四至其八）中，表达了“转益多师”、“别裁为体”，扬弃古今而自铸伟辞的艺术主张。

杜诗体制多样，博采众长，兼工各体，并能推陈出新，别开生面。他的五言古诗熔感事、纪行、抒怀于一炉，博大精深，开唐代五古新境界，代表作有《自京赴奉先县咏怀五百字》、《北征》、《羌村》、《赠卫八处士》、“三吏”、“三别”。七言古诗长于陈述意见，感情豪放、沉郁，风格奇崛峭拔，如《醉时歌赠郑广文》、《洗兵马》、《茅屋为秋风所破歌》、《岁晏行》等。他的五、七言律诗功力极高，五律如《春望》、《天末怀李白》、《后游》、《春夜喜雨》、《水槛遣心》、《旅夜书怀》、《登岳阳楼》；七律如《蜀相》、《野老》、《闻官军收河南河北》、《宿府》、《白帝》、《诸将五首》、《秋兴八首》、《登高》等，后人鲜有出其右者。此外，他的绝句即景抒情，反映时事，别开异径。

杜甫一生，经历了唐玄宗、唐肃宗、唐代宗三个皇帝统治的时期，这个时期也正是唐王朝由太平盛世转到衰落的大动荡时期。杜甫的伟大的现实主义诗歌是这个时期社会生活的真实记录，具有很高的史学价值，所以人们称杜诗为“诗史”，称杜甫为“诗圣”。杜诗以其广阔深刻的内容、真挚浓郁的感情和艺术上的创新发展，给后世以广泛的影响。很少有人像杜甫这样在全方位的角度上挖掘，几乎在每一个角度上都挖出了富矿，达到了登峰造极的高度。“诗圣”杜甫一生潦倒，“百年歌自苦，未见有知音”，但死后受到韩愈、元稹、白居易等人的大力揄扬，宋以后王安石、苏轼、黄庭坚、陆游等人对杜甫更是推崇备至，文天祥更以杜诗为坚守民族气节的精神力量。

被后人尊为“诗圣”的杜甫，为中国的人文精神树立了忧国忧民的百世楷模，为中国的诗歌艺术树立了沉雄博大的最高标准。

JINGDIAN DAODU

经典导读

杜甫的社稷情怀

在万紫千红的唐诗国度里，杜甫是一个巨大的存在。作为中国古代最伟大的现实主义诗人，他被尊为“诗圣”，与“诗仙”李白并驾齐驱，其作品则被公认为“诗史”。仅就艺术成就而言，他也是中国诗歌史上造诣最高、修养最全面、创新精神最强的一位诗人，无论是古体还是近体，五言还是七言，叙事诗还是抒情诗，他无一不能，无一不工，堪称诗坛的“全能冠军”，名篇佳句之多，可谓无与伦比。“会当凌绝顶，一览众山小”、“读书破万卷，下笔如有神”、“烽火连三月，家书抵万金”、“酒债寻常行处有，人生七十古来稀”、“好雨知时节，当春乃发生”、“尔曹身与名俱灭，不废江河万古流”、“锦江春色来天地，玉垒浮云变古今”、“窗含西岭千秋雪，门泊东吴万里船”、“无边落木萧萧下，不尽长江滚滚来”……这些明白晓畅而又精粹警策的诗句，滋润着一代又一代读者的心田，成为我们民族永远珍爱的瑰宝。

不过，我认为，杜甫最令人敬仰、最难以企及之处，还是他那高度的爱国主义和深刻的大众情怀。

一个真正优秀的诗人，总是与祖国生死相依，与人民呼吸相通的。无论何时何地，他始终关心着祖国的命运、人民的疾苦。对于祖国的大好河山、民族的优秀传统，他奉献深情的歌颂和衷心的赞美；对于侵犯祖国的外敌、残害人民的蟊贼、祸国殃民的统治者，他给予无情的揭露和愤怒的鞭挞。顺遂时，他不会沉醉于安富尊荣；贫贱时，他不会沉沦于一己的辛酸。只有当这种深刻的挚爱之情升华为时代的精神，凝结为不朽的诗篇，他才担当得起“伟大”二字。而杜甫，就正是这样的伟大诗人。

历史上曾有许多富有才华的诗人，写过无数为人传诵的佳作，我们衷心地敬佩他们的锦心绣口，永远铭记他们的美好诗篇，不过，平心而论，在爱国爱民这个根本点上，他们虽也有自己的长处，但大多不及杜甫的执著、博大与深刻。因此，我们对他们的敬意也就不能不稍逊于杜甫。尽管后人可以指出杜甫的某些思想局限，但是，他那心忧天下的爱国主义情怀，却继承和发扬了中华民族的光荣传统，千百年来，一直受到人们的高度敬仰和深情歌颂。

（沈伯俊）

杜甫：时代和生活的良心

岱宗夫如何？齐鲁青未了。造化钟神秀，阴阳割昏晓。

荡胸生层云，决眦入归鸟。会当凌绝顶，一览众山小。

这首《望岳》是诗人在公元736年第一次游历齐赵期间写下的。一二句说远望之色，三四句写近望之势，五六句写细望之景，七八句虚摹极望之情志，处处突出一个“望”字，全诗色调对比强烈，造语奇崛，气象阔大，体势飞动，音韵铿锵，显示出青年杜甫非凡的诗歌艺术功力和对于生命、生活及前途充满了乐观和自信，洋溢着积极向上、一往无前的乐观主义精神。事实上，正是从《望岳》开始，一位前无古人、后无来者的伟大诗人终于用一生的时间穿过时代的黑暗走廊，登上了“一览众山小”的中国古典诗歌艺术高峰。

在唐代灿若群星的诗人群里，只有李白堪与杜甫比肩。李白的诗充分表达了那个时代，反映了大唐帝国蓬勃向上的精神风貌。而杜甫则完全不同，安史之乱沉重打击了李唐王朝，诗歌的声部从此让位于杜甫那沉郁顿挫的悲怆之声。前人认为，李白的诗才得自天授，率意天成，不事雕琢；杜甫的诗学养丰赡，法度严谨，扎实硬朗，更多锤炼功夫，乃人力之极致，青年时把玩李诗，到老年转而把玩杜诗，这些说法都颇有见地。李白和杜甫，乃是同一诗心在不同时代发出的不同声响。诗歌的声音变了，因为时代的现实变了，对诗人研磨的力度变了。如果说李白天马行空、独往独来、使气任性的诗篇，最大限度地满足了后世读者个性张扬的白日梦，那么，杜甫的诗则沉潜到时代生活的最深处，深深地触及了生活的河床，容纳了他那个时代最为深广的生活内容。杜甫的诗艺，题材广阔，纵横挥洒，炉火纯青，达到了化境。有论者认为，古典诗到杜甫这里就到头了，本人深以为然。杜甫在诗歌艺术上的集大成性，从两方面说：一是从题材，杜甫诗歌的题材是最宽泛的，什么都可以入诗，除了那些抒情诗的传统题材，举凡老吏捉人、新婚夫妇别离、向前线开拔的军队、朝廷里的政治事件、公孙大娘舞剑、曹琨画马、个人的经历等等，都得以挟取入诗，并在杜甫的诗里化为绝唱。诗歌的题材对杜甫而言从来不是一个问题。他用诗写传记、写游记、写自传、写奏议、写书札，大凡别人用散文来写的，他都可以用诗的形式来写。在他之前，七言律诗多为歌功颂德和赠答酬别之作，杜甫却用来抒写现实。他的现实主义的创作精神和“即事名篇”的写作手法，直接开启了以白居易为首的新乐府运动。其次是各种诗体，在杜甫这里全面成熟，几乎每一种诗体，杜甫都写出了好诗。诗歌作为一门技艺，在杜甫这里不再成为困难。杜甫是以自己的实力登上唐代众诗人之上的一座高峰。第三从作品的数量看，杜甫既有众多脍炙人口的抒情短章，也有许多长篇巨制。打开杜甫诗全集，各类诗体琳琅满目，美不胜收。

大家都面对着同样的时代，只有杜甫以那样阔大的胸襟拥抱了自己的时代。更可贵的是，哪怕是在一生最困难的时候，都能把这种爱保持到底，使他的诗歌拥有了史的坚硬内核和诗的灿烂外观。著名学者葛晓音在《唐宋诗词十五讲》里写道：“他的诗歌集前代诗歌艺术之大成，形成了博大精深、沉郁顿挫的独特风格，同时又擅长各种诗体，表现变化多端。”杜甫一生将自己与国家的命运联系在一起，他同情人民的苦难，关怀现实政治，写下了大量抨击时弊的优秀篇章，深刻地反映了唐王朝由盛而衰的急剧转变，尤其是安史之乱以后广阔的社会现实，因而被称为“诗史”。

（刘　歌）

DASHI CHUANQI 大师传奇

杜甫，字子美，于唐先天元年(712)正月元旦，生于河南巩县瑶湾一个传统悠久的官僚世家。自十三世祖杜预以下，几乎每代都有人出任不同的官职，所以杜甫自豪地称为“奉儒守官，未坠素业”。母亲是唐代士族中门第最高的清河崔氏，而父亲杜闲只做到奉天县令，这个家庭已呈衰落之象。家庭给予杜甫正统的儒家文化教养和务必要在仕途上有所作为的雄心。另外，唐代是重视诗歌的时代，而杜甫的祖父杜审言又是武后朝中最著名的诗人，这都加深了杜甫对诗歌的兴趣。他曾很骄傲地对儿子说：“诗是吾家事。”追求仕途事业和不朽的诗名，共同构成了杜甫的人生轨道。

杜甫早慧，据称 7 岁便能写诗，十四五岁时便“出游翰墨场”，与文士交游酬唱。20 岁以后十余年的漫游生活，增长了杜甫的阅历，也为他交结名流、张扬声名和日后仕进做了准备。24 岁时，杜甫赴洛阳考试，未能及第，便浪游齐、赵，度过一段狂放生活，他后来回忆说：“放荡齐赵间，裘马颇清狂。”33 岁时，杜甫在洛阳结识了李白。李白当时已是名震天下的诗人，他的特殊风采和出众才华，深深吸引了杜甫。

35 岁左右，杜甫来到长安求取官职。开始，他满怀信心，相信自己能“致君尧舜上，再使风俗淳”，但滞留十年却一再碰壁。杜甫到长安不久，父亲去世，他的生活因此变得艰困。为了生存和求官，杜甫不得不奔走于权贵门下，作诗投赠，以期得到引荐。此外，他还多次向玄宗皇帝献赋，指望玄宗对他的文才投以青睐。通过种种努力，到天宝十四年他终于获得右卫率府胄曹参军这样一个卑微的官职，而这已是安史之乱的前夕。

天宝后期，唐代社会虽维持着表

杜 甫

面的繁盛，却已处处埋伏危机。当一场大崩溃即将到来时，杜甫透过个人的不幸看到了国家的不幸、人民的不幸。天宝十一年(752年)，杜甫写下了名篇《兵车行》，以严肃的态度，真实记录了人民被驱往战场送死的悲惨图景。这首诗标志了杜甫诗歌的转变。此后，他又写出《前出塞》九首，继续对灾难性的开边战争提出质疑；写出《丽人行》，揭露玄宗宠妃杨玉环的亲族穷奢极欲的生活。而长诗《自京赴奉先咏怀五百字》，更把最高统治集团醉生梦死的情状与民间饥寒交迫的困境加以尖锐的对照，以“朱门酒肉臭，路有冻死骨”这样震撼人心的诗句概括了社会的黑暗和不合理。

安史之乱爆发后，杜甫一度被困于叛军占据的长安。后来只身逃出，投奔驻在凤翔的唐肃宗，被任为左拾遗。从八品谏官的官位虽不高，却是杜甫仅有的一次在中央任职的经历。不久他因上疏申救罢相的房琯而触怒肃宗，被贬为华州司功参军。由于战乱和饥荒，杜甫无法养活他的家庭，加之对仕途的失望，他在乾元二年(759)弃官，来到当时较为安定富足的蜀中。这一时期，他的诗歌创作达到巅峰状态。《春望》、《月夜》、《北征》、《羌村》以及“三吏”、“三别”等大量传世名篇，从诗人浸满忧患的笔下不绝涌出。

在成都，杜甫依靠朋友的帮助在城西建了一座草堂。后来，杜甫的故交严武出任剑南东西川节度使，与杜甫过从甚密，对他的生活也多有照顾。严武第二次镇蜀时，表荐杜甫担任了节度参谋、检校工部员外郎(后世因此称他为“杜工部”)。杜甫在草堂闲居了2年多的时间，生活比较安逸，当时所写的吟咏自然景物的诗篇显出一种清新闲淡的韵致。但这种情形并没有维持很久。严武二次镇蜀的间隔时期，发生了一场严重的军事叛乱，杜甫一度逃离成都，携家流浪。这场动荡转化为持续的衰乱，这使得杜甫对国家的前途更加失望，他后期诗歌的情绪甚至比安史之乱中更显得沉重。

永泰元年(765年)，严武去世，蜀中重新陷入混乱。杜甫在成都的生活失去凭依，便携全家老小登舟过起流浪逃难的生活。他们先在云安居住了一段时间，后又在夔州居住了近两年。57岁那年，杜甫乘舟出了三峡，在湖北、湖南一带的水路上漂泊。这段时间是杜甫诗歌创作的重要时期，留下的作品有1 000余首，占存诗总数的三分之二以上。《闻官军收河南河北》、《又呈吴郎》、《秋兴》、《诸将》、《咏怀古迹》、《旅夜书怀》等，都是这一时期的代表作。旅居夔州的两年，杜甫的律诗创作达到了炉火纯青的境界，可以说是杜诗的第二次高峰。大历五年，年过59岁的杜甫在耒阳附近客死舟中。诗人艰难漂泊的一生，在这里画上了一个凄凉的句号。

Y 延伸阅读 YANSHEN YUEDU

《白氏长庆集》是唐代诗人白居易的传世诗集，收录诗作2 800余首。白居易，字乐天，是中唐时期极受关注的大诗人之一。他的诗歌主张和诗歌创作，以其对通俗性、写实性的突出强调和全力表现，在中国诗史上占有重要地位。讽喻诗和闲适诗是白居易特别看重的两类诗作，二者都具有尚实、尚俗、务尽的特点，但内容和情调上很不相同。讽喻诗志在"兼济"，与社会政治紧相关联，写得意激气烈，代表作是组诗《秦中吟》和《新乐府》；闲适诗则意在"独善"，"知足保和，吟玩性情"，表现出淡泊平和、闲逸悠然的情调。除这两类作品之外，长篇叙事诗《长恨歌》、《琵琶行》是白居易最出色的作品，极富文学价值。这两部作品，意境之深远、色彩之鲜明、内容之丰富，都远胜前人。以至于诗成不久就被广为传诵，连唐宣宗李忱也写诗称赞："童子解吟长恨曲，牧儿能唱琵琶篇。"

※ ※ ※ ※

《元氏长庆集》是唐代诗人元稹的传世诗集。元稹字微之，别字威明，与白居易并称"元白"，同为新乐府运动的倡导者。他非常推崇杜诗，学杜而能变杜，他的诗平浅明快而不失绝丽华美，细节刻画真切动人。他的长篇叙事诗《连昌宫词》，与白居易的《长恨歌》齐名，全诗旨含讽喻，铺叙详密，优美自然。元诗中最具特色的是艳诗和悼亡诗，以《遣悲怀三首》流传最广。

志摩的诗

徐志摩(中国·现代 1897—1931)

作者(徐志摩)在散文与诗方面，所成就的华丽局面，在国内还没有相似的另一个人……给我们的是另一种风格的神往。

——现代作家　沈从文

这是一位传奇性的人物，想做诗便做一手好诗，并为新诗创立新格；想写散文便把散文写得淋漓尽致、出类拔萃。他不曾带走人间的一片云彩，却把永远的思念留给了中国诗坛。这便是徐志摩，灵动奔放与浪漫无羁的化身。

徐志摩是个热情奔放、灵感丰沛、充满浪漫和幻想的诗人。他深受西方资产阶级文明的熏染，一生都在追求英国式的“自由、平等、博爱”，他的诗就是他追求“爱、美与自由”人生理想的生动写照。徐志摩以一个民族传统文化叛逆者的形象出现在中国文坛，但他的诗篇又往往摇曳出古典秀雅的风姿，呈现出哀而不伤的中和之美、清水芙蓉的自然之美、秘响旁通的含蓄之美、清新雅洁的意象之美，反映出中国民族传统文化基因与西方诗歌艺术的奇异结合。这位才华横溢、有如天马行空的诗人，在文坛上活动不过10年，却留下了许多经典诗篇，为中国和世界文学做出了不可估量的贡献。徐志摩的诗是中国语言的结晶，是世界文学宝库中的瑰宝。

《志摩的诗》是徐志摩的第一部诗集，其中收录的诗篇大多创作于1922年至1924年。其中不乏清丽恬淡、雍容典雅、晶莹蕴藉、浓妆淡抹的抒情小品，而嘲讽讥刺、冷峻犀利，以至凄声哀鸣、恶毒诅咒、歇斯底里的诗作，也屡见不鲜。诗集初次展露了诗人横溢的才华和与众不同的创作风格，绝对是他诗歌中的经典之作。

KUANGSHI JIEZUO 旷世杰作

《志摩的诗》是徐志摩自己编选的第一个诗集，它的出版，使这位年轻诗人名声大振。在这本诗集中可以约略见出徐志摩回国初年的生活思想状况，以及他所“泛滥的感情”。在收录的诗中，有抒发理想和表现爱情之作，有暴露社会黑暗和表达对劳苦人民同情之作，有探讨生活哲理之作，也有写景抒情之作。诗的形式变化多样，有长诗、短句、自由诗、散文诗，更多的是对西方的诗式进行试验。这一时期，是徐志摩诗式的试验期，也是他诗歌技巧的磨炼期，他是在摸索和试验中显露出他诗人的才华和诗歌的独特风格的。

1922年秋，旅英留学归来的徐志摩，满怀英国康桥式的人生理想，期望在中国实现他的理想主义。《雪花的快乐》是《志摩的诗》开卷第一首，可算是徐志摩早期诗歌的代表作之一。作者运用隽秀柔和的笔调，描绘了雪花优美的形象，生动地写出了雪花的快乐。诗歌的节奏轻快，调子舒展明朗，意境优美。

如《为要寻一颗明星》、《这是一个懦怯的世界》、《我有一个恋爱》、《婴儿》、《多谢天！我的心又一度的跳荡》等篇，与《雪花的快乐》一样，也表达了作者对理想的追求。它们既是抒情诗又是爱情诗，既表现了诗人对人生自由的向往，也流露出他对恋爱自由的渴望。要求人生自由、恋爱自由是徐志摩理想主义的内容，这二者往往密不可分地交织在他的诗中。然而，他的理想主义却与当时中国的社会现实存在着巨大的差距和不可调和的矛盾，他与林徽因的恋爱以破灭告终，他所追求的理想人生和理想社会完全不能实现，这一切都使他陷入深深的忧郁和苦闷。因此，这些诗篇也不同程度地蒙上了悲凉的色彩，成了“苦闷愤怒的情感的无关阑的泛滥”（茅盾《徐志摩论》）。

1924年4月，印度诗人泰戈尔来华访问，给徐志摩的生活和创作带来了一定的影响。他与泰戈尔建立了友谊。5月底，泰戈尔离沪去日本，徐志摩与他同行，《志摩的诗》中的《沙扬娜拉》那首诗，就是逗留日本期间写成的。

《志摩的诗》中，有一些是描写贫富悬殊穷人痛苦生活的诗篇。这类诗数量虽不多，但内容比较充实，反映了社会现实生活的某一侧面，具有一定程度的社会意义。诗集中还有一些写景抒情诗，比如《沪杭车中》。

徐志摩做诗十分注意意境，《志摩的诗》中大部分诗作，形成了他独辟的艺术境界。如《雪花的快乐》，作者把追求理想的主观感情与客观的自然景象交融互渗，化实景为虚境，创出了一个优美的艺术境界。

JINGDIAN DAODU 经典导读

《志摩的诗》所体现的民族传统美质

在儒家“温柔敦厚”诗教基础上形成的所谓“乐而不淫，哀而不伤”的中和之美，是我国传统的审美习尚。《志摩的诗》正是继承了它积极的一面，明确提出要“用理智来节制情感”，主张和谐、含蓄、蕴藉，反对感情的一泻无余。

徐志摩的诗既没有郭沫若的奔放，亦没有闻一多的深沉，有的是飘逸、空灵，如潺潺溪水，如清风明月。他的大部分诗作没有愤怒，没有呐喊，没有慷慨高歌，甚至也没有希望和恐惧，有的只是迷惘的微笑、沉沉的静视和对自然的依恋。他追求的就是一种宁静、和谐、无冲突的美的境界，表达的就是经过理性筛选、过滤了的情感。

尽管徐志摩是一个感情丰富的浪漫诗人，但他在诗中却极力做到有节制的表现，不让感情泛滥成灾。这种以"理性节制情感"为原则的美学主张与"中和之美"是一脉相承的。

徐志摩诗歌中的自然美主要表现在感情的本真和意象的清新、自然上。

诗是诗人人格的表现，正如诗人本人一样。徐志摩在诗中表现出的感情率性而真挚，没有丝毫的伪饰，是他那单纯的自由、爱、美的信仰的率真表现，是他"情感的无关阑的泛滥"。《雪花的快乐》、《婴儿》、《为要寻一颗明星》、《我有一个恋爱》等篇表达了他对人生理想的热烈追求。为了"献爱与一天的明星"，他宁愿让荆棘刺透脚心，冰雹劈破头颅。为寻觅他的理想，他乐于忍受痛苦，付出牺牲。然而他的理想主义与中国的社会现实存在着距离和不可调和的矛盾，于是他忧郁、苦闷、诅咒，他要"抛弃这世界，殉我们的恋爱"。不论喜怒还是哀乐，于徐志摩都是那么出于自然和天性。

作为一位富有浪漫气息的诗人，徐志摩对自然的偏爱比前人有过之而无不及。这当然与他的人生理想分不开。他认为生活是痛苦的，只有自然是纯洁的，要救治这个社会和人们，最好的办法是回归自然的单纯，与老庄的返璞归真有相通之处。他的诗歌意象大都是一些轻盈、纤巧、空灵、飘逸的自然意象，如风、云、月、星、雪、莲等，尤其是"云"这个意象，在其诗中出现率极高。有"云彩"、"白云"、"黄云"、"乌云"、"云影"、"紫云"、"绯云"、"褐云"、"云涛"、"云潮"等，真可谓在五彩斑斓的云海中云游，直至最终消失在生命的云端。在《沪杭车中》他连用九个意象"烟、山、云、影、水、桥、橹声、松竹、红叶"构成了一幅艳色秋景画，与马致远的《天净沙·秋思》有异曲同工之妙。

徐志摩是提倡新诗格律的重要现代诗人，但他不像闻一多那样有明晰的理论主张，并且以理论为指导写出格式谨严的诗作。徐志摩的诗"野性"气更浓，追求韵律但不完全拘泥于格律，而是有所突破、有所创新，写出的诗无拘无束，灵动洒脱。在这一点上徐志摩颇似李白，由此可看出志摩诗作受盛唐诗歌的重要影响，也可看出志摩对于古代诗歌韵律美的创造性继承。

《志摩的诗》中许多诗节奏感很鲜明，那些特别典型的作品像乐曲一样，具有相当完整的音乐旋律，而且这种音乐性与诗意诗情是和谐的。尽管徐志摩像其他现代诗人一样，对传统有极强的反叛性心理，而将目光移向西方，但这并不表明他们完全脱离了古代诗歌传统。他们在选择西方的诗歌时，古老的民族传统无不在暗中指导着他们的选择。当他以外来文化与诗学观念作为参照来探索中国新诗发展方向时，又常常能够站在新的高度，用新的眼光对传统文化、传统诗歌做出新的阐释、评价、选择。徐志摩对传统诗歌的继承和创新对当代新诗的发展具有重要的启示意义。

（吴瑞雪）

颓废与欢乐的交织

徐志摩的复杂而认真的实践，造出了迷人的艺术奇观。一方面，他的确是“纯艺术”的忠实实行者，说他的趣味有点贵族化实在并不过分。他的诗歌本质只要举如同《沙扬娜拉》那样的诗，便足以说明一切。我们从他的那些精心结构的典雅的艺术建筑中，看到的是几乎每一个音节都是经过精心选择后安放在最妥切的位置上的。最奇异的现象是它能以纯粹的口语，展示那种失去锦衣玉食的没落的哀叹；那种无可奈何的眷恋，被极完美的音韵包裹起来，而且闪闪发光。

矛盾而复杂的徐志摩，他的执著的爱情的追求是远离了人间的天上。他的理想是单纯的、非现实的。但单纯到了到处受到人世烦扰的碰撞以至于毁灭，他于是失望。胡适说：“这个现实世界太复杂了，他的单纯的信仰禁不起这个现实世界的摧毁……”这就是他的许多诗篇夸饰自己痛苦的原因。徐志摩完全继承了西方文艺复兴以后的文学观念。他确认此岸世界，讴歌自然界神秘的美。他全盘接受了个性解放的思想，他美化自己憧憬的爱情。徐志摩以欢乐意识为轴心奠定了自己的浪漫主义诗歌基础。

许多论者不约而同地发现了他的诗中活动着的乐观的因子：“他的诗，永远是愉快的空气，不曾有一些儿伤感或颓废的调子，他的眼泪也闪耀着欢喜的圆光。这自我解放与空灵的飘忽，安放在他柔丽清爽的诗句中，给人总是那舒快的感悟。好像一只聪明玲珑的鸟，是欢喜，是怨，她唱的皆是美妙的歌。”（胡适语）“他是跳着溅着不舍昼夜的一道生命水，他让你觉着世上一切都是活泼的、鲜明的。陈西滢氏评他的诗，所谓不是平常的欧化，按说就是这个。又说他的诗的音调多近羯鼓铙钹，很少提琴洞箫等抑扬缠绵的风趣，那正是他老在跳着溅着的缘故。”（朱自清语）

徐志摩诗中这种生命的欢乐，来自他对生活的理想，尽管他这个理想只是一个朦胧的意念。他总是不知道风在往哪个方向吹，他也总是骑着一匹拐腿的瞎马向着黑夜里加鞭，而他的心灵总幻想有一颗明星。徐志摩诗的“柔美流丽”（陈梦家语）是有名的，他即使在讲痛苦和死，也充满了浪漫色彩，总是闪耀着让人欣喜的光辉。但是他的颓唐也是有名的，这是由于他把人生的理想建立在欢乐意识之上，一旦理想的明星熄灭（这是肯定的），伴随而来的就是一种无可言状的悲哀和绝望。

（谢　冕）

DASHI CHUANQI
大师传奇

徐志摩于 1897 年 1 月 15 日生于浙江省海宁县硖石镇，其父徐申如是当地一名著名乡绅，曾任硖石商会会长，在沪杭一带金融界有相当的地位。徐志摩是徐门的长孙独子，自小过着舒适优裕的公子哥儿生活。小时在家塾读书，11 岁时，进硖石开智学堂，成绩总是全班第一。1910 年，徐志摩考入杭州府中学堂（1913 年改称浙江一中），与郁达夫同班，当时担任兴武督理浙江军务朱瑞秘书的张嘉敖奉命视察学校，主动托人向徐申如求亲，以其妹张幼仪相许。于是 1915

年 10 月 29 日，徐志摩遵父命与张幼仪结婚。

1916 年秋，徐志摩到天津的北洋大学预科攻读法科。翌年，北洋大学法科并入北京大学，徐志摩也随之转入北大就读。由张君劢、张公权的介绍，徐志摩拜梁启超为师，还举行了隆重的拜师大礼。梁启超对徐志摩一生的影响是很大的。

1918 年 8 月 14 日徐志摩从上海启程赴美国留学。第一年，他进入美国乌斯特的克拉克大学历史系，10 个月后毕业，获得学士学位，及一等荣誉奖。随即又转入纽约的哥伦比亚大学研究院经济系。1919 年，五四运动的浪潮波及远隔重洋的中国留学生群中，徐志摩参加了当地留学生所组织的爱国活动，同时，他的学习兴趣也逐渐由政治转向文学，因而获得了文学硕士学位。

徐志摩

1920 年，徐志摩去了英国，在伦敦政治经济学院待了半年。在这里，他结识了林长民及其女儿林徽因，由于林长民介绍，认识了英国作家高尔斯·华绥斯。由于高尔斯·华绥的介绍和推荐，徐志摩以特别生的资格进了剑桥大学皇家学院。在英国的 2 年，特别是在康桥的这段生活，对他一生的思想有着重要的影响，是他思想发展的转折点。徐志摩与“人艳如花”的才女林徽因交往甚密。二人于 1921 年秋天谈起恋爱，并有论婚嫁之意。这一年，徐志摩开始写作新诗。

林徽因于 1921 年随父回国，这使徐志摩陷入了极大的痛苦当中。1922 年 3 月，他冲破家庭、社会的各种阻力，与张幼仪正式离婚。8 月启程回国，2 个月后到达上海。林徽因回国后不久，就和梁启超的儿子梁思成相爱了。但他们没有正式订婚，这让痴情的徐志摩觉得还有一丝希望。但他的痴情和追求终究落空，只能在北京怀忧饮恨。

1923 年春，徐志摩在北京办起了俱乐部，编戏演戏，并借印度诗人泰戈尔的《新月集》为之命名，新月社因此而得名。同年，他加入文学研究会。1924 年，徐志摩与胡适、陈西滢等创办《现代评论》周刊，任北京大学教授。印度大诗人泰戈尔访华时他负责翻译工作。

1926 年 8 月 14 日，徐志摩和陆小曼订婚。陆小曼出身于常州世代书香的望族，父亲是学者兼外交官。她 8 岁随母亲到北京，结婚前已是北京交际界的名花，19 岁时奉父母之命嫁给无锡人王赓。1926 年 10 月 3 日，他们在北海结婚，由徐志摩的老师梁启超证婚，胡适做介绍人。同年，徐志摩在北京主编《晨报》副刊《诗镌》，与闻一多、朱湘等人开展新诗格律化运动，影响了新诗艺术的发展。

1927年春，新月社一些成员由于政治形势的变化及其他种种原因，纷纷聚集到上海。此时，徐志摩夫妇也移居上海。徐志摩同时在光华大学、大夏大学和南京中央大学担任教授。同年，他参加创办新月书店，在《新月》月刊创刊后担任主编，并游历了英、美、日、印诸国。1930年，他担任中华文化基金委员会委员，并被选为英国诗社社员。同年冬，他分别到北京大学与北京女子大学任教。1931年初，徐志摩与陈梦家、方玮德创办了《诗刊》季刊，被推选为笔会中国分会理事。

1931年11月19日，徐志摩由南京乘飞机到北平，因雾撞上济南开山，人机俱毁。是时，他年仅36岁。

徐志摩著有诗集《志摩的诗》、《翡冷翠的一夜》、《猛虎集》、《云游》，散文集《落叶》、《巴黎的鳞爪》、《自剖》、《秋》，小说散文集《轮盘》，戏剧《卞昆冈》(与陆小曼合写)，日记《爱眉小札》、《志摩日记》，译著《曼殊斐尔小说集》等。徐志摩的诗字句清新，韵律谐和，比喻新奇，想象丰富，意境优美，神思飘逸，富于变化，并追求艺术形式的整饬、华美，具有鲜明的艺术个性。他的散文也自成一格，取得了不亚于诗歌的成就。

YANSHEN YUEDU 延伸阅读

徐志摩的散文集《自剖》出版于1929年。其中收录的24篇作品，都属于自剖类散文，大都采用谈心交流的方式，披肝沥胆，开诚相见，倾吐内心世界的喜怒哀乐、酸甜苦辣。徐志摩说过：“我是一个信仰感情的人，我自己天生就是一个感情性的人。”作为一个情感丰盈、灵感涌动的作家，他把散文作为自己宣泄感情、喷射灵感的通道和出口。

※ ※ ※ ※

徐志摩数量众多的日记和书信，都是一篇篇可读性很强的散文。其中以与陆小曼的热恋日记《爱眉小札》最为有名。当他们的恋情进入最困难的时期，徐志摩把表明爱心的记录，每天呈献于恋人的眼底。内中有情与爱的倾诉，有苦闷消沉的剖白，有爱情受阻时的激愤与抗争，栩栩如生地表现了诗人热恋时期的心态心境。